Salvatore Mannuzzu

Der Biß einer Ameise

Roman

Aus dem Italienischen
von Sigrid Vagt

Carl Hanser Verlag

Die Originalausgabe erschien 1989 unter dem Titel
Un morso di formica bei Einaudi in Turin.

1 2 3 4 5 99 98 97 96 95

ISBN 3-446-16119-8

Satz: Jung Satzcentrum GmbH, Lahnau
Druck und Bindung: Clausen & Bosse, Leck
Printed in Germany

1

Der Biß einer Ameise

LIVE

Vielleicht glauben manche nicht, daß Sergio mein Neffe ist. Solch ein verwandtschaftliches Verhältnis wird bisweilen vorgetäuscht, um damit ein anderes zu verbergen, und der Junge gerät dadurch fast ein wenig in Verruf; ein wenig, nicht sehr. Im *Residence*, wohin ich gelegentlich mittags oder abends zum Essen hinuntergehe, oder unten an dem kleinen Strand und an der Mole von Tamerici fragt mich schon ab und zu jemand, ob ich sein Vater sei, und da ich es verneine (»Er ist mein Neffe, ich habe keine Kinder«), entsteht möglicherweise ein Mißverständnis bei denen, die sich wie ich vorübergehend hier aufhalten.

Das belastet mich nicht, es amüsiert mich sogar ein wenig. Wir beide sind allein in diesem Haus am Rande einer Siedlung auf einem Gelände, das von jeher Tamerici hieß. Es gehörte alles der Familie von Carla, Sergios Mutter; und ihr Haus stand bereits, als sie das Land Anfang der sechziger Jahre verkauften. Für einen beachtlichen Preis; aber es sind Leute, die seit Generationen Geld haben. Ich stelle mir vor, daß es hier damals anders aussah, daß alles noch intakt war. Hin und wieder erinnert sich jemand daran: die Straße unten durch den weißen Dünensand war gerade erst fertiggestellt, die Siedlungen werden wohl erst nach und nach gebaut worden sein. Mein Bruder Niso war damals schon tot. Carla muß ihn, wenn ich nachrechne, um rund ein Dutzend Jahre überlebt

haben. Sergio war ein schmächtiger Halbwüchsiger, als, ausgerechnet in dieser Gegend, der Unfall passierte.

Ich kam zur Beerdigung auf die Insel. Nach Nisos Tod war ich nur ein einziges Mal hiergewesen, zu Weihnachten, und bin dann erst jetzt in diesem Sommer wieder hergekommen. Ich begreife, daß ich den verwaisten Jungen damals hätte mitnehmen müssen ich bin sein nächster Verwandter, Carla hatte keine Geschwister und Niso nur mich. Aber so wie Miriam ist – wir waren damals schon zusammen –, war das ausgeschlossen. Mag sein, daß ich deshalb Schuldgefühle habe. Um Sergio kümmerten sich die Cousinen seiner Mutter, zu denen er im übrigen eine sehr enge Beziehung hatte, während er mich kaum vom Sehen kannte. Ich selbst hatte Mühe, in dem mageren, schweigsamen kleinen Jungen, der geistesabwesend an der Last seiner neuerlichen Trauer zu tragen schien, das Kind von jenem Weihnachtsfest wiederzuerkennen.

So ist der junge Mann, mit dem ich hier den Urlaub verbringe, mir mehr oder weniger fremd, ebenso fremd wie das Haus, das wir zur Zeit miteinander teilen und das – wenn mich der Eindruck nicht täuscht – mehr sein Zuhause ist als das andere in der Stadt. Ich fühle mich wohl hier, und er ist mir sympathisch: nicht aufdringlich, seinem Wesen nach ein Einzelgänger, nur selten bringt er irgendwelche, ebenfalls wenig laute Gleichaltrige mit, oder sie besuchen ihn, aber nie mehr als zwei oder drei; es ist nicht erkennbar, was sie in seinem Zimmer oder oben auf der Terrasse machen, manchmal sehe ich ihre nackten Beine über die Brüstung baumeln. Wenn er hier ist und nicht gerade schläft – aber tags-

über schläft er sehr viel –, hört man nur ein wenig Musik, vorausgesetzt, er nimmt nicht den Walkman oder den Kopfhörer; oder er übt und spielt – keineswegs übel – Klarinette. Er ißt für sich – so hatten wir es entsprechend seinem Wunsch ausgemacht –, wann und wie, weiß ich nicht: ich nehme an, wenig. Irgendwann höre ich dann an dem Motorradgeräusch auf dem Schotterweg, der zur Siedlung hinunterführt, daß er weggefahren ist.

Jetzt zum Beispiel – es ist zwei Uhr nachmittags – schläft er. Die Kassettenmusik (Charlie Parker) aus seinem großen Radiorekorder ist nur für mich: ich höre sie fast häufiger als er. Sie gefällt mir, steht für mich in Einklang mit dem wundervollen Tag. Ich führe ein solides Leben: das verschafft mir ein körperliches Wohlbehagen und ein wenig geistige Gelassenheit, wenn das nicht zuviel gesagt ist, oder zumindest eine Erholungspause, deren Ende noch in weiter Ferne zu liegen scheint; auch wenn man weiß, daß es irgendwann kommt. Niemals, seit vielen, vielen Jahren, war ich so frei, im Nichts. Ist dies das Alter? Heute morgen bin ich in aller Frühe an die kleine Mole hinuntergegangen, bin wie immer eine Stunde geschwommen, an der Küste entlang bis nach Punta Negra, in einem durchsichtig grünen, fast menschenleeren Meer, das sich erst, als ich zurückschwamm, leicht kräuselte. Bei einer Brise, in der ich die pralle Sonne als angenehm empfand, auch noch, als ich schon ganz trocken war, habe ich auf den Klippen Zeitung gelesen und bin dann wieder heraufgekommen. Zum Frühstück – Joghurt und Obst – habe ich mich hier vors Haus gesetzt, inmitten der mediterranen Macchia, an den Steintisch, der wer weiß wie lange schon geborsten ist und auf

dem neben Molières *L'école des femmes* das Radio steht, und höre Musik.

Mag sein, daß dies die wahre Verzweiflung ist, wenn jede Angst sich aufgezehrt hat. Ich hebe eine Weintraube von den Steinplatten auf und esse sie: auch der Hunger, der mir noch nicht ganz vergangen ist, gefällt mir. Der Streifen Meer, den man durch die nie gestutzte Myrtenhecke hindurch dort unten zwischen dem Strand von Foxi und dem Turm sieht, hat eine unglaubliche, aus sich heraus leuchtende Farbe, in das Grün mischt sich Türkis, daraus schweben, aus so weiter Entfernung kleinen Schmetterlingen gleich, Segel in bunter Schar, und Motorboote ziehen ihre Furchen bis zur Gefängnisinsel Asinara. Mein Hund bellt mich dümmlich an, will, daß ich zum Spielen einen Stock werfe, dem er dann, wie üblich, nachlaufen kann, um ihn mit den Zähnen zu packen: er ist trotz seines nicht mehr jugendlichen Alters noch immer ein Hundekind.

Ich heiße Piero und bin achtundfünfzig Jahre alt, auch wenn ich es wirklich nicht glauben kann. Mein Hund ist jetzt, wenn man den Lebensbogen seiner Spezies berücksichtigt, genauso alt wie ich. Es ist ein Zwergschnauzer, grau meliert, und er heißt Zero. So passiert es mir, daß ich, schwerhörig, wie ich langsam werde, manchmal nicht weiß, ob man ihn oder mich angesprochen hat; bei Miriam, meiner Frau, kommt das häufig vor. Jetzt aber sind wir allein, ich und Zero, der darauf beharrt, daß ich sein Spiel mitspiele: er hat mir den vollgegeiferten Stock vor die Füße gelegt, sitzt mit aufgestellten Vorderbeinen auf den Steinplatten und sieht mich an. Ich muß ihm den Gefallen tun, auch wenn ich weiß, daß es dann nicht leicht sein wird, ein Ende zu finden.

Ich nehme an, daß Kürze eine wesentliche Eigenschaft allen Lebens ist. Mitte August ist gerade vorüber, der Sommertag, ich sagte es schon, ist ein Geschenk; und dennoch gibt es ein winziges Anzeichen einer bevorstehenden Veränderung. Die Sonne brennt nach wie vor, die Farben sind noch leuchtender; aber dort oben am Himmel, der über dem sanften Rosa der Asinara kaum merklich dunkler wird, bleiben zwei Wölkchen in Windrichtung stehen; auch sie winzig klein, ja, und weiß. Ist es dies, das Gut, das man bereits verloren fühlt? Ich drücke die bloßen Füße auf die Steinplatten, die auch im Schatten, der jetzt auf sie fällt, noch warm sind und streife eine Ameise ab, deren Biß ich erst mit Verzögerung wahrnehme. Lichtblitze jagen hell und rasch durch meinen linken Augenwinkel, inwendig und nur für mich sichtbar, das weiß ich jetzt, zur Schattenseite hin, als feierten sie auf ihre Weise mit einem geheimnisvollen Fest die Vollkommenheit des Tages: unter Tränen. Zero bellt lauter, als ich nach dem Stock greife, um ihn weit fortzuwerfen, und ihm dann in den dunklen Staub folge, den er unten zwischen den Büschen der Macchia aufwirbelt, aus denen gleichzeitig ein ungewöhnlich starker Duft aufsteigt. Ich will nicht, daß er Sergio, unsern Hausherrn, in seinem Schlaf stört.

Wenn wir jene Ferien in Tamerici verbrachten, so war das Sergios Klarinettenspiel zu verdanken. Wir hatten uns an einem späten Vormittag im Juni in einer lästigen und für die Jahreszeit untypischen Regenperiode zufällig im Bahnhof Principe in Genua getroffen: er hatte einen Zug verpaßt, und ich wartete auf einen Anschlußzug. Ich kaufte Zeitungen und hörte plötzlich, wie mich jemand »Onkel!« nannte, ohne zu begreifen, denn so redete mich niemand an. Ich weiß gar nicht, ob ich ihn wiedererkannt hätte: das letzte Mal – drei oder vier Jahre davor – hatte ich ihn nicht länger als eine halbe Stunde gesehen. Jetzt stand er auf einmal da, in ziemlich verwahrlostem Aufzug, schmuddelig, durchnäßt, den spärlichen Bart unrasiert, und hatte neben einem kleinen Rucksack eben das verschlissene Futteral mit der Klarinette bei sich. Ich war gerade auf dem Weg in eine Bar und lud ihn zum Frühstück ein. Sofort erzählte er mir, daß er gerade engagiert worden sei, um jenes Instrument den ganzen Sommer über in einer kleinen Band auf einem Kreuzfahrtschiff zu spielen.

Mein Gehör war nicht mehr besonders gut, und er nuschelte, manchmal auch mit der Hand vor dem Mund. So mußte ich ihn einzelne Wörter oder auch ganze Sätze wiederholen lassen, denn in der Bar war es laut, da sie zu den Bahnsteigen hinauslag: selbst die Dämpfe der Kaffeemaschine rochen nach Zug.

Und dort begann das Abenteuer, wenn es denn eines ist. Noch heute – und das wird unweigerlich noch lange so sein – erinnern mich seine graublauen, stets ein wenig ausdruckslosen, abwesenden Augen an die Geräusche und Gerüche, an das zertretene Sägemehl rings um die Metallbeine der Tische an jenem Tag, der trotz des Spätfrühlings immer dunkler wurde.

»Mir geht es um die Anerkennung meiner Professionalität.« Er war offensichtlich geschmeichelt, in einer etwas kindlichen Weise, die nicht zu seiner Person paßte. Und daher überkam ihn – während er die miserable Brioche in den wäßrigen Cappuccino tunkte – eine (für ihn) seltene Gesprächsbereitschaft; so daß er unablässig von den Etappen der künftigen Reisen erzählte und sagte, er würde diesen Beruf gern auf Dauer ausüben. Auf einmal bot er mir dann an, das Haus in Tamerici in R. für den Sommer zu mieten.

Ich hatte das Bedürfnis, mich eine Zeitlang allein und in Ruhe dem Buch, das ich schreiben wollte, zu widmen. Warum nicht in R., auf der Insel, die mein Bruder für sich erkoren hatte, bis er vor vielen Jahren dort gestorben war, mit einem Meer im Hintergrund, dessen Schönheit so viel gerühmt wurde? Der Regen prasselte erneut auf das Vordach und verdunkelte in der Ferne, wo dieses endete, Waggons und Bahnsteige. Der Gedanke, daß ich mich ihm in Kürze würde aussetzen müssen, machte die Aussicht, die sich mir eröffnet hatte, noch attraktiver. So entschloß ich mich, ganz gegen meine Gewohnheit, auf der Stelle und rief, nachdem ich an der Kasse Telefonmünzen gekauft hatte, Miriam an. Es war alles andere als einfach: rein technisch, wegen der schlech-

ten Verbindung, aber auch wegen der Widerstände, auf die ich bei ihr traf, da sie grundsätzlich etwas gegen das Meer hat; schließlich kamen wir zu einem Waffenstillstand, indem wir vereinbarten, daß wir den Juli wie üblich in Pocol verbringen würden.

Der Mietzins von August bis zum Ende der Saison, den Sergio nannte, als ich an den Tisch zurückgekehrt war, erschien mir übertrieben hoch, auch wenn ich einem Markt, den ich nicht kannte, außergewöhnliche Wucherpreise unterstellte. Aber es war mir unangenehm, einen Rückzieher zu machen, nachdem ich so großes Interesse gezeigt hatte und es schon so gut wie ausgemacht war; auch hatte ich keine Lust, mit ihm um den Preis zu feilschen. »Möchtest du eine Kaution haben?« fragte ich. »Keine Kaution, aber einen Vorschuß«, sagte er lächelnd und spielte mit dem kleinen Ring, den er am linken Ohr trug, wie immer – das sollte ich noch lernen – in Momenten der Verlegenheit. Ich fragte mich, in was für einer ökonomischen Lage er sich befinden mochte. Da er einziges Kind war, hatten ihm sowohl der Vater als auch die Mutter jeweils ein schönes Erbe hinterlassen; aber er hatte mir kurz vorher gesagt, daß er demnächst dreiundzwanzig würde: also fünf Jahre in mündigem Alter, in eigener Regie. Nun ja, ich hatte mich nie um ihn gekümmert, ich konnte es als ein kleines Geschenk betrachten.

Er bestand darauf, mir um jeden Preis eine Quittung auszustellen: »Hast du ein Stück Papier?« Und da ich keines hatte, öffnete er den durchnäßten Rucksack, holte ein gebundenes Notizbuch hervor und riß ein Blatt heraus, das er mit einer kleinen, konfusen, aber auf ihre Weise ordentlichen Schrift beschrieb. »Hier, Onkel Piero.« Als er es mir reichte,

bemerkte ich das Armband aus schwarzen Glasperlen an seinem Handgelenk. Ich sagte ihm, daß »Onkel« genüge, aber einfach »Piero« noch besser wäre. Und dann erzählte er mir – und nannte mich dabei zum erstenmal Piero –, daß er viele Ausgaben für sein Boot gehabt habe, und erwähnte auch dessen Namen: *Sant'Anna*. »Schade, daß ich in diesem Sommer nicht in R. sein werde. Ich hätte euch überall hinfahren können, zur Asinara und aufs Meer raus, bis zur Argentiera«: immer undeutlicher, ohne Überzeugung und fast tonlos zählte er Namen von Küsten auf.

Daß er nicht an Bord des Kreuzfahrtschiffes gegangen war, erfuhr ich erst zwei Monate später bei meiner Ankunft in R. von einem gewissen Scarpa; sein Lokal – ein Mittelding zwischen Imbißbude und Tanzschuppen – lag in einer neuen Siedlung am Ortsrand zwischen noch im Bau befindlichen Häusern, offenen Gräben und herumliegendem Baumaterial. Sergio hatte mir versichert, dieser Scarpa habe die Schlüssel zu dem Haus in Tamerici. Er hatte sie auch tatsächlich und suchte sie, um sie mir zu geben, sagte mir aber gleichzeitig, mein Neffe sei nicht abgereist. Wo war er? Er sei mit dem Boot hinausgefahren, es könne sein, daß er bald zurückkomme. Ein Glück, daß Miriam in Pocol geblieben war, um sich die Überfahrt auf dem Schiff zu ersparen, und erst in einer Woche per Flugzeug nachkommen wollte.

Doch abgesehen von der Verwirrung über Sergios unerwartete Anwesenheit, war mir auch nicht recht klar, wie ich nach Tamerici kommen sollte. Scarpa, der diesbezügliche Anweisungen erhalten haben mußte, erbot sich, mich hinzubringen, bat mich nur, ein paar Minuten zu warten. Er war ein nicht mehr

ganz junger Mann, ein wenig kahl, mit schwarzem Schnauzer; die rechte Hand – ich weiß nicht, ob verkrüppelt oder verstümmelt – steckte in einem schwarzen Handschuh, den die Hemdmanschette gerade eben bedeckte, während der andere Ärmel über dem blassen, behaarten Unterarm aufgekrempelt war.

Er bestand darauf, mir ein Bier zu spendieren. Das Fernsehen übertrug irgendein offenbar interessantes Sportereignis. Er ging wieder hin und schaute weiter zu, zusammen mit einigen Jungen in Badehose oder höchstens noch einem Hemd darüber, die ebenfalls Bier tranken; auf der angrenzenden Betonfläche unter einem Sonnendach aus Schilfmatten standen zwei andere, ähnlich aussehende Jungen auf einer Leiter und arbeiteten an einer elektrischen Anlage. Es war ein sehr heißer Tag gewesen, und auch der anbrechende Abend schien keine Linderung zu bringen. Der Wasserstand war hoch, das Meer schwappte träge unter die Betonfläche und drang seitlich in eine schmale natürliche Bucht ein, die um sie herumführte, ein mit Algen bedeckter kleiner Strand sozusagen. (»Es funktioniert nicht, es ist durchgeschmort«, rief von der Leiter her einer der beiden Elektriker, laut, damit Scarpa ihn hörte.) Drüben, hinter der flachen Insel Porri, lag die Asinara; ich sah plötzlich ihre fernen Lichter aufleuchten. Dann fuhr das Zollpolizeiboot vorbei, dessen allabendliche Rückkehr mir im Lauf der Zeit vertraut werden sollte: ebenfalls mit bereits eingeschalteten Scheinwerfern in der klaren Luft und in so kurzer Entfernung, daß man verstehen konnte, was an Bord gesprochen wurde. Langsam resignierend – denn nun ließ sich Scarpa auf die Elektriker und die Anlage

ein – holte ich Zero, meinen Hund, aus dem Auto; und Zero gefiel der Ort sofort, ich merkte es daran, wie er die Gerüche schnupperte und dabei an der Leine zog: das war schon lange nicht mehr vorgekommen.

Das Schild *Scarpantibus* in kursiver grüner Neonschrift gegen den jetzt dunkler werdenden Himmel sah ich erst, als ich wegfuhr, hinter dem klapprigen Mercedes des fast gleichnamigen Scarpa her, der mir den Weg zeigte. So fuhr ich nach Tamerici hinein und durch die von unten beleuchteten engen Gäßchen, zwischen Hecken entlang, hinter denen sich – durch die Gärten kaum sichtbar – Häuser verbargen, gedämpfte Geräusche zur Abendessenszeit; und gleich darauf ging es zum erstenmal die steile Schotterstraße zu dem Haus hinauf, das mich einen Urlaub lang beherbergen sollte. Es war ein niedriges, ganz dunkel daliegendes Haus. Den Schlüssel, der mir überlassen worden war, brauchte ich jedoch nicht: die Tür war offen. Der Einhändige schaltete das Licht an und sagte: »Kommen Sie herein.« Dann murmelte er eine Entschuldigung, versicherte mir, daß mein Neffe bald kommen werde, reichte mir die gesunde Hand, auch wenn es die linke war, und ging: ich sah die Scheinwerfer des Mercedes im ringsum aufwirbelnden Staub wieder das Stück Schotterstraße hinunterhüpfen, bis der Wagen auf die Asphaltstraße einbog.

Was tun? Ich kannte den Ort nicht und traute mich nicht, von ihm Besitz zu ergreifen, da ich nicht wußte, welche Folgen es haben würde, daß Sergio nicht abgereist war. Ich schaltete das Licht in dem großen fremden Wohnzimmer aus, in das die Eingangstür unmittelbar hineinführte; und ohne auch

nur das Gepäck auszuladen, setzte ich mich auf der rechten Seite des Hauses nach draußen, zum Meer hin, an einen Steintisch, der von einem Teil des bereits untergehenden Mondes beleuchtet wurde. Den Hund behielt ich neben mir. Armer Zero: schon fünfzehn Jahre alt, ein Methusalem-Alter für einen Zwergschnauzer wie ihn. Es war der 3. August, und inzwischen war es fast Nacht. Die Asinara zeichnete sich gegen den Himmel ab; auf der näher gelegenen Insel Porri brannten Feuer. Ich suchte zwischen den Sternen, die zu leuchten begannen, nach Sternschnuppen. Vor mir versank – nur hier und da noch von seinen seltsam stillen Lichtern markiert – Tamerici, der unbekannte Ort. Ich fühlte mich weder unruhig noch melancholisch.

LIVE

Ich lese noch einmal die wenigen Seiten meines Manuskripts, dann lege ich den Molière-Band obenauf, damit die Brise sie nicht fortweht. Sie kommen mir läppisch vor, ich habe den Eindruck, daß ich nicht weiterschreiben werde; aber das ist mir gleichgültig. Fiction, Fiktionen: selbstverständlich ist, zum Beispiel, meine Frau Miriam weit weg von Tamerici und wird auch niemals hierherkommen; und Zero ist alles andere als ein altersschwacher Schnauzer. Man braucht nur zu sehen, wie er jetzt, nur leicht winselnd, um mich zum Spielen aufzufordern, unbeirrbar darauf wartet, daß der Stock wieder geworfen wird.

Es ist, wie gesagt, kurz nach zwei, ein strahlender Tag, Sergio schläft und gibt noch kein Lebenszeichen von sich. Da kommt von dem Weg, der bis hier heraufführt, das Geräusch eines Motorrollers, und dann ertönt, begleitet von Zeros Gebell – er ist sofort hingelaufen –, eine Frauenstimme. Es ist eine andere Miriam, ziemlich anders als meine, auch wenn sie den Namen mit ihr gemein hat. Nachdem sie jenseits des Gartentors von der Vespa abgestiegen ist, wartet sie, daß ich öffne, und lächelt mich an: klein, dunkel, eine große Brille und zusammengebundene Haare, die vom Duschen nach dem Baden im Meer noch tropfnaß sind. Sie bringt uns als Geschenk einen Korb Obst, nachdem sie gestern von mir gehört hat, wieviel Obst ich esse; und hier in R. muß man

sich langwierigen Mühen unterziehen, um welches zu erstehen (sie schickt ihren philippinischen Hausangestellten mit dem Kombi los).

Sie akzeptiert ein halbes Glas von dem Weißwein, den wir im Kühlschrank haben; sie hat noch nicht zu Mittag gegessen und wird, wie sie erklärt, auch kaum etwas essen. Entspannt liegt sie auf dem Liegestuhl neben meinem. »Wie schön es hier ist«: Komplimente. Sie blättert in *L'école des femmes*, nur um den Titel zu lesen, und will weiterblätternd wissen, ob ich arbeite. Aus der Nähe ist deutlich sichtbar, daß sie auch nicht mehr so ganz jung ist (und in der Tat: »Ja, ich bin sechsunddreißig«, sagte sie, als wir uns auf einem Boot kennenlernten; sie sprach von ihrem bevorstehenden Geburtstag und lud alle dazu ein, mich natürlich auch). Sie trägt aufgekrempelte Hosen wie ein Junge und ein Hemd, das sich über der nackten Haut öffnet. »Wo ist Sergio?« Sie gießt sich noch einen Fingerbreit Wein ein. »Wie ein Engelchen«, lacht sie, als ich sage, daß er schläft. »Du hast einen hübschen Neffen.« Ich antworte, daß ich ihn nicht so besonders hübsch finde. »Er flößt Zärtlichkeit ein, wie ein kleines Tier«, beharrt sie. »Du hast Tiere doch auch gern, nicht?« Da erst scheint sie meinen Hund zu bemerken.

Dann fragt sie, ob Sergio allein schläft. Während sie einen der Pfirsiche, die sie mitgebracht hat, unter dem Wasserhahn abspült – wobei sie die Ordnung in der Küche lobt (»Wie tüchtig ihr seid!«) – und die anderen zusammen mit den Weintrauben, die sie ebenfalls aus dem Korb herausnimmt, in den Kühlschrank legt, erzähle ich ihr leise von seinem Zimmer; dabei deute ich, als wir wieder draußen sind und sie schließlich in die Frucht beißt, auf die ge-

schlossenen Fensterläden. »Er wollte es mir wirklich geben, es war früher einmal das Zimmer seines Vaters und seiner Mutter. Na ja, seinen Vater hat er praktisch nicht gekannt.« Ich beschreibe es ihr: »Weißt du, was er da alles angesammelt hat?« Ich erzähle ihr, daß er mir am Abend meiner Ankunft sogar angeboten hatte, er könne im Boot oder bei Freunden schlafen. »Aber hör mal, wie viele Zimmer habt ihr denn?« Sie leckt sich die Finger sauber. »Offenbar befürchtete er, mir im Weg zu sein, nachdem er mir sein Haus vermietet hatte.« Dann fragt sie mich, ob ich eine Zigarette habe; wir rauchen nicht. »Würdet ihr mich als Pensionsgast aufnehmen? Du weißt, wieviel ich darum geben würde, hierherzukommen.«

Statt dessen lädt sie mich für den Abend zum Essen ein: im Fernsehen, das wir nicht haben (ein wer weiß wie lange schon kaputter Apparat steht im Wohnzimmer auf einem alten Hocker), gibt es *Les Enfants du paradis* von Carné. Vor ein paar Tagen habe ich gesagt, wie sehr ich diesen Film liebe, und ich verstehe: die Dame vergißt nicht. Ich begleite sie zurück ans Gartentor, wobei ich ihr den leeren Korb trage, und dort bleibt sie – schon auf der anderen Seite, halb auf der Vespa sitzend – nochmals stehen und erzählt mir von ihren beiden heranwachsenden Töchtern, denen gegenüber sie – wie ich schon weiß – eine Distanz an den Tag legt, die zu Intoleranz und nach und nach zu Aversion werden kann oder, wie jetzt, zu einem Spiel der Rivalität: »Ich hab dir ja schon gesagt, ich bin eine Rabenmutter, ich ertrage sie nicht.« Erst als sie den Motor angelassen hat, sagt sie abschließend: »Natürlich ist auch dein Neffe willkommen, wenn er nichts Besseres vorhat.«

Doch Sergio hat, so scheint es, etwas Besseres vor; er sagt mir, daß er fischen fährt. Also gehe ich gegen Abend allein zu Fuß erst unseren Schotterweg hinunter und dann in der Siedlung, zwischen Oleanderbüschen, Hibiskussträuchern und den Lichtern von unten, das schmale Asphaltband entlang, bis ich schließlich, vom lauten Gebell der Hunde angekündigt, bei Miriam auftauche, oder besser vor ihrem Haus. Schlagartig hat ein Scheinwerfer diesen Teil des Gartens erleuchtet; eine Hausangestellte – auch sie eine Filipina – ruft die Hunde, hält sie zurück und beruhigt mich mit ihrem seltsam gutturalen Akzent: »Pepita, Milly, Viva! Keine Angst, Signore, sie sind nicht bösartig. Viva!« Sie sagt vielmehr: »bosartig«. Mag ja sein. Es handelt sich um einen neapolitanischen Mastiff, der riesenhaft auf seinen schwachen Beinen steht, einen Boxer und einen fuchsroten Setter. Es ist ein Welpe, erklärt mir Miriam bei der Begrüßung, den sich Francesca (ihre ältere Tochter) von ihrem Vater im Juni zur Versetzung hat schenken lassen: »Ein so seltenes Ereignis, daß wir jetzt noch aufgeregt sind.« Sie führt mich in den Patio: »Was willst du trinken?« Ihre Mutter und ihre Schwester sind da, ich kenne sie bereits. Sie hat keinerlei Sympathien für den kleinen Setter: »Das einzige, was ich erreichen konnte, war, daß sie ein Weibchen genommen haben. Stell dir vor, was ein Rüde mit den beiden anderen angestellt hätte. Außerdem«, sie reicht mir das Glas, »wenn es keine Weibchen sind, sind es für mich gar keine richtigen Hunde.« Sie bleibt stehen und nimmt sich eine Olive: »Auch wenn sie anderen gehören, sind es für mich keine richtigen Hunde.«

Aus dem Wohnzimmer kommen Guido, Miriams

Mann, und Marcel, ihr Gast. In dem Moment leuchtet erneut der große Scheinwerfer auf, und auch die Corbinos treffen ein, mit dem Auto, in Begleitung von Kim, der japanischen Frau von Marcel. Kennen wir uns alle? Ja, wir kennen uns alle. Sie essen im Patio zum Meer hin – das hier sehr nah ist –, unter einer Art Schiffslampe. Miriam und ich setzen uns ins Wohnzimmer vor den Fernseher; das Essen bekommen wir auf Tabletts serviert, die wir auf den Knien halten. Der Film wird von einem Privatsender ausgestrahlt, völlig verstümmelt, in der alten italienischen Version *Amanti perduti*. Anfangs ist es mir unangenehm; sie antwortet, daß sie ihn wirklich gern sehen möchte, und auf jeden Fall vielen Dank, lächelt sie, für den Vorwand, den ich ihr liefere, nicht bei Tisch sitzen zu müssen. Wir reden während der Werbespots und hören auf, wenn sie zu Ende sind: »Weißt du, was Kimi auf japanisch heißt?«

Dann erklärt sie: »Du. Es heißt ›du‹, unter Gleichen. In Wirklichkeit heißt sie ganz anders. Aber als sie sich kennengelernt hatten, fiel Marcel der Name immer nicht ein. Deshalb haben sie es so gelöst.« »Nenn mich Kimi«, sage ich. »Genau. Weißt du, daß sie nicht mehr mit Marcel ins Bett gehen will?« In diesem Moment geht der Film weiter, und erst in der nächsten Pause kann ich fragen: »Woher weißt du das?« Sie findet nicht gleich wieder den Anschluß, dann lacht sie: »Denkst du noch immer daran? Er hat es mir erzählt.« Das Sofa, auf dem wir im Halbdunkeln sitzen, ist klein, ein Zweisitzer, und wir haben uns die Tabletts abnehmen lassen. »Wieso hat er es dir erzählt?« frage ich. »Wieso? Ich kann mir vorstellen, daß es leichter ist, es einer Frau zu erzählen. Vielleicht stimmt es auch gar nicht, wer weiß.« »Er

sieht wirklich Proust ähnlich«, sage ich, »nicht nur wegen der Haare und des Schnurrbarts.« »Ja, aber wie dumm er ist, wie langweilig, der Ärmste.« Sie seufzt bei den Bildern des Films – Barrault und Arletty; und obwohl der Film weitergeht, fährt sie leise fort, wobei sie mich von unten her ansieht: »Ich hab dich ja schon mal gefragt: warum nehmt ihr mich nicht eine Weile bei euch auf?«

Aber bevor ich ihr antworte, soll ich ihr einen Wodka holen. Die Hündinnen stehen um den gedeckten Tisch herum; im Vorbeigehen habe ich gesehen, daß sie sogar Pfoten und Schnauze auf den Tisch legen, sie bekommen Eis; dann fallen sie aufgeregt bei uns ein, und Miriam jagt sie fort: sie hat gemerkt, daß mir ihre Nähe nicht angenehm ist. »Wie ist deine Frau?« fragt sie mich, nun wieder ernst. Jetzt lächle ich. »Ganz anders als du.« »Zum Beispiel?« »Zum Beispiel hat sie rote Haare.« »Bedauerst du, daß sie nicht hier ist?« Ich versuche, ehrlich zu sein: »Teils, teils.« So eng, wie wir nebeneinandersitzen, berühren wir uns fast. Nebenan spielen sie Bridge: Guido, die beiden Corbinos und Kimi, oder wie immer diese japanische Kindfrau heißen mag; die Stimmen hallen kurz im Patio wider. Bernadette, Miriams Schwester, ist vorbeigekommen und hat einen Moment im Stehen mit zugeschaut; auch die Mutter hat sich blicken lassen: »Ein schöner Film?« Lästig ist Marcel; es dauert eine Weile, bis er merkt, daß er stört.

Jetzt liegt Pepita, die Hündin, an der Miriam am meisten hängt, neben uns auf dem Teppich. Im Dunkeln sieht man, wie sich ihr langer Mastiff-Rücken im Rhythmus des Atmens hebt. »Sie ist nervös«, sagt Miriam von ihrer Schwester, die – gerade frisch von

ihrem Mann getrennt – hier bei ihr einen Ersatz gefunden hat. »Sie ist nervös, weil ihr Freund wegfahren mußte. Weißt du, sie war schon immer sehr eifersüchtig.« Jetzt steht Bernadette am Rande des Patios und sieht, in einen Schal gewickelt, aufs Meer hinaus, das Gesicht hochgereckt, wie um den Geruch zu schnuppern und ihre lange, schmale Nase im Profil zu zeigen. Marcel hat sich, nachdem er eine Weile neben ihr in der Hängematte geschaukelt, aber nur einsilbige Antworten von ihr erhalten hat, an eine Ecke des Bridgetisches gesetzt und verfolgt schweigend das Spiel. »Und du, bist du eifersüchtig auf deine Frau?« fragt mich Miriam.

Dann erklärt sie: »Sie ist in England, nicht? Und sie ist jünger als du ...« Wir reden weiter, obwohl auf dem Bildschirm wieder das Schwarzweiß des Films zu sehen ist (die Szene im türkischen Bad). »Man weiß nie, ob es zwischen direkt Betroffenen besser ist, sich solche Dinge zu sagen oder nicht«, sagt sie abschließend, wie zu sich selbst. »Letzten Endes ist vielleicht der Mittelweg am annehmbarsten: keine allzu großen Anstrengungen machen, um etwas zu verheimlichen, aber auch nicht beichten. Jetzt sehen wir uns aber Carné an«, tadelt sie mich, als wäre nur ich abgelenkt; dabei drückt sie mir kräftig ihre Finger auf den Schenkel und läßt sie dann dort liegen. Ich lege meine Hand darauf, und obwohl sie ihre nach einer Weile wegzieht, bin ich bis zur nächsten Unterbrechung verwirrt, bis sie sagt: »Jetzt will ich dir etwas erzählen.«

Aber sie schweigt. »Was denn?« »Hast du gehört, wie Arletty sagt: Ich heiße Garance. Weißt du, wer Garance ist?« Sie erzählt, daß eines Morgens auf einem der üblichen Motorboote zwischen der Insel

Porri und der Asinara von irgendeinem Homosexuellen die Rede war, der sich ebenjenen Namen gewählt hatte. Irgendwann waren sie Sergio mit seinem Boot begegnet, und da hatte einer vom Motorboot ihm zugerufen: »Ciao, Garance!« »Seitdem nennen wir ihn in unserem Kreis so, und deshalb wollte ich den Film sehen.« Dann fragt sie: »Ist er wirklich ein bißchen so?« Sie muß die Frage wiederholen, bevor ich antworte: »Keine Ahnung.« »Ist dir denn nichts aufgefallen?« Dann sagt sie: »Na ja, mich interessiert es nicht. Oder eigentlich doch. Vielleicht macht er mich auch deshalb neugierig. Weißt du, ich habe eine Schwäche für ihn. Bin ein bißchen in ihn verknallt, verliebt, wie soll ich sagen?« gibt sie mit plötzlicher Übellaunigkeit zum besten. Dann fragt sie mich freundlich: »Es macht dir doch nichts?«

Das letzte Stück des Films, bis dahin, wo Deburau-Barrault in der Menge umherirrt, sehen wir zusammen mit den anderen, die sich, teils sitzend, teils stehend, nach dem Bridge hier versammelt haben. Als dann das Licht wieder angeschaltet wird und sich die Kommentare zu den gerade gesehenen Bildern mit denen über die gespielten *manches* kreuzen, erscheint der philippinische Hausangestellte, und von weitem ertönt die komische Stimme seiner Kollegin (auch Gefährtin, nehme ich an), »Viva!« ruft sie: der kleine Setter ist verschwunden. Im Nu sind wir alle draußen, erst im Garten, dann mit Lampen auf dem halbdunklen Weg, Kimi sogar mit einem tragbaren Propangasscheinwerfer, und rufen immer wieder: »Viva, Viva!« Miriam ist wütend: »Und ich muß sie dann wieder ertragen, diese Hexe«, sagt sie von ihrer Tochter (die ich dagegen als einen blonden Teenager in Erinnerung habe). Nichts, keine Spur: wir finden

den Setter nicht. In den Pausen zwischen unseren Rufen hört man das Rauschen des Meeres. »Soll ich dich fahren?« fragt mich Miriam, als ich mich schließlich bedanke und verabschiede. »Ich muß sowieso weitersuchen. Ich gehe nicht nach Hause, bevor ich Viva nicht gefunden habe.«

Sie nimmt mich im Jeep mit, zum Fahren streift sie sich sofort mit den Füßen die hochhackigen Pumps ab. Wir fahren ziemlich langsam, das Fernlicht beleuchtet lange Stücke der einsamen Wege. »Glaubst du, daß sie schon in dem Alter ist, sich bumsen zu lassen?« bricht sie das Schweigen: klein auf dem großen Sitz, barfuß, mit einer riesigen Brille, die ihr auf die spitze Nase herunterrutscht, und all ihrer schulmädchenhaft wirkenden Verständigkeit. Sie erzählt, daß Hündinnen manchmal ohne jede Vorankündigung läufig werden: schon zweimal sind ihr welche weggelaufen, und sofort war es passiert, sie kamen trächtig zurück. Ich habe keine Lust, sie bei der weiteren Suche zu begleiten, und lasse mich direkt vors Haus fahren, das völlig dunkel im Mondschein liegt; Zero bellt von drinnen, sowie er uns kommen hört. Die Steine auf dem Weg schlagen gegen den Boden des Jeeps, als er wieder hinunterfährt.

Die Tür steht, nach Sergios Gewohnheit, der natürlich nicht da ist, offen. Draußen auf dem Steintisch liegt noch immer, von Molière festgehalten, der Brief, den ich am Nachmittag an *meine* Miriam (meine Frau) geschrieben habe. Ich nehme ihn in die Hand und überfliege ihn, während ich zu Zero gehe, der, in die Kammer eingesperrt, lauter protestiert und mit den Pfoten gegen die Tür springt. Freigelassen, läuft er dann schnuppernd in einem Halbkreis

fort und läßt an einem Mastixbaum den ersten Urinspritzer ab. Das Datum auf dem Briefbogen ist inzwischen das von gestern: der 17. August.

Als ich, auf diese Weise abgelenkt, langsam vorwärts gehe, stoße ich fast mit dem Fuß gegen eine Kröte, die im Dunkeln, einen Schritt weit von der Tür, einen plumpen Sprung auf mich zu macht, dabei wie aus Versehen auf die Steinplatten fällt, innehält und mit ihren vorstehenden Äuglein schaut, während die Kehle wie in stummem Keuchen immer stärker bebt. Ekel überfällt mich für einen Augenblick, und noch lange danach kann ich ihn nicht völlig abschütteln; eine durchaus vorhersehbare, angemessene Reaktion: und doch ist es unbegreiflich, daß etwas Lebendiges sie auslöst.

2

»Die Schule der Frauen«

BRIEF

Tamerici, 17. August

Liebe Miriam, diese Ferien – wenn wir sie denn weiter so nennen wollen – sind langweiliger als erwartet, sehr viel langweiliger. Schön mag es ja sein hier, aber es ist traurig. Immer Wind, ein Mistral, der die Eukalyptusbäume und die Tamarisken schüttelt, nach denen der Ort benannt ist; er wirbelt den Sand auf, läßt die Sonne verschwinden und bringt sie wieder zurück. Ein kaltes, niemals ruhiges Meer, die Strände, ob groß oder klein, sehr schmutzig; es ist unvorstellbar, was die Wellen alles anspülen. Nicht sehr viele Leute, nicht einmal am 15. August zu Mariä Himmelfahrt; und ich habe den Eindruck, daß seit gestern bereits der Exodus begonnen hat oder daß zumindest viele angefangen haben, ihre Sommerinstallationen abzubauen. Die Asinara gegenüber wirkt völlig leer. Und dunkel, verschlossen. Der Wind bläst nachts sehr stark; er heult sogar, wenn er den Hügel hinter unserem Haus herabfährt bis in den Kanal, der ins offene Meer hinausführt.

So sieht also, aus meiner Sicht, der Sabbatmonat aus, den wir beide voneinander nehmen; eher Du von mir. Das ist der Preis, den ich zahle, um eine Frau zu haben, die eine bedeutende – oft an ihre Wurzeln zurückgerufene – Anglistin und die vor allem so viel jünger ist. Du wirst zugeben, daß ich Grund hätte, eifersüchtig zu sein. Wie früher: auch wenn Du es mir dann immer nicht verziehen hast – es

lag für Dich von jeher außerhalb Deines Verhaltenskodex; und es wurde zur bedrückendsten Fremdheit zwischen uns. Warum hast Du nicht gemerkt, daß ich damit spielen konnte wie die Katze mit der Maus? Aber jedesmal kam der Moment, in dem wir die Rollen tauschten. Gut, ich wußte immer, daß sie, früher oder später, *mich* beißen würde; ich schwöre Dir, es hat mir keinen Spaß gemacht.

Es macht mir auch hier jetzt keinen Spaß. Der Leistenbruch, dieses dumme, fast symbolische Ding, das ich mit mir herumschleppe, scheint mir größer, schwerer geworden zu sein. Ja, ich weiß, Du verstehst nicht, warum ich ihn mir nicht wegoperieren lasse. Eben weil er symbolisch ist – glaube ich. Er ist eine Art Pfand, fast harmlos und kaum sichtbar, das ich behalte; oder bin ich mühelos das Pfand, und er hält mich als Geisel? Ich kann alles machen, als ob es ihn gar nicht gäbe; nur vergessen kann ich ihn nicht. Dieses stille Gepäck läßt mich seine Anwesenheit spüren. Wird so jetzt mein Leben aussehen? Ist dieses das – noch harmlose – Zeichen, die Vorankündigung seiner Rebellion gegen mich?

Vielleicht glaube ich nicht, daß chirurgische Lösungen erlaubt sind; und ich weiß, daß nichts »mit einem kleinen Schnitt«, wie Du sagst, wieder in Ordnung gebracht werden kann. Oder vielleicht ist dies insgeheim die Gesellschaft, die mir sonst fehlt, die einzige Gemeinschaft, die ich mir zugestehen kann. Eine Art Tagebuch. Erinnerst Du Dich, als ich noch Gedichte schrieb? Wie die Eifersucht, die Du nicht duldest – oder nicht duldetest, Du wirst zugeben, daß ich Dir gegenüber schon lange keine mehr zeige: ich empfinde keine. Man lernt, daß nichts uns gehören kann. Man hört auf, gierig zu sein; oder wenn, dann

wenigstens mit Maß. Man erwirbt ein wenig Geschicklichkeit und sogar ein wenig Übung darin, derartige Fallen zu umgehen. Höflich, sogar lächelnd: nein danke.

Und doch, wenn dieser Leistenbruch – dieser geschlossene Eingeweidesack, der mir gehört, »der ich bin« und der zugleich »etwas anderes« ist – für irgend etwas als Metapher steht, dann für die Eifersucht. Schon wenn man zeigt, wo er sitzt, hat man den schamlosen Beweis dafür. Für eine Eifersucht, die nahezu gegenstandslos ist; verbliebene Erbitterung über sich selbst und Groll; aber auch Verstellung, Einsamkeit, Höhle. So lebe ich damit, unter den wenigen Leuten, unter die ich mich zufällig mische und die natürlich nichts davon ahnen; oder wenn ich – häufiger noch – auf der Terrasse Zeitung lese und dabei den Liegestuhl immer weiterschiebe, um der wankelmütigen Sonne im hier völlig verdrehten August zu folgen oder der Bö des Mistrals auszuweichen, der plötzlich wieder auffrischt, während man sogar aus so großer Entfernung noch sieht, wie das Meer, auf das niemand hinausfährt, von weißen Schaumkronen zerteilt wird; oder auch, wenn ich nachts im Dunkeln im Bett auf dem Bauch liege, zusammen mit diesem Beutel, und – auf den Schlaf wartend – denselben Wind noch stärker den Kanal hinuntersausen höre.

Diese Ferien haben also vor allem einen Beigeschmack von Fremdheit. Auch mein Gastgeber, Sergio, tut nichts – im Gegenteil –, um sie mir angenehm zu gestalten. Ich bezweifle, daß ich mich darauf eingelassen hätte, mit einem mir praktisch unbekannten dreiundzwanzigjährigen Jungen zusammenzuleben; auch wenn es mir dann, als er

mich vor die vollendete Tatsache seiner Anwesenheit stellte, schwerfiel, mich zurückzuziehen oder zu ihm zu sagen: Ja, schlaf du im Boot, geh zu deinem Freund Scarpa, wie er es mir vorschlug (ich nehme allerdings an, in ziemlichem Vertrauen auf den anderen Ausgang, den die Sache genommen hat). Von vornherein hätte ich nicht eingewilligt, und noch weniger würde ich es jetzt tun, nachdem ich diese Erfahrung gemacht habe. Sergio, das muß ich zugeben, ist für mich manchmal schwer zu ertragen, obwohl er der Sohn meines Bruders Niso ist. Es kommt vor, daß ich ein schlechtes Gewissen habe, wenn ich sehe, wie schutzlos er ist: das kleine dreieckige Gesicht, die kurzen Haare, die hellen Augen seiner Mutter; oder sogar, wenn an manchen Nachmittagen oder Abenden die endlosen Variationen seiner Klarinette zu mir herüberkommen.

Kein besonderer Grund zu Mißhelligkeiten. Nur, seine Gewohnheiten sind mir lästig. Es gefällt mir nicht, in einem Haus zu wohnen, das, trotz der Putzfrau, die morgens kommt, und der Anstrengungen, die auch ich unternehme, immer unordentlich ist; mit gelegentlichen (zum Glück nicht ständigen) Nachtlagern von Freunden oder Altersgenossen von ihm, die auftauchen, auch eine Weile hierbleiben und – gleichgültig ob Jungen oder Mädchen – noch nicht einmal die Badezimmertür abschließen können; und ständig – das mag banal sein – die Stereoanlage bis zum Anschlag aufgedreht.

Gestern zum Beispiel kamen sie vor Einbruch der Dämmerung von einem Spaziergang mit Zero zurück. Ein paar von ihnen hatten mit Hilfe von Verlängerungskabeln den Fernseher aus dem Haus mit auf die Meerseite hinausgenommen, ihn dort auf die

Steinplatten gestellt und sahen fern; die Farben der laufenden Bilder waren blaß im noch anhaltenden Tageslicht. Daneben, auf einem alten Mühlstein aus Vulkangestein, brannten, ich weiß nicht, wieso, Zeitungen und Holzstückchen. Orangefarbene Flammen mit dichtem dunklen Rauch stiegen auf, die der Wind niederdrückte. Ich war unsicher, ob ich die jungen Leute auf die Gefahr hinweisen sollte, daß sich das Feuer in der trockenen Macchia ringsum ausbreiten könnte, tat es dann aber nicht oder dachte, ich würde es meinem Neffen sagen, wenn ich ihn sähe, und wollte mir einen Pullover holen. Ich ging also durch das Wohnzimmer, in das man vom Patio aus direkt hineinkommt; es lag bei geschlossenen Läden ganz und gar im Halbdunkeln. So schaltete ich mechanisch (es wäre gar nicht nötig gewesen) das Licht an, und es beleuchtete auf dem Sofa Sergio mit einem Mädchen.

Es war, wie mir schien, völlig nackt – eine winzige Ameise mit schwarzen Löckchen und zwei leeren, aber gleichzeitig erschrockenen Augen –, er halbnackt. Bevor ich den Blick abwandte, nahm ich in dem kurzen Moment, solange das Licht brannte, den Ausdruck seines Gesichts wahr, als er es – in die Konzentration beim Akt vertieft und nur leicht überrascht – mir zuwandte. Natürlich liebten sie sich gerade. Ich ging in mein Zimmer und wußte nicht, wie ich wieder herauskommen sollte; ich fürchtete, daß ich wer weiß wie lange dort gefangenbleiben würde. Aber bald darauf hörte ich die Tür zum Badezimmer, in das sie sich zurückzogen. – Ich habe dir diese Episode erzählt, nicht weil es, bei meinem Alter, meine Urszene gewesen wäre (auch wenn es mir noch nie passiert ist, so unmittelbar Zuschauer eines Ge-

schlechtsakts zu sein), sondern weil nichts mir so deutlich das Gefühl von Fremdheit auszudrücken scheint, das dieser Urlaub in mir hervorruft (erinnerst Du Dich an die Metapher des Leistenbruchs?). Allerdings bin ich überzeugt, daß nur ich Verlegenheit empfunden habe, wenn ich bedenke, daß Sergio und das Mädchen nicht nur *sein* Zimmer, sondern auch noch zwei oder drei andere zur Verfügung hatten – das, in dem ich untergebracht bin, hoffentlich ausgeschlossen.

Man hat mir berichtet, daß Sergio Vater wird. Das Mädchen, das ein Kind von ihm erwartet, ist nicht das kleine Ameisenmädchen, mit dem ich ihn bei der Liebe überraschte, sondern eine andere, die ich wohl nicht kenne und die, soweit ich weiß, nicht hierher zu uns kommt – oder jedenfalls nicht mehr. Ein Kind, stell Dir vor! Ich glaube, ich habe inzwischen einiges Geschick darin entwickelt, mich gegen das Risiko zu schützen, daß das Leben weitergeht; aber dieses besonders macht mich schrecklich melancholisch. Wirklich, wenn ich daran denke, wird mir sein abwesendes, unbedarftes kleines Gesicht – das Gesicht eines Vaters! – mit der schmalen Furche des Mundes unerträglich. Zum Glück werden jedem Alibis zugestanden, ja, sie sind sogar obligatorisch. Wenn ich Dir den Namen nenne, der im Leben meines Neffen seit dem Tod seiner Mutter offenbar an erster Stelle steht – es ist der Name eines Segelboots mit einer kleinen Kabine: *Sant'Anna* –, dann verstehst Du, daß ich es nicht aus Gleichgültigkeit tue; und erst recht nicht, um ihm einen Vorwurf zu machen, nicht deswegen. Ebenso wenn ich Dir die Karte der Nachtclubs, Diskotheken und Tanzlokale an der Küste zeichne, auf deren sommerlicher Umlaufbahn er un-

ermüdlich entlangzuziehen scheint – Sterne eines Firmaments, das die natürlichen Lichter der Nacht im stillen Schauspiel der Bucht verdunkelt: *Il Grande Cielo, La Ricciolina, Aldebaran, Scarpantibus, La Vena d'Oro* . . .

So müssen wir die Mühe auf uns nehmen und den Einzelheiten nachgehen, angefangen bei unseren eigenen. Auch wenn wir uns dann bekanntlich darin verlieren und nicht einmal die Kraft haben, die aus dem Ärger darüber entstehen würde. *Scarpantibus* kommt von Scarpa, dessen Namen ich schon erwähnte. Ein nicht einmal junger Mann, den fragwürdig zu nennen nach Euphemismus klingt und der seine – ich habe nicht ganz begriffen, ob verstümmelte oder behinderte – rechte Hand immer in einem Handschuh verbirgt. Sergio und er sind dicke Freunde, wie und warum, weiß ich nicht. Sie fahren zusammen mit dem Boot hinaus zum Fischen. Hier habe ich diesen Scarpa nur einmal gesehen. Eines Abends, als ich nach Hause kam, hielt sein Auto, ein uralter Mercedes, vor dem Tor. Ich kam vom Patio aus ins Wohnzimmer. Da standen Sergio und er – es war schon halb dunkel – und rangen stumm miteinander. Sie hörten erst auf, als sie, noch ganz verkrampft, meine Anwesenheit bemerkten; und heftig atmend, versuchte dann Scarpa, alles als einen Scherz abzutun, was ihm mein Neffe sofort nachmachte. Doch mir war gleichzeitig das kleine, in Zeitungspapier gewickelte Päckchen, aus dem etwas wie ein Plastikzipfel hervorguckte, aufgefallen, das der Einhändige in der gesunden Hand hielt und, so gut es ging, sofort in seiner Tasche verschwinden ließ.

Ihr offensichtliches Bemühen, etwas zu verbergen, löste bei mir erst recht Argwohn, ja, sogar Besorgnis

über das tatsächlich Vorgefallene aus; und Sergio schien, als er dann mit mir allein war, dieses Bemühen noch fortzusetzen. Im allgemeinen alles andere als redselig, bestand er jetzt darauf, mich zum Abendessen dazubehalten (ich wollte ins *Residence* hinuntergehen). Er holte eine Tüte frisch gesammelter Napfschnecken von seinem Motorrad und schüttete sie auf den Küchentisch; dann stöberte er gebückt im Kühlschrank und brachte Tomaten, Weintrauben und eine Flasche Weißwein zum Vorschein. »Brot finde ich nicht«, sagte er mit einem Lächeln, wie ich es kaum an ihm kannte. Wir setzten uns also einander gegenüber zu diesem improvisierten Essen. Doch nachdem er erzählt hatte, daß er durch Scarpas Vermittlung wahrscheinlich bis zum Ende der Saison in einer Band im *Aldebaran* spielen würde, wußten wir nicht mehr, worüber wir reden sollten.

Ich konnte nicht umhin, auf den immer noch blutenden tiefen Kratzer, fast eine Wunde, auf seinem einen Handrücken zu sehen; er hatte ihn mit einem Papiertaschentuch verbunden, das jetzt blutbefleckt war. Und während ich aß, wurde ich den vagen Verdacht nicht los, dies sei eine Inszenierung, bei der die Schnecken aufgetischt wurden, um meine Vorstellungen in bezug auf das Päckchen, das der Besucher vorhin mitgenommen hatte, zu verwirren. Allerdings war das Päckchen so winzig klein gewesen, daß es wirklich nur wenige Schnecken enthalten haben konnte. Oder war die plausibelste Erklärung eine andere? Dieser Scarpa – ein ehemaliger Seemann, Ex-Meister im Schwimmen und später Trainer von Amateurmannschaften – steht im Ruf, homosexuell zu sein; und ich fragte mich, ob ich nicht einer weiteren Liebesszene beigewohnt hatte: etwa dem Protest

und Drängen eines vernachlässigten oder abgewiesenen Liebhabers, Eifersüchteleien; oder sogar, wer weiß, gewalttätigen Liebesspielen.

Beziehungen zu unterstellen, über deren tatsächliches Bestehen und deren nähere Umstände ich nichts wußte und die ich zufällig entdeckt hätte, war mir irgendwie unangenehm, ja, kränkte mich beinahe. Weniger inakzeptabel erschien es mir, von einem Handel mit üblichen, vorhersehbaren Dingen auszugehen; auch wenn diese Annahme so banal war, daß sie ausgeschlossen werden mußte. Auf jeden Fall hinterließ die Rauferei zwischen den beiden, soweit ich sie in dem kurzen Augenblick mitbekommen hatte, in mir noch längere Zeit den Eindruck einer unbekannten Gewalt; und das Gefühl, das diese Gewalt mir einflößte, deckte sich mit meiner Empfindung in bezug auf das Liebesverhältnis, das sie möglicherweise ausgelöst hatte. Sergio saugte unterdessen die Schnecken aus, die, frisch und sogar noch lebend, auf dem Teller und dann zwischen seinen Fingern vergeblich Fühler und Saugnäpfe (wenn sie so heißen) bewegten. Der Blutfleck hatte sich jetzt vergrößert und war durch das Papiertaschentuch gesickert. Schließlich mußte er ein anderes, sauberes darüberbinden, wobei er wieder sein seltenes, ein wenig unsicheres Lächeln von vorhin aufsetzte. – Nun ja, wie gesagt: er soll Vater werden.

Es fällt mir schwer, diesen Neffen nicht als fremd zu empfinden. Mag sein, weil wir uns nicht gekannt haben. Bisher hatte ich von ihm nicht mehr als ein paar Bilder im Kopf – zufällig herausgerissen aus seiner persönlichen Geschichte, von der ich nichts weiß – aus weit zurückliegenden, im allgemeinen traurigen Momenten unserer gemeinsamen Fami-

liengeschichte. Nach dem Tod meines Bruders Niso war ich Weihnachten bei ihnen gewesen. Sergio war damals ein Kind von etwa drei Jahren; in meiner Erinnerung kommt er mir noch sehr viel kleiner vor. Klein, schüchtern, still, obwohl er im Bedarfsfall, wie ich feststellte, die Wörter gut aussprechen konnte. Und so sehe ich ihn vor mir in einem mit winzigen Blumen bestickten roten Wollhemdchen: Tiroler Trachtenmuster, glaube ich. Natürlich bekam er sehr viele Geschenke. Hinter der Wohnzimmertür, inmitten des Grüppchens von Verwandten, die zu einem Fest versammelt waren, dessen schmerzlicher Beigeschmack ihm verborgen bleiben sollte, hatte ich ihm beide Hände auf seine kleinen Schultern gelegt, um ihn zurückzuhalten. Auf der anderen Seite der Tür war alles dunkel, durch die Mattglasscheiben schimmerten nur, durch die Brechung gedämpft, die bunten Lichter des Baumes; und dann ertönte leise als Signal eine Weihnachtsmusik vom Plattenspieler. Auf mich wirkte er vor allem verängstigt, besonders, als sich die Tür öffnete und ich ihn vorwärts schob. Er machte sich von mir los und lief zu seiner Mutter.

Damals waren sie schon in das Haus der Mancas, der Familie, aus der Carla stammte, umgezogen und wohnten bei der berühmten »Großmutter Manca« (die noch eine ganze Weile leben und einen Teil von Sergios unbekannter Geschichte, ich glaube, bis hin zur fünften Klasse, bestimmen sollte). Und dorthin kam ich – wie viele Jahre später? – anläßlich des, wie man so sagt, »tragischen« Todes meiner Schwägerin Carla zurück: im Frühling diesmal, die Tage waren schon länger.

Ich habe erst jetzt, im Laufe dieses Urlaubs, die

Wahrheit über Carlas Tod erfahren. Ja, ein Unfall: die Kurve, in der ihr Wagen, es war schon dunkel, von der Straße abkam und sich überschlug, liegt zwischen Tamerici und dem Ort; ich fahre ständig dort vorbei. Aber sie war in dem Auto nicht allein; ja, lange hieß es sogar – die gerichtliche Untersuchung sollte es später widerlegen –, der junge Mann, der sie begleitet und es unverletzt überstanden hatte, habe am Steuer gesessen. Die Tatsache, daß Dritte nicht zu Schaden gekommen waren, erlaubte es, »den Skandal« herunterzuspielen; wenn denn die Beziehung einer Witwe aus guter Familie zu einem, der ihr Sohn hätte sein können – mochte er auch sechs oder sieben Jahre älter sein als ihr richtiger Sohn –, überhaupt noch einen Skandal hätte auslösen können. Carla benutzte also außerhalb der Saison das Haus in Tamerici, wo wir jetzt wohnen, für heimliche Rendezvous; es handelte sich offenbar auch nicht um ihren ersten Geliebten (auch die anderen waren jung gewesen). Arme Carla! Du hast sie ja nicht gekannt.

Ich weiß nicht, ob Sergio je erfahren hat, wie alles in Wirklichkeit gewesen ist, nehme allerdings an, daß dies unvermeidlich war. Jedenfalls glaube ich, daß ihm die Erinnerung an seine Mutter wichtig ist, auch wenn er nicht von ihr spricht. In seinem Zimmer hier in Tamerici, das ursprünglich ihr Zimmer war, hat er mehr als ein Foto von ihr auf der Kommode stehen und an den Wänden hängen. Dieses Zimmer, das ich nie betrete, ist, unbeabsichtigt, so etwas wie ein Museum von Sergios Leben; vielleicht macht es mich deshalb ein wenig neugierig und bereitet mir zugleich ein leises Unbehagen. Es ist, als hätten die Ereignisse im Kommen und Gehen dort ihre Spuren hinterlassen. Da ist Carlas großes Mes-

singbett, ein Familienerbstück (das Ehebett, das sie nach ihrer Verwitwung abschlagen ließ); da ist der Sessel der Großmutter Manca (der nach deren Tod aus dem Haus in der Stadt fortgeschafft wurde, weil Carla es nicht ertrug, ihn noch länger zu sehen); und da sind andere Möbel, auch wertvolle, aber alle schlecht instand gehalten, sogar mit Nägeln in den edlen Hölzern und mehrfach umwickelt mit Bindfäden, die sie zusammenhalten; Möbel, die im Laufe der Jahre achtlos behandelt und nur zu dem ihnen angemessenen – oder auch unangemessenen – Zweck benutzt worden sind.

Denn das Zimmer ist, obwohl geräumig, vollgestopft mit Sachen: Bücher, auch Märchenbücher, Stapel von Heftchen, Kleidungsstücke aller Art, haufenweise bespielte Kassetten, verstaubte Fotoapparate, Objektive und Fotoausrüstungen, Flugzeugmodelle, die Sergio früher einmal gebaut hat, Bootszubehör und Geräte für die Unterwasserjagd, die er jetzt praktiziert, die schon erwähnten alten Familienfotos... Das Ganze nicht gerade in Unordnung, aber in großer, vielfältiger Menge, in ungewöhnlichem, zufälligem Nebeneinander – wie Ablagerungen seiner verschiedenen Lebensphasen. Die Fensterläden sind immer geschlossen, das Licht bleibt oft auch tagsüber brennen (wenn er nicht gerade schläft). Dort – ich glaube, im allgemeinen im Bett – hört Sergio, mit oder ohne Kopfhörer, seine Musik und übt Klarinette. Wenn er es nicht auf der Terrasse tut, die durch eine stillschweigende Übereinkunft zwischen uns ihm vorbehalten ist.

Liebe Miriam, ich weiß nicht, was aus all diesen Seiten hervorgeht, die ich für Dich und ein wenig vielleicht auch für mich selbst geschrieben habe und

die ich mich jetzt nicht wiederzulesen getraue. Ich weiß nur, daß sie aufrichtig sind, auch wenn das natürlich kaum zählt. Ich weiß auch nicht, ob das, was ich empfinde, am Ende Sehnsucht nach oder Angst vor dem Leben ist. Mag sein, daß sich beides letztlich nicht wesentlich voneinander unterscheidet, da Sehnsucht ja bekanntlich gleichbedeutend ist mit Mangel und Schmerz. – Ja, das ist gewiß: ich verspüre auch viel Unbehagen. Doch über eines bin ich auf jeden Fall froh, nämlich darüber, daß ich keine Kinder habe. Nicht nur, weil das Kinderzeugen ein Wagnis und eine wirklich maßlose Blindheit oder Anmaßung impliziert, sondern weil die Eltern-Kind-Beziehung mir als die unglücklichste schlechthin erscheint, zumindest aus der mir einzig möglichen Sicht der Eltern. Ich habe Dir noch nicht erzählt, daß ich – per Zufall – Dora getroffen habe, die mit Ettore und Giovanna, ihrer Tochter, in einem Wohnmobil hierhergekommen ist. Ettore war aber schon wieder abgereist: nach Korsika, ich weiß nicht, mit wem und auf was für eine Fahrt; ich hatte den Eindruck, mit ihrer Ehe ist es endlich aus und vorbei. Hier verbringen sie die Zeit mit einem Kreis von Freunden, die zelten oder im Ort untergebracht sind; auch mit einheimischen Bekannten. Ich mußte sie, Mutter und Tochter, zum Essen ausführen.

Was für ein Einfall! Giovanna ist nicht weniger langweilig als Dora. Und Du weißt ja, wieviel Dora redet, immer von einem Thema zum anderen springend, und wie banal. Die Tochter lieferte ihr die Stichworte, ohne auch nur eine Replik auszulassen, aber immer polemisch. So mußte ich mir zwei Stunden ihre Streitereien anhören. Das Restaurant heißt *Foxi* (gesprochen »Foschi«), nach einem hiesigen

Strand, und liegt wunderbar am Meer, gegenüber der Asinara; davon abgesehen, ißt man dort, wie sich herausstellte, sehr schlecht. Die beiden fingen also in der Dämmerung an – als man uns die Kerze auf dem Tisch anzündete –, und dann ging es weiter durch alle Phasen des Abends – langsameres Schwappen der Wellen, Heimkehr der Boote, Lichtreflexe des Mondes, der spät aufging; außerdem war die Bedienung sehr langsam. Dies war die äußerst widerstandsfähige Nabelschnur, die sie miteinander verband. – Dora veröffentlicht demnächst neue Gedichte, aber nicht mehr bei F., sondern bei einem kleinen Verlag, dessen Name mir jetzt nicht einfällt.

Liebe Miriam, ich fürchte, ich habe Dir eine trostlose Vorstellung von meinen Ferien vermittelt. Ich weiß nicht, ob sie wirklich trostlos sind, nehme es aber an; und ich fürchte, trostlos bin auch ich mit meinen achtundfünfzig Jahren und den anderen, die mir vielleicht noch bevorstehen. Es ist Abend, ich muß ins *Residence* hinuntergehen, um ein bißchen was zu essen. Aber morgen erzähle ich Dir von dem Buch, das ich schreibe. Einen Kuß.

BRIEF

Tamerici, 18. August

Liebe Miriam, ich öffne den Brief noch einmal, wie ich es mir vorgenommen hatte. Aber bevor ich Dir von meiner Arbeit berichte, muß ich Dir von dem Abenteuer erzählen, das ich gestern abend erlebt habe.

Also, ich kam vom *Residence*, nicht spät, schon deshalb, weil das Fernsehen Carnés *Les Enfants du paradis* brachte und ich mir noch den Rest ansehen wollte (wenigstens den Schluß mit dem verzweifelten Deburau-Barrault, der gegen den Strom der Menge voranzukommen versucht). Nachdem ich den Motor abgeschaltet hatte, dachte ich mir nichts dabei, als Zero mir aus der Kammer, die zu seinem Raum geworden ist und in der wir ihn immer einschließen, nicht entgegenbellte. Zwar rief ich ihn, doch unruhig wurde ich erst, als ich weiterhin keine Reaktion erhielt. Nun, das Haus stand, wie bei Sergio üblich, offen und war dunkel; leider stand auch, wie ich sofort sah, die Kammertür offen – einen Spaltbreit nur, aber ausreichend; natürlich war Sergio schuld oder einer seiner Freunde. Ich durchstöberte alles, nachdem ich überall Licht gemacht hatte: von Zero keine Spur; dann suchte ich, pfeifend und rufend, auch ringsum auf dem Gelände, im Gebüsch.

Zero war tatsächlich durch eines der Löcher im Zaun weggelaufen. Es war nicht das erste Mal, und immer hatte ich Sorge und Angst gehabt, wenn ich

umherlief und ihn suchte; aber er war nie mehr als zehn, zwanzig Minuten verschwunden. Dann sah ich ihn wieder den Weg entlangkommen, ganz gemächlich und so sein schlechtes Gewissen verbergend oder wirklich nicht ahnend, welcher Übertretung er sich schuldig gemacht hatte (ich glaube nicht, daß er sonderlich intelligent ist); wenn ich ihn nicht plötzlich, als wäre er nie verschwunden, vor den Füßen hatte, so daß ich fast über ihn stolperte, oder ihn, tatsächlich allen Rufen gegenüber taub, beim Pförtnerhäuschen herumschnüffeln fand, das ihn aus irgendwelchen obskuren Gründen anzieht. Auch jetzt machte ich also, immer wieder pfeifend und rufend, die Runde zu seinen Lieblingsorten und richtete die Taschenlampe bald hierhin, bald dorthin ins Dunkel.

Doch allmählich wurde mir klar, daß er schon weitaus länger fort war, als ich es sonst erlebt hatte; und ich kann Dir sagen, meine Angst wurde immer größer. Du weißt, daß ich dazu neige, Katastrophen in der Phantasie vorwegzunehmen. Ich sah Zero bereits übel zugerichtet und von einem Auto überfahren auf dem Asphalt in seinem Blut liegen; oder – schlimmer noch – ich sagte mir, ich würde ihn niemals wiederfinden und nichts mehr über ihn erfahren: womöglich hatte ihn ein unkundiger Jäger gestohlen und auf ein Auto geladen, um ihn zu Aufgaben zu zwingen, die er nicht erfüllen konnte; oder es hatte ihn jemand mitgenommen, der außerstande sein würde, ihm ein Leben zu bieten, wie er es gewöhnt war (es soll wohl so sein, daß dieser Brief in zwei Teilen dem Thema Eifersucht und der Elternschaft gewidmet ist). Nun gut, ich dehnte die Suche noch weiter aus, erst zu Fuß, obwohl ich beim Lau-

fen ganz außer Atem kam, ich fragte Nachbarn, die ich kaum kannte; dann nahm ich das Auto und zwang mich, langsam zu fahren, um mit dem Fernlicht einsame Alleen und, hinter Tamerici, Feldwege abzusuchen, deren Staub im Dunkeln durch die offenen Wagenfenster hereindrang.

Nichts. Bis ich an Sergio oder einen seiner Freunde dachte. Ob er ihn mitgenommen hatte, vielleicht sogar im Boot? Ob einer von ihnen etwas von ihm wußte? Ich gab Gas und fuhr in den Ort hinunter an den kleinen Hafen. Ich erinnerte mich ungefähr, wo die *Sant'Anna* vor Anker liegt. Und tatsächlich fand ich sie, im Licht des gerade aufgehenden Mondes, zwischen all den anderen Booten. Ich glaubte, die Kabine und den Mastbaum mit dem eingezogenen Segel wiederzuerkennen; um sicherzugehen, las ich den Namen in blauen Buchstaben am Heck. Es schien niemand dort zu sein. »Sergio! Sergio!« rief ich vergeblich. Zwei ältere Männer, die ein Stück weiter weg auf einem Mäuerchen saßen, sahen mich an, ohne etwas zu sagen. Ich habe hier gestern die Namen der Nachtclubs, Diskotheken und Tanzlokale aufgeschrieben, die Sergio abwechselnd besucht; ich ahnte nicht, daß ich sie einige Stunden später, von den leuchtenden Schildern geführt, würde abklappern müssen, manchmal auch stehenbleibend, um zu fragen: *Il Grande Cielo, La Ricciolina, Aldebaran, Miami, Scarpantibus*... An keinem dieser Orte hatte man meinen Neffen gesehen; nur im *Aldebaran* konnten sich der Kartenverkäufer und der Türsteher seltsamerweise, obwohl es leer schien, nicht erinnern; aber sie erlaubten mir, drinnen nachzusehen, was ich unter den fluoreszierenden Lichtern kurz und vergeblich tat, während aus den Laut-

sprechern müde, aber sehr laute Rockmotive dröhnten, nach denen niemand tanzte.

Nach ein Uhr kehrte ich nach Hause zurück. Ich lief in die Kammer der Hundekorb war leer, wie das Haus, das ich erleuchtet gelassen hatte und das mir mit Schweigen antwortete. Ich rief und pfiff noch lange von der gepflasterten Fläche aus. Der Mond stand jetzt kleiner und auf halber Höhe am Himmel; die Lichter auf der Asinara spiegelten sich im ruhig gewordenen Meer. Was konnte ich noch tun? Ich schrieb Sergio einen Zettel, auf dem ich ihm erklärte, daß die Türen offenbleiben sollten, und ging zu Bett; ich schlief sogar. Als es schon vier Uhr durch war, erwachte ich mit großem Durst und sehr geringer Hoffnung. Bevor ich mir etwas zu trinken holte, schaute ich in den Korb. Da lag Zero, zusammengerollt in seiner gewohnten Haltung, die bärtige Schnauze zwischen den Vorderpfoten, und schnarchte. Ziemlich müde, wie mir schien. Als er seine noch verschleierten Augen aufmachte, knurrte er mich böse an, wohl nicht nur, weil ich ihn gestört hatte: mit einem Ausdruck, den ich nicht an ihm kannte.

Was bedeutet dieses Gleichnis – so man es denn dafür halten will? Das Abenteuer, das ich erlebt habe, wie ich Dir sagte, war eigentlich das von Zero: ein Liebesabenteuer vermutlich. Und ich bin davon ausgeschlossen: durch eine Macht, die sich nicht schon deshalb leichter akzeptieren läßt, weil sie (wenn das überhaupt stimmt) »natürlich« ist. Auch wenn jetzt bei Tage, an einem Morgen mit unbeständiger Sonne und Mistral wie gestern, vielleicht auch schlimmer, der Ruchlose, der Verräter – trügerisches Happy-End –, hier herumlungert mit einem Ausdruck wie immer und scheinbar alles vergessen hat.

Ein ähnliches Gleichnis gibt es auch in meinem neuen Roman. Auf dem Steintisch, an dem ich sitze – ein alter Tisch, der hierhergebracht wurde, als das Haus im Bau und mein Bruder Niso (schon geschwächt durch seine frühzeitig aufgetretene Krankheit) noch am Leben war –, liegt neben dem großen Radio, das Sergio mir leiht, Molières *L'école des femmes*. Wieviel an nutzloser und echter Pädagogik, an Konflikten zwischen Alter und unglücklicher Liebe kann man aus einer solchen Geschichte übernehmen?

Ich glaube, der Versuch einer Antwort impliziert eine Auseinandersetzung mit anderen Fragen: Liebe *zu wem*, *inwiefern* enttäuscht? Die Gegenstände (auch die der Liebe) sind letztlich sehr zufällig, bedeuten etwas anderes. Und was man verliert, ist stets das Leben. Also, die Geschichte, die es zu erzählen gilt, kommt nicht ans Ziel, oder man sieht es nicht, auf jeden Fall ist es unwichtig; die »Mittel« bleiben ohne »Zweck« und »Ziel«.

Dies alles schmerzt, auch moralisch. Zweideutigkeit gegen Zweideutigkeit, in einem Aufeinanderreagieren verzerrender Spiegel: Subjekt gegen Objekt, (falsche) Autobiographie gegen (in gewisser Weise wahre) Biographie. – Aber es darf keine »pièce à vedette« werden, wie man, glaube ich, auch zu Molières Zeiten sagte: ich behalte mir lediglich eine Rolle als Autor vor. Die geliebte junge Person aber, die schicksalhafterweise enttäuscht, lasse ich von einem Mädchen (der Agnès bei Molière) zum Jungen werden und suche so, indem ich ihm das gleiche Geschlecht zuweise wie dem Alten, der ihn unglücklich liebt, ein wenig Abstand; auch wenn es dann schwierig wird, die Beziehungen, die zu Hauptbezie-

hungen auserkoren sind, als »distanziert« wahrzunehmen (und auch wenn so aus dem Dritten, *dem* Rivalen, *die* Rivalin wird).

Also ein Geflecht aus Mißverständnissen und Betrügereien (»Mit diesem Herzchen mach ich, was ich will« – »Ainsi que je voudrai, je tournerai cette âme«), im Zeitraum eines zu Ende gehenden Sommers, in einem Haus, genau wie diesem, mitten in der mediterranen Macchia – dazu einige Villen, einige Boote, einige Nachtlokale oder Diskotheken, eine Reihe von Schlagern; und so viel Leichtigkeit und Unterhaltung wie irgend möglich. »Je tiens cela plaisant autant qu'on saurait dire./ Et vous n'en riez pas assez, à mon avis.« (»Ich finde dies unsagbar komisch; doch du lachst nicht genug darüber.«)

Ich habe die Verse in meinem Molière rot unterstrichen: »Quand tu tiens ton potage/ Que si quelque affamé venoit pour en manger...« (»Wenn du Suppe auf dem Teller hast und ein Hungriger sie dir wegißt...«) Das Dreieck ist einfach und folgt dem natürlichsten Gesetz, demzufolge das Alter hinter der Jugend zurücksteht oder jedenfalls am Ende wieder sich selbst überlassen bleibt. Beginnen wir damit, daß die Rivalin dem Alten ihre Liebe zu dem Jungen anvertraut, nicht ahnend, daß dieser konkurrierende Gefühle nährt; und natürlich sagt sie ihm dann wie bei Molière: »Du kommst mir traurig vor...« (»Vous me semblez chagrin...«) Wörtlich paßt auch die Szene, in der der Alte überlegt: »Konnte ich ahnen, als er noch ein Kind war, was einmal aus ihm werden würde? Gott, wie weh das tut!« (»Aurois-je deviné quand je l'ai vu petit/ Qu'il croitroit pour cela? Ciel! que mon cœur patît!«)

Später wird das Spiel der Transpositionen ab-

wechslungsreich und dicht. Man kann die verschiedenen Perspektiven der drei betonen; eine andere Liebesbeziehung des Jungen kann in Frage kommen; doch zum Höhepunkt des Leidens führt bekanntlich der Schluß: »Que ne vous êtes-vous, comme lui, fait aimer?/ Je ne vous en ai pas empêché, que je pense.« (»Warum hast du es nicht wie er verstanden, meine Liebe zu wecken? Ich habe dich nicht daran gehindert, scheint mir.«)

Aber auch das ist nicht der Sinn der Geschichte. Er liegt viel eher, glaube ich, in dem nicht enden wollenden Sommer, in dem Klatsch und Tratsch zwischen Booten und Häusern, in den nächtlichen Lichtern und den Motiven der Lieder; in Arletty, die in dem Film, den ich nicht noch einmal sehen konnte, Barrault anlächelt: »Je m'appelle Garance.« So kann der – natürlich schönere – Titel »Die Schule der Frauen« nicht mein Titel sein. Erst dachte ich an: *Ferien*, als Umschreibung für die »Mittel ohne Zweck«; aber dann kam: *Das kurze Leben*, was das gleiche bedeutet, aber (etwas) von der Qual hinzufügt.

3

Die Seeigel

Ich kann mich an keinen anderen so herrlichen Sommer erinnern. Die Urlauber waren keine Frühaufsteher, in den Gassen des Orts trafen wir nur einige wenige in Holzpantinen und T-Shirt über dem Badeanzug, während wir unsere kleinen Einkäufe machten: Zeitungen, Weintrauben und Pfirsiche, frisches warmes Brot; die Boote lagen noch alle mit leicht im Landwind flatternden Wanten und Fähnchen dicht nebeneinander im engen Schlauch des Hafens, wenn Sergio sich auf dem Kai über die Pumpe beugte und spritzend das Obst wusch; und das Meer war fast leer, wenn wir, bevor wir das Segel setzten, langsam mit dem kleinen, wenige PS starken Motor der *Sant'Anna* hinausfuhren, um die kleine Insel herum, die gleich außerhalb der Mole lag und deren Namen er mir schon am ersten Morgen genannt hatte: Mortorio.

Dann fuhren wir an Punta Negra vorbei und waren schon weit draußen, wenn, im Grünen verstreut, die wenigen Dächer von Tamerici auftauchten; weiter oben konnten wir unser Haus erkennen – im Geiste grüßte ich den armen Zero, der dortgeblieben war; im Hintergrund sah man den weißen Streifen des Strandes von Foxi mit seinem türkisblau leuchtenden Meer, begrenzt von der langen, flachen Insel Porri und dem Turm von Sperone; und weit dahinter das offene Meer. Sergio hatte das Segel aufgezogen; ich versuchte ungeschickt, ihm zu helfen. Die ganze

Woche lang war das Meer außergewöhnlich ruhig: jeden Morgen lag es da, glatt und in leicht schillernden Farben bis hin zum Lila der Asinara. Ich erinnere mich, daß zu einem bestimmten Zeitpunkt immer ein Hubschrauber auftauchte, eine Weile versetzte der Propeller die Luft über unseren Köpfen in heftige Bewegung; und Sergio wartete, bis er fort war, wenn er anlegen wollte. Auf der Asinara kannte er einige Wachposten; es gab windgeschützte, nicht einsehbare kleine Buchten, in denen sie uns zu ankern erlaubten.

Anfangs nannte Sergio mich »Onkel Piero«, wobei er sich manchmal mit seinem eigentümlichen Lächeln korrigierte. Das Wasser dort war vollkommen klar, genauso türkisfarben, nur eine Spur grüner. Er watete hindurch, ohne zu schwimmen, bis zu einem der kleinen Strände zwischen den Granitfelsen, die Tasche mit dem Obst und den Zigaretten auf dem Kopf. Er stellte sie in den Schatten und bot nach einer Weile dem Wachposten, wenn der es war, oder dem Polizisten etwas an; auch den Häftlingen selbstverständlich, wenn welche kamen. Ich wartete, bis ich sah, daß er sich mit ihnen unterhielt und eine Zigarette mit ihnen rauchte, bevor ich vom Boot aus nachkam. Was soll ich sagen? Ich kann mich an keinen anderen derart glücklichen Sommer erinnern. Eines Morgens war ein Häftling da, von einem Traktor abgestiegen, mehr oder weniger in Sergios Alter, und er sah ihm auch ähnlich. Gemeinsam sammelten sie Seeigel für uns und öffneten sie uns dann, Sergio mit einer Schere, der andere Junge mit einem Taschenmesser; beide noch triefend naß. »Weißt du, warum er im Knast sitzt?« fragte der Wachposten mit gesenkter Stimme, als der andere wieder ins Wasser

gesprungen war, um sich zu waschen, und prustend und um sich schlagend weiter weg wieder auftauchte.

Manchmal fuhren wir auch aufs offene Meer hinaus, an der Asinara vorbei nach Nordosten oder auf der anderen Seite nach Süden, wo die Küste steil und dunkel war, ohne Strände. Sergio nahm das Harpunengewehr und ging mit angehaltenem Atem unter Wasser; aber er amüsierte sich auch – manchmal sogar stundenlang –, mit einer kleinen Harpune in der Hand einem Tintenfisch vor seiner Höhle aufzulauern, oder sammelte Meeresfrüchte. Er schnitt mir Seeigel auf, legte sie mit ihren orangeroten, okkerfarbenen oder violetten Zungen inmitten der schwarzen Stacheln nebeneinander auf den Bootsrand, schneller, als ich sie mit dem Löffel einsammeln konnte, und fragte mich dann seinerseits: »Weißt du, wie viele Jahre der Junge von gestern absitzen muß?« Ich war ein wenig überrascht, da er im allgemeinen nur redete, um zu antworten oder um etwas in unmittelbar praktischem Zusammenhang zu sagen. Auch jetzt bildete das Wasser, das ihm an seinem mageren Körper und über die ziemlich ausgeblichene Badehose – die einzige, die ich an ihm kannte – herunterrann, kleine Pfützen auf dem Holz des Decks. Mit einer mechanischen Routinebewegung wischte er sich mit dem Handrücken das Wasser unter der Nase ab, bevor er weiterredete: »Wenn mir das passiert wäre, hätte ich mich längst ertränkt.«

Wir hatten den Anker eingeholt, als ich, ein wenig im Scherz, zu ihm sagte, sich zu ertränken sei schwierig für jemanden, der so gut schwimmen könne wie er: »Der Selbsterhaltungstrieb siegt.« Er war nicht davon überzeugt, saß am Steuer, auf dem Kopf wie-

der die komische Schirmmütze, die er manchmal zum Schutz aufsetzte: »Das kommt auf den Menschen an. Das heißt, wenn einer wirklich will...« Und leicht lächelnd fuhr er fort: »Mir zum Beispiel gefällt das Ertrinken. Ich meine, nicht nur, daß die Zeit ganz langsam vergeht und man nie wieder hochkommen möchte, wenn man die Luft anhält und abtaucht. Ich mag auch gern, wenn das Wasser in mich eindringt – in Hals, Nase, Augen und Ohren. Es tut mir natürlich weh, es brennt, aber ich mag es. Wer weiß, ich muß wohl mal Kiemen gehabt haben«, er verzog den Mund zu einem etwas breiteren Lächeln – das Äußerste für ihn –, wie über eine außerordentlich witzige Bemerkung: »Vielleicht finde ich sie eines Tages wieder.« »Aber sieh mal«, antwortete ich, nachdem ich mir eine Zigarette hatte geben lassen und sie angezündet hatte – ich, der ich fast nie rauche –, »wenn du Kiemen hast, ertrinkst du doch nicht.« Er wartete, bis er sich auch eine angezündet hatte, bevor er, den Rauch wegblasend, sagte: »Wenn ich will, ertrinke ich. Wetten?«

Am Nachmittag vor Miriams Ankunft bot er mir an, mit dem Boot hinauszufahren. Das war noch nie vorgekommen, der Gastfreundschaft widmete er sonst nur den Vormittag; den restlichen Teil des Tages pflegte er sich und seinen alten Beziehungen vorzubehalten – mir ist, als hörte ich wieder das Motorrad den Schotterweg herunterkommen, ein wenig Staub aufwirbelnd, wenn die Sonne tief stand oder bereits unterging. – Und auch jetzt sank sie schon, als ich ihm, auf dem Bug der *Sant'Anna* stehend, bei der Ausfahrt aus dem Hafen beim Manövrieren half. Wir fuhren nach Osten in die Bucht hinein, es war leichter Seegang aufgekommen, und das Boot neigte sich

mit geblähtem Segel und durchpflügte spritzend das Wasser. Sergio hatte mir erklärt, wie ich die Angelschnur hängen lassen sollte, und ich hielt das Ende in der Hand: die Sonne hinter uns war inzwischen nur noch eine kleine rote Scheibe, die den weißen Lack noch ein Weilchen leuchten ließ; wir begegneten einigen Booten, man grüßte sich von weitem. Es passierte, als ich gar nicht darauf gefaßt und durch den Leuchtturm abgelenkt war, der in der Ferne am äußersten Ende der Asinara blinkte – ein winziges Licht in der schimmernden Luft hinter dem salzigen Sprühnebel: ich spürte, erst ohne zu begreifen, fast mit Angst, wie die Leine in meiner Hand sich spannte.

Es war ein anderes Leben, das sich auf diese Weise zu behaupten versuchte – vergeblich. Sergio half mir vom Steuer aus, die immer schwerer werdende Nylonschnur allmählich, aber ohne nachzugeben, einzuholen: und dann schlug der silbrige dunkle Körper, der, sich windend, aus dem Wasser gezogen wurde, gegen den Kiel. Die kleine Zahnbrasse blieb, nachdem Sergio ihr den Angelhaken herausgezogen hatte, mit ihrem Blutfleck und den Kiemen, die aufhörten sich zu heben, auf dem Boden des Bootes liegen; schon wurde es Abend. Auf der Rückfahrt, weiß ich noch, wurde mir sehr kalt, und Sergio redete mir zu, in der winzigen Kabine unter Deck, die ein weiteres Zuhause für ihn war, Schutz zu suchen, wo ich dann – während es langsam dunkel wurde und ich die Wellen sich an den Seiten brechen hörte – auf der einzigen Liege saß und so sehr zitterte, daß ich schon fürchtete, ich hätte Fieber und würde krank.

Doch nach der Dusche und dem Abendessen – wir hatten die Zahnbrasse gekocht – ging es mir wieder

besser. Ich hatte darauf bestanden, daß wir draußen auf dem Steintisch deckten. Der Abend war sehr schön und klar: der Himmel dunkel und wolkenlos, ohne Mond, voller Sterne. Gleich nach dem Essen, als wir das Licht ausgeschaltet hatten, setzte ich mich, in einen Pullover eingehüllt, in einen Liegestuhl, mit Zero zu meinen Füßen und einer weiteren Flasche Weißwein – als Therapie; auch Sergio saß, etwas weiter weg, in einem Liegestuhl und hörte seinen Walkman. So saßen wir da zu dritt, und irgendwann kreuzten sich Scheinwerfer am Himmel, langsam, in weitem Schwenk; die Scheinwerfer einer Diskothek, vermutlich. Hin und wieder trank ich einen Schluck und streichelte Zeros borstigen, von der Arthrose gekrümmten Rücken; der arme Zero. Aber als von weitem das Gebell eines anderen Hundes herüberkam, hob er den Kopf: er drückte sich vom Boden ab, um aufzustehen, wandte sich nach der Seite hin und sog witternd die Luft ein. Dann kauerte er sich wieder neben mich. »Omne trinum est perfectum«, sagte ich. Sergio schwieg immer noch. Ohne es zu merken, übertrieb ich es ein wenig mit dem Wein: Als ich ins Bett ging, in dem Zimmer, das er mir überlassen hatte und das das Zimmer seiner Eltern gewesen war, drehte sich mir der Kopf; angenehm sogar, obwohl es mir dann im Dunkeln allmählich unangenehm wurde und mir war, als versänke ich im Kissen und wäre gleichzeitig noch auf dem Boot.

Miriam kam am nächsten Tag aus Mailand, und ihr Flugzeug hatte Verspätung. Im Sommer haben Flughäfen etwas Unanständiges, wie ich leicht melancholisch feststellte, als ich wartend mitten in dem alles beherrschenden Lärm und Geschrei – es war

Mittagszeit – tief eingesunken in einem Plastiksessel saß; dabei paßte auch ich mit meinen Bermudas durchaus in diese Szenerie. Ich hatte noch Kopfschmerzen vom Abend vorher. Miriams Gepäck erschien mir übertrieben viel, was ich allerdings nicht aussprach, als ich mich abmühte, es vom Transportband herunterzuheben und nachher ins Auto einzuladen. Auch sie war hinter den blauen Brillengläsern, die ich nicht an ihr kannte, nicht gut gelaunt und wirkte müde.

Die Ferien begannen mit diesem Schmollen, aus dem dann Herablassung wurde oder Gleichgültigkeit, ich weiß es nicht. Jetzt waren wir morgens zu dritt, wenn wir auf die Asinara zufuhren. Sie lag ausgestreckt, die Augen geschlossen, auf dem Bug und verwandte viel Zeit darauf, sich mit schützenden, bräunenden Lotionen und Cremes einzureiben, voller Angst, sich zu verbrennen: sie als Rothaarige mit heller Haut; mochte sie sich im Gebirge auch noch so viel der Sonne ausgesetzt haben. Sie badete immer nur kurz, trocknete sich ab und cremte sich sofort aufs neue ein, wobei sie für den Rücken auch mich in die Aktion miteinbezog. Sie dämpfte meine Begeisterung: »Ja, es ist schön, aber langweilig.« Am zweiten Tag war es wohl, als ich irgendwann bemerkte, daß sie, rücklings auf dem Bug liegend, ohne weiter nachzufragen, ob sie mir vielleicht meinen Platz wegnähme, das Oberteil des Bikinis abgelegt hatte. Natürlich war mir diese – ja auch sonst weitverbreitete – Gewohnheit bei ihr nicht neu; jedoch erschien sie mir in dieser Situation als unnötige Übertreibung, die mich fast kränkte – ich möchte bemerken, daß es sich nicht um Eifersucht handelte. Es war mehr oder weniger die gleiche innere Verfas-

sung, mit der ich dann die Asinara näher kommen sah und dachte, daß es taktlos von Miriam wäre, sich vor Männern, die sich nicht frei bewegen konnten – Wächter oder Gefangenen –, so zu zeigen; allerdings hatte sie sich, bevor wir den Anker warfen, wieder bekleidet.

Sie verhielt sich auch weiter so, jedesmal wenn wir mit dem Boot hinausfuhren. Sie hatte Brüste, die ich gut kannte und die mir nichts sagten: weder groß noch klein, weder häßlich noch schön. Sie bewegte sich mit der gleichen Unbefangenheit wie immer, unbekümmert darum, wie sie wackelten, wenn sie sich bückte oder sich plötzlich umdrehte. Auch Sergio schien nicht darauf zu achten. Es war wohl an jenem zweiten Tag, draußen auf offenem Meer, während er mit Maske und Flossen unter Wasser auf Fischfang war, als Miriam mich fragte: »Stimmt es, daß er ein bißchen schwul ist?« Es war eine Dummheit, die ich ihr am Tag nach meiner Ankunft am Telefon erzählt hatte; und jetzt ließ sie sie, neugierig und amüsiert, in einer Art Pingpong, die manchmal typisch für sie war, gegen mich zurückprallen; mich kränkte vor allem der Ausdruck. Sie bohrte weiter, um die Quelle und die Art und Weise der Information zu erfahren, bevor sie feststellte: »Na, mag sein, auch wenn er nicht so aussieht. Jedenfalls ist er hübsch.« Wolken, einige wenige, verschleierten erneut die Sonne und warfen einen Schatten über unser Boot, gaben es gleich darauf wieder frei und verlagerten sich, um, weiter weg, zur Asinara hin, das Grün des Meeres zu verdunkeln. Es war immer noch schönes Wetter, aber der Zauber der gerade vergangenen Woche schien wirklich dahin zu sein.

Was sonst noch? Ich konnte Miriams Bosheiten gegenüber Zero nicht ertragen: Bosheiten in Worten nur, aber ich war nicht sicher, ob er nicht doch einiges verstand oder zumindest wahrnahm, daß sich das Verhalten seiner Herrin verändert hatte. Denn der Hund hatte ursprünglich ihr gehört und war nur deshalb auch zu meinem geworden, sie hatte ihn als Mitgift eingebracht. Und jetzt verzieh sie ihm sein Alter nicht: die durch den grauen Star drohende Erblindung, die Augen, die sich zunehmend mit einer dicken Eiweißschicht verschleierten, das Sichschleppen von einem Lager zum andern, die Taubheit, die zunehmende Gleichgültigkeit gegenüber dem Leben; der arme Zero. Sie sagte, jeder müsse sterben, wenn die Zeit gekommen sei; sie blieb dabei, es sei grausam, ein derartig invalide gewordenes Tier nicht einschläfern zu lassen. Ich weiß nicht, wieweit sie wirklich davon überzeugt war.

Oder ob sie es mit scherzhafter Verbissenheit nur wiederholte, um mich und zugleich, wie es ihre Art war, ein wenig auch sich selbst zu verletzen, weil sie seinen Verfall nicht ertrug: sie, die ihn als Welpen aufgezogen hatte, als sie noch nicht bei mir wohnten. Sie sagte, daß sie ihn nach einer so kurzen Trennung schon wieder verschlimmert finde und daß ihm die Seeluft offensichtlich schade. Mir schien das Gegenteil der Fall, ich vermutete in ihren Worten Unredlichkeit und Provokation. Wir saßen an einem bewölkten Nachmittag in den Liegestühlen vor dem Haus, Zero war gerade auf leicht wackligen Beinen vorbeigetrottet, ohne auf meinen Zuruf zu reagieren. Schließlich entgegnete ich ihr, daß es ja eigentlich ihr Hund sei. Sie lächelte: »Eben. Also mache ich mit

ihm, was ich will.« Sie lackierte sich die Fußnägel, aufmerksam, das Gesicht vornübergebeugt, blickte nur kurz auf, um vorzuschlagen: »Wenn du willst, schenke ich ihn dir.« Sie hatte ihre Pediküre beendet, steckte den kleinen Pinsel in den Flakon zurück und schraubte den Verschluß zu, bevor sie fortfuhr: »Du kannst mir dafür Sergio geben.«

Seine Klarinette klang aus dem Zimmer herüber, in das er umgezogen war, um uns seines zu überlassen: er konnte sie nicht gehört haben. Das Zimmer, das uns beherbergte, wurde ein weiterer Grund zur Auseinandersetzung mit Miriam. Mir gefiel es. Es war das Zimmer meines Bruders Niso gewesen, und er hatte dort die erste Phase seiner Krankheit verbracht, als sie ihn im Sommer befiel und er sie noch nicht hatte diagnostizieren lassen. Sie schritt dann rasch voran, wie es bei jüngeren Menschen vorkommt: er wußte nicht, daß er jene Orte nie wiedersehen würde, als er sie Ende August vorzeitig verließ. – Ja, und jetzt war das Zimmer mit Sachen vollgestopft, die aus jeweils unterschiedlichen Lebensphasen von Niso, meiner Schwägerin Carla und vor allem von Sergio stammten: Sachen aus Sergios Kindheit und Jugendzeit bis zum Alter von dreiundzwanzig Jahren, das er inzwischen erreicht hatte. Aber zwei oder drei Möbelstücke waren trotz ihres ramponierten Zustands schön; eine herrliche Aussicht, wenn man das Fenster öffnete, auf den Hang von Tamerici, das Meer von Foxi, die Insel Porri und die Asinara; und ich blätterte auch gern in einem der alten *Superman*- oder *Mickymaus*-Hefte, die sich in den Regalen und überall ein bißchen stapelten, zusammen mit Zeitungen, Büchern und anderen Gegenständen. Miriam dagegen behauptete, daß sie in dem, was sie die Unordnung des Zimmers

nannte – obwohl es keine war –, nicht atmen könne; sie fürchtete, daß durch den Rolladen, an dem ein paar Stäbe fehlten, Kröten hereinkämen; sie bemängelte die Unbequemlichkeit des Messingbettes und die schlechte Beleuchtung. Bis ich sie, eben an jenem Nachmittag, zusammen mit Sergio den kleinen Umzug durchführen sah. Mit einem Korb räumte sie die Stapel auf dem Schreibtisch unter dem Fenster weg – hauptsächlich Stapel bespielter Kassetten –, die die ganze Schreibtischfläche bedeckten. Statt dessen tauchten dort sofort ihre Wörterbücher auf und das Buch, das sie sich »zum Zeitvertreib« zu übersetzen vorgenommen hatte.

Es war, wie schon gesagt, ein bewölkter Nachmittag, und es wurde immer dunkler: nur am Horizont noch ein letzter Lichtstreifen zwischen dem Grau des Meeres und dem Himmel; der Wind drehte nach Südwesten. Miriam war seit ungefähr einer Woche da, als das eintrat, was man Wetterumschwung nennt: auf einmal begann der Regen niederzurauschen, so heftig und dicht, daß wir nach dem Wegräumen der Liegestühle bereits durchnäßt waren; und erst danach folgten allmählich Donnerschläge aus immer größerer Nähe. Das Gewitter dauerte lange: Miriam beklagte sich, weil das Aus- und Angehen des Stroms sie bei der Arbeit an dem Schreibtisch, von dem sie gerade Besitz ergriffen hatte, behinderte und weil die Wasserzufuhr unterbrochen war, da das mittels einer elektrischen Pumpe aus der Zisterne hochbefördert wurde; Zero lag im Halbdunkel auf seinem Lager, und Sergio war in seinem Zimmer, man hörte nichts mehr von ihm; so wurde es Abend, und wir mußten Kerzen suchen.

Der Strom sollte erst am nächsten Tag wiederkom-

men. Sergio ging nicht weg, wir aßen zusammen zu Abend: Miriam fror und wickelte sich in eine Jacke von mir, er hatte Feuer im Kamin gemacht und hielt es mit Händen voll Kleinholz in Gang, von dem es in der Abstellkammer einen Vorrat gab; von den Flammen beleuchtet, brieten die beiden über dem Feuer Käse, den wir, auf dem Teppich sitzend, aßen, nachdem wir eine Flasche Rotwein entkorkt hatten. So kam es, daß Miriam ihm den Ohrring schenkte: sie besaß ihn schon sehr lange – ein Splitter eines mugeligen Smaragds von geringem Wert –, den zweiten hatte sie verloren. Sie ging mit der Kerze hin und holte ihn: »Du trägst ja sowieso nur einen.« Sergio schien sich zu freuen, als er ihn an die Kaminöffnung hielt, um ihn zu betrachten. Sie wollte ihn ihm dann anstecken, wozu sie seinen Hals mit der Hand zum Licht hin zog: »Er steht dir gut zu deiner Augenfarbe.«

Später fingen sie an zu singen. Sie suchten Lieder, die sie beide kannten, gar nicht wenige; er mit Kopfstimme und etwas falsch, aber passend – passend auch zum Halbdunkel, aus dem sie kam und das sich immer mehr verdichtete; Miriam – das wußte ich – konnte gut singen. Sie tauschten sich aus: »Kennst du das?« und gingen zu Soli über, Sergio wiederholte eine Art Kantilene (»Una nave che esce dal porto/ ballando con passo scozzese/ è lo stesso che prendere un morto/ e pagarlo alla fine del mese« – »Ein Schiff, das im Schottländertakt aus dem Hafen tanzt, ist wie ein Toter, den man erst zum Ultimo bezahlt«), darauf antwortete sie, auf dem Teppich vor dem Kaminfeuer sitzend, das jetzt fast erloschen war, mit *Cockles and Mussels* – einer herzzerreißenden Ballade aus ihrem früheren Repertoire. Sie hatte gerade zu Ende ge-

sungen, als sie merkte – Sergio beugte sich vor und schürte das Feuer, das erneut hell aufloderte –, daß Zero, der vorher nicht nach draußen hatte wollen, auf den Fußboden gepinkelt hatte. Wir mußten ihn drängen, hinauszugehen, ihn überreden, und Miriam verlor die Geduld; auf diese Weise war eine Kröte hereingekommen, Miriam entdeckte sie, niedergeduckt, wo kaum noch Licht hinschien, und machte eine Szene.

Also gingen wir ins Bett: sie zwang mich, mit der Kerze alles abzusuchen, auch zwischen den Laken und unter den Kissen, in ihrer üblichen Angst, daß dort noch weitere verborgen sein könnten. Dann war ihr wieder kalt, draußen hatte erneut der Regen zu rauschen begonnen. Und so liebten wir uns. Das war noch nie vorgekommen, wenn Sergio im Haus war; und ihn jetzt hinter der dünnen Wand zu wissen, die unsere Zimmer voneinander trennte, war mir unangenehm. Tatsächlich war das Familienbett, in dem wir lagen, am Kopfende wacklig, das ausgeleierte alte Drahtgestell quietschte, ich mußte ihr ins Ohr flüstern, leise zu sein. Hinterher – es war immer noch kein Wasser da, und wir konnten uns nicht waschen – sagte ich im Dunkeln zu ihr: »Ob er es gehört hat?« Sie hatte sich eine Zigarette angezündet: »Was soll ihn das interessieren?« Und ich sah, ganz in meiner Nähe, die Glut sich bewegen und roch den Rauch. »Außerdem liegt das doch wohl außerhalb seiner Neigungen, oder?« Ich fühlte, wie sich ihre Hand auf meiner nackten Schulter ein wenig zusammenzog, als sie hinzufügte: »Und trotzdem, du wirst es nicht glauben, aber er macht mich neugierig; ein bißchen jedenfalls.« Unsere Beziehungen erlaubten solche Vertraulichkeiten – und es war auch für uns

beide nicht das erste Mal –, und so fuhr sie fort: »Meinst du, eine Frau könnte ihm gefallen?« Ich fühlte, wie sie mich wieder drückte, noch stärker, während sie den Tonfall wechselte: »Du nimmst es mir doch nicht übel, oder?«

4

Die Geranien

LIVE

Ich erwache mit einem Anflug von Ärger, der noch anhält, als ich mich fürs Rasieren einseife – ich weiß noch immer nicht, ob der vom Pinsel ausströmende Geranienduft (*rose geranium*) mir wirklich gefällt oder mir im Grunde zuwider ist –, und der auch noch fortdauert, als ich das Frühstücksobst esse. Dabei ist es ein vollkommener Morgen, der Beginn eines Sommertags, der keine anderen Grenzen hat als die natürlichen, wie sie seiner langsamen Bewegung auf den Abend hin entsprechen. Das ist es: meine literarische Arbeit befriedigt mich nicht; und die Lichtblitze fallen mir weniger fröhlich in den Augenwinkel.

Heute ist mein Geburtstag, im Zeichen des Löwen (wie die hiesige Miriam). Ich hole mit dem Auto Romano und Jo am *Residence* ab, und wir fahren zusammen an die kleine Mole von Tamerici hinunter. Wir treffen uns auf dem Boot der Corbinos, alle, die neulich abends da waren. Da ich Spumante spendiere (»happy birthday«), übergebe ich die Tüte aus dem Supermarkt mit den Flaschen für den Kühlschrank. Wir fahren sehr spät los. Jo, eine Schwarze oder Negerin, wie man will (»Romanos Negerin«), bildet – auch durch die ihnen gemeinsame englische Sprache – ein Pendant zum (theoretischen) Zitronengelb von Kimi: die beiden sitzen auf einer Stufe und plaudern auch jetzt wieder, fast im Flüsterton, während wir darauf warten, daß ir-

gendeine Reparatur am Motor beendet wird. Ich dagegen unterhalte mich mit Romano. Musiker haben mich schon immer fasziniert; und er – freundlich, aber krebsrot und furchtbar mager in den langen Shorts und unter dem Strohhut mit der aufgestülpten Krempe – liefert mir beim Hinundhergehen auf dem Kai einen vergleichenden Exkurs im Rahmen seiner Kompetenzen: Chabrier zum Beispiel ist wirklich traurig, »der traurigste von allen«, behauptet er schließlich. (»Romano ist kein Musiker, er spielt nur Klavier«, fällt mir ein Satz von – meiner – Miriam wieder ein.)

Zur Zeit bereitet er Liszts Klaviertranskriptionen der Beethoven-Sinfonien vor: vermutlich studiert er sie auf der kleinen Tastatur ein, die ihn zum täglichen Üben überallhin begleitet; in dieser Hinsicht hält er sich, wie ich weiß, bedeckt und legt eine eigenartige Scham an den Tag. Gut, endlich steigen wir ins Boot. Während am Heck das Kielwasser aufspritzt und Tamerici sich immer schneller entfernt, fange ich an, ihm von Sergio und seiner Leidenschaft für die Klarinette zu erzählen; er wirkt sofort interessiert – er ist, wie gesagt, außerordentlich höflich – und schlägt vor, irgendwann einmal mit ihm zusammen zu spielen, vielleicht nachmittags, wenn nichts los ist, im *Grande Cielo*, wo es ein Klavier gibt: »Wir können ein bißchen Jazz spielen.« Miriam (die hiesige), die dazugekommen ist, findet das komisch: »Weißt du denn, wer Sergio ist?« fragt sie ihn. »Wer denn, deiner Meinung nach?« erwidere ich. »Nichts, ein lieber Junge.« »Ihr macht mich neugierig«, sagt er und erklärt, daß man manchmal in den *Grande Cielo* klimpern geht, nur aus Lust auf ein bißchen Remmidemmi: »Musik ist auch das, nicht?« Er

insistiert: »Und das ist nicht einmal das Unwichtigste dabei.«

Dann fängt Miriam an – sie hat sich auf dem Bug neben mich gelegt, während die anderen schon baden – mit ihrem Klatsch und Tratsch; sie weiß, wie sie mich ködert. Wir liegen zwischen der Insel Porri und der Asinara vor Anker, als die Sonne am höchsten steht. Die Wange aufreizend an den Frotteestoff geschmiegt, erzählt sie, wieviel Kimi ißt: »Du kannst es dir nicht vorstellen.« (»Dabei ist sie so dünn.« »Eben! Die Glückliche!«) Dann erzählt sie weiter, daß Kimi in Jo verliebt sei. »Ich schwör's dir! Hast du denn keine Augen im Kopf?« Ich glaube es nicht, frage aber: »Umgekehrt auch?« »Das weiß man nicht. Die Liebe ist ein seltsamer Vogel, nicht?« sagt sie lauter, denn schon springt sie ins Wasser: klein, schlank, mit fast kindlichen Rundungen, aber nur am Hintern – so sehe ich sie einen Moment lang vor dem Absprung.

Auch ich gehe ins Wasser und schwimme hinter ihr her: »Das wird es sein, was sie so hungrig macht, meinst du nicht? Hungriger noch als Pepita« (ihr neapolitanischer Mastiff), fängt sie wieder an, während sie sich, wassertretend, fast in der Vertikalen hält. »Jo und Romano scheinen eine sehr enge Beziehung zu haben«, sage ich und bleibe, ebenfalls wassertretend, auf der gegenüberliegenden Seite. »Ja, sicher. Aber wie Schwester und großer Bruder oder Vater und Tochter.« Sie hat eine Hand aus dem Wasser gehoben und betrachtet gegen das Licht, wie sie tropft. »Nicht, daß es keine Liebe wäre, im Gegenteil.« Es ist der Zeitpunkt des Hubschraubers, und man hört ihn über unseren Köpfen dröhnen. Miriam schwimmt um das Boot herum und kommt zu mir:

»Hör mal, erinnerst du dich, was ich dir neulich abends über deinen Neffen gesagt habe, über Sergio? Nun, es war ein Scherz.« Während wir nebeneinanderher schwimmen, werden ihre Sätze von den Schwimmzügen skandiert: »Das hast du dir sicher schon gedacht.« Unter dem Schiffsbord, bevor wir wieder hinaufsteigen, fährt sie fort: »Ich kenne Sergio besser als du, wir kommen schon so lange her. Er ist mir sympathisch, ein bißchen zumindest. Aber ich glaube nicht, daß ich mich in jemanden verlieben könnte. Auf jeden Fall nicht in ihn.«

Es sind schon alle an Deck, unter dem großen weißen Segeltuch. Sie entkorken meinen Spumante und gratulieren mir noch einmal. Ich habe nicht den Eindruck – obwohl ich darauf achte –, daß Kimi sehr viele von den Frühstücksschnittchen ißt; allerdings sitzt sie auch jetzt wieder neben Jo. Offenkundig und hemmungslos verliebt ist Bernadette: aber vielleicht hat sie diese finstere Miene bestrafter Leidenschaft ja schon immer gehabt. Ich sehe sie allein über die Leiter an der Bootswand hochkommen; Wasserbächlein rinnen ihr aus den offenen schwarzen Haaren über den ungewöhnlich üppigen Busen. Der Freund ist immer noch weg, sie hat sich das Bikinioberteil angezogen und schneidet sofort eine Tomate für Eugenia, das Kind, das sie hingegen bei sich hat. Miriam flüstert mir zu, daß Bernadette ihren Mann nicht vergessen kann, »Gianni, dieses Aas«. Schließlich sammeln wir »umweltbewußt« die leeren Flaschen, Pappteller, Pappbecher und Papierservietten ein: Mimma Corbino (in einen Sari gewickelt) und Marcel (knielange Shorts) lassen Tüten herumgehen. Und ich habe eine weiteres Gespräch mit Romano. Nach nunmehr drei Stunden knüpft er wieder

an das vorhergehende an und sagt, möglicherweise sei es gut – »aber nach freiem Belieben, nicht gezwungenermaßen« –, der Musik wieder »eine materielle Funktion, eine praktische Bedeutung« zu geben. »Nicht nur der Musik«, antworte ich und denke an meine literarische Arbeit: was für einen Sinn hat sie?

Unter dem Segeltuch, das jetzt flattert, und im Wasser, in das fast alle noch einmal hineingehen, gerät der Nachmittag ein wenig aus den Fugen; auch der Himmel ist weniger blau und nicht mehr so hoch. Viele Boote ringsum (viele für hier), die wie wir vor Anker liegen oder das Meer zwischen den beiden Inseln durchqueren, mehr Motor- als Segelboote, einige Wasserskifahrer. »Zum Beispiel«, fährt Romano fort, »könnte die Musik zur Liebe dienen oder, warum nicht, zur Revolution, je nach Bedarf, oder auch nur, um in Gesellschaft zu sein, unter Freunden: mit Klarinette und Klavier in einem Nachtlokal. Auch wenn Musik natürlich immer noch etwas anderes ist und ihre Geschichte mit keiner anderen Geschichte etwas zu tun hat.« Seine Negerin hat sich jetzt neben ihn gehockt, ihr stumpfnasiges Gesicht ist nicht mehr ganz jung, ihr kräftig gebauter Körper in dem geblümten Badeanzug dagegen ist schön und lang und sehr erdhaft; auch er hat sich hingehockt, man weiß nicht, wer wem zu Füßen sitzt. Inzwischen haben wir uns weiterbewegt (»weg aus diesem Hühnerstall«), aufs offene Meer hinaus.

Aber es hat sich ganz und gar bewölkt, das Meer ist nicht mehr wie vorher. Auch ich gehe hinunter, um mir einen Pullover zu holen. Als wir wieder oben sind, kommt Miriam, in ihren Bademantel ge-

hüllt, das Gesicht unter der Kapuze, zu mir auf den Bug: »Was machst du?« Sie zieht ein bißchen über Marcel her. So daß ich sie scherzhaft frage, ob sich hinter diesem Insistieren nicht irgendeine Schwäche für ihn verbirgt. Auch sie scherzt: »Ich hab dir doch gesagt, ich bin ausgebrannt. Die ehelichen Pflichten genügen mir und überfordern mich: mit Guido, stell dir vor. Und du?« fragt sie. »Ich bin alt«, erkläre ich, aber im gleichen Ton. »Es gibt keine Altersgrenze«, sagt sie lächelnd, »das weißt du. Na ja«, fährt sie fort, »es wäre falsch, wenn du es mir nicht erzählen würdest, ich könnte dir helfen.« Wir sind noch auf offener See, fahren an den steilen, wieder schräg von der Sonne beschienenen Klippen entlang und tanzen leicht auf den Wellen: dort drüben steht Eugenia und läßt, von ihrer Mutter Bernadette über die Reling gehalten, Brotstückchen ins Wasser fallen, in der Hoffnung, daß die Möwen sie fressen.

»Und du, würdest du mir auch helfen?« fragt mich Miriam. Nach einer kurzen Pause fährt sie fort: »Angenommen, was ich dir über Sergio erzählt habe, wäre wahr...« Doch in diesem Moment springt Romano an Deck; fröstelnd ist er in ein für ihn viel zu weites Kleid von Mimma Corbino geschlüpft, hat sich ein Tuch um den Kopf gebunden, seinen Strohhut darüber gestülpt und sich die Lippen knallrot bemalt. Er hat Erfolg, verdientermaßen: das Ergebnis ist umwerfend im Verhältnis zur Einfachheit der Mittel; vereinzelte Beifallsbekundungen. Seine Neigung, sich zu verwandeln, hat sicher auch ihre Bedeutung. Er bleibt so, auch als wir kurz vor Sonnenuntergang im wieder schön werdenden Abend an der Mole von Tamerici anlegen; in das Tuch ge-

schmiegt, geht er unbefangen über den Laufsteg und steigt dann mit seiner Negerin in den Jeep. Sie fahren irgendwohin zum Aperitif, ich schlage die Einladung aus und starte als erster, begleitet von Abschiedsgrüßen und Miriams Ruf: »Es leben die Löwen!«

Die Sonne scheint nicht mehr, als ich zu Hause ankomme. Zero läuft mir freudig bellend entgegen; gleich darauf stelle ich fest, daß mich noch weitere Festlichkeiten erwarten: ich sehe Lampions an Drähten im Wind über dem bereits gedeckten Steintisch schaukeln. »Herzlichen Glückwunsch, Onkel«, Sergio kommt in Küchenschürze und wie üblich barfuß auf mich zu. Er küßt mich sogar auf die Wange, und einen Moment lang spüre ich seine spärlichen Barthaare.

Dies ist seine Überraschung für mich. Die Tage sind jetzt schon kürzer, es wird dunkel, und eine ungewöhnlich kühle Brise trägt mit dem abendlichen Duft der Macchia den Geruch des Meeres herauf, als ich in einem dickeren Pullover im Liegestuhl auf sein Abendessen warte. Ich habe mir schon vorweg einen Weißwein eingegossen und die Kassette mit den letzten Aufnahmen von Charlie Parker eingelegt, den fast tanzbaren *standards* (Sessions vom 31. März und 10. Dezember 1954), die zu den Klassikern meines Neffen gehören und die auch ich zu hören gelernt habe: jetzt zum Beispiel *Love for sale.* Ja, sicher, er fühlt sich vielleicht in meiner Schuld, weil er hierbleibt, nachdem er mir sein Haus vermietet hat; die familiäre Verpflichtung gehört irgendwie zu seiner Erziehung; und es kann sogar sein, daß ich ihn ein wenig kaufe mit den Banknoten, die ich ihm jetzt wieder zustecke – warum nicht? –, nachdem ich ihm

so viele Jahre lang praktisch nie ein Geschenk gemacht habe. Ich weiß es wohl, und dennoch kann ich nicht umhin, mich darüber zu freuen und ihm dankbar zu sein.

Er zündet die Lampions an. Es gibt rohe Miesmuscheln als Vorspeise und dann Fischsuppe, von ihm gekocht: und jetzt zeigt er einen kindlichen Stolz – ist es möglich, daß seine Augen so strahlen können? – über den erzielten Erfolg. Nino, sagt er, also Scarpa, ein großer Experte in dieser Materie, habe es ihm beigebracht: »Wir haben sie auf dem Boot gekocht.« Die Languste wirft er – mit Bast zusammengebunden und lebend – in die Flammen, die ein Stück weiter weg auf dem Mühlstein aus Vulkangestein aufsteigen, wo er ein Büschel Ranken und Stoppeln angezündet hat. Wir hören etwas wie ein Rascheln. Ob es ihr Schreien ist? »Sie ist fertig«, sagt er, als die Flammen verlöschen. Ich weiß, daß ihm auch die Jazzmusik von einem erwachsenen Freund nahegebracht worden ist, einem berühmten Salvatore, der nicht mehr hier ist – wie er mir in den ersten Tagen nach meiner Ankunft erzählte – und den er abermals rühmt, als er die Schale des Krustentiers aufbricht, während Parker weiterspielt, jetzt gerade *My heart belongs to daddy*, wiederum von Cole Porter. Ja, es ist wirklich ein schöner Abend, auch wenn die Languste mir nicht gut zu sein scheint und der Wind auffrischt und die Lampions mit ihren flackernden Flämmchen gefährdet, aber er reinigt die Luft außerordentlich und gibt allen Lichtern von hier bis zur Asinara eine ungewöhnliche Intensität.

Ich erzähle ihm von Romanos Interesse für sein Klarinettenspiel und von seinem Vorschlag, einmal einen Nachmittag mit ihm zusammen im *Grande*

Cielo zu spielen. Er scheint sich zu freuen, obwohl er, wie ich verstanden habe, von Romano nur weiß, daß er sich mit dem Klavier durchschlägt. So kommt der Augenblick der Torte heran, sogar die gibt es, wenn auch ein Industrieprodukt aus Eis. Nachdem er das Licht ausgeschaltet hat – aus dem Kassettenrecorder ertönt jetzt *I love Paris* –, bringt er das kleine Tablett mit den bereits angezündeten acht Kerzen – warum acht? – und sagt mit einem richtigen Lächeln zu mir: »Du mußt sie ausblasen.« Ist es möglich, daß ich ihn noch nicht einmal drei Wochen kenne? In diesem Moment ist vom Weg, der hierherführt, das Geräusch eines Fahrzeugs zu hören. Ich stehe auf und sehe hinter der Hecke ein langes Verdeck und zwei Scheinwerfer heraufkommen. Zero läuft hin und bellt. Es ist Miriam mit dem Kombi: »Es tut mir sehr leid«, sagt sie, noch vor dem Tor, die Haare durch einen geraden Mittelscheitel in zwei Hälften geteilt, »habt ihr Viva gesehen, unseren hellen Setter?«

So lassen wir sie eintreten, bieten ihr etwas von der Torte an, die durch die Kerzen, die ich, ohne Feierlichkeit, jetzt erst ausblase, bereits zu schmelzen beginnt. Die Hündin ist schon wieder fortgelaufen, erklärt sie; die Filipinos halten nichts davon, alles abzuschließen. Erst als sie den Teller wieder auf den Tisch stellt, schon im Stehen – klick, die Kassette ist zu Ende und springt heraus, gleichzeitig ist die rote Leuchtanzeige im Radio erloschen –, fragt sie Sergio: »Hilfst du mir suchen?« Nachdem er einen Moment unschlüssig oder verlegen umhergeblickt hat, sagt er zu mir, ich solle nichts anrühren, er werde gleich abräumen, wenn er wieder da sei, und geht, um sich Schuhe anzuziehen. Wieder ist auf dem Weg

das Autogeräusch zu hören, aber jetzt in umgekehrter Richtung, bergab, und dann nichts mehr, weg sind sie.

Ich weiß nicht einmal, ob es eine Lüge ist, die Geschichte mit der schon wieder entlaufenen Hündin. Auf dem Mühlstein glüht noch etwas; ich merke, daß es von dorther unangenehm nach der Schale des verbrannten Krustentiers riecht. Ich bringe die schmutzigen Teller in die Küche, verstaue die Reste, so gut es geht, im Kühlschrank. Dann gieße ich Wasser auf die Feuerreste, die noch rauchen, steige auf einen Stuhl und lösche die Lampions. Ja, mir ist, als hätte ich ihn schon immer gekannt; ich muß wieder an Sergio denken, als ich mich, bevor ich ins Haus gehe – es ist kalt geworden –, umdrehe und die Lichter auf der Asinara betrachte. Ob dies die Stimme des Blutes ist? Ich weiß nicht, ob es das ist, was mich schmerzt; ich bin unendlich traurig. Krumm sitze ich am Tisch im Wohnzimmer – diesem schlecht beleuchteten und allzu lange schon vernachlässigten Wohnzimmer – und schreibe an meine Frau, als mehr als eine Stunde später Zero abermals anfängt zu bellen und wieder das Geräusch eines Autos auf dem Weg zu hören ist.

Doch es ist Dora, die zu Besuch kommt. Das ist das letzte, was ich mir gewünscht hätte: daß ausgerechnet sie hier auftaucht und sich auf die unbequemen Kissen auf der Bank vor mir setzt, mich mit ihren großen vorstehenden Augen ansieht und redet und dabei immer weniger mit ihren Ängsten hinter dem Berg hält. Vergeblich weiche ich ihren Vertraulichkeiten aus; irgendwann hoffe ich, sie bremsen zu können, indem ich ihr noch mehr Whisky eingieße. Dora kennt nur zwei Arten zu reden: unerbittlich ab-

strakt, oder sie verliert sich in den geringfügigsten Einzelheiten ihrer persönlichen Geschichte. Heute abend gehen beide Ebenen immer mehr ineinander über, vielmehr die erste deckt sich mit der zweiten, übernimmt unausgesprochen von der anderen das Unglücklichsein, die Phobien, den unterschwelligen Groll unter dem Lächeln, das sie nicht einmal zuwege bringt. Ettore, ihr Mann, ist noch auf Korsika, Giovanna, die Tochter, nach Santa Teresa abgereist: »Ein Glück, ich konnte nicht mehr.«

Es ist ein Uhr vorbei, sie ist schon ungefähr zwei Stunden hier, sitzt beim schlechten Licht der nackten Glühbirne mit übereinandergeschlagenen Beinen auf der Bank, auf die sie sich unbedingt hatte setzen wollen, da wird mir in meinem ebenso lange währenden Unbehagen in dem Sessel mit den ausgeleierten Sprungfedern mehr oder weniger klar, daß sie am Ende angelangt ist. Mit dem gleichen dummen Schauder wie immer höre ich sie sagen: »Ich habe Angst, allein in den Wohnwagen zurückzugehen«, und Angst – eine ganz andere und weitaus größere als die, die sie zugibt – steht ihr jetzt in den Augen, die ein wenig ausdruckslos in der nicht ganz weißen Hornhaut liegen und aus denen ihr Tränen herunterzulaufen beginnen, von denen sie nicht einmal Notiz nimmt. Ich helfe ihr, sie zu trocknen; sie hat kräftige Knie, die in diesem grellen Licht trotz Meer und Sonne blaß wirken, wie die Schultern, die ihr aus dem ausgeschnittenen T-Shirt schauen. Dem Schauder, der mich wieder überläuft, liegt – das weiß ich – ein anderes, altes Entsetzen zugrunde: und kaum küsse ich sie und schmecke dabei den Geschmack ihrer Tränen, steckt sie mir auch schon die Zunge in den Mund; ich bereue es sofort, aber natür-

lich gibt es keine Möglichkeit, es nicht zu tun. Sie möchte sich hier auf die Kissen sinken lassen, und ich muß darauf bestehen – die Blitze fallen mir jetzt häufiger und unangenehmer in die Augenwinkel –, sie hochzuziehen und unter Umarmungen in mein Zimmer zu drängen.

BRIEF

Liebe Miriam, ich möchte Dich gleich bitten – bevor ich es vergesse –, mir eine Nachfüllpackung Rasierseife zu kaufen als Ersatz für die andere, von der ich nur noch ein paar Reste in der Holzschüssel habe, die Du ja kennst. *Rose geranium* ist mir recht: bei uns ist sie nicht leicht zu finden, während sie in England, glaube ich, ein Klassiker, eine Standardgeruchsnote in den *barber shops* ist (oder war).

Geranien jedoch gibt es hier um das Haus herum viele: verwildert, zu sehr in die Höhe geschossen, holzig geworden, säumen sie die (immer lockerer werdenden) Trockenmauern an den Wegen bis hin zu der Böschung, hinter der unablässig das Blau des Meeres leuchtet. Sie sind, neben vielen anderen, Zeichen einer Verwandlung, die hier, in dem, was das Ferienhaus meines Bruders gewesen ist oder werden sollte, zu lange schon immer weiter voranschreitet und langsam schwer erträglich wird. Die Verwahrlosung – auch der Zimmer und Möbel – nimmt unwiderruflich zu: vom Salz zerfressen und nie gestrichen, verfault das Holz der Tür- und Fensterrahmen; Teile vom Verputz fallen herab, und es dauert lange, bis jemand den Schutt vom Fußboden auffegt; zu überdauern scheinen paradoxerweise lediglich die römischen Amphoren – drei oder vier, eine fast unbeschädigt, mit ihren in Jahrtausenden gewachsenen Meeresablagerungen –, die stumm aufgereiht im Halbdunkel des Wohnzimmers ste-

hen: Beweis für Sergios Geschicklichkeit unter Wasser oder vielleicht auch für seine Neigung zu kleinen Schmuggelaktionen. Auch die Schönheit der Agaven, draußen, stimmt nur melancholisch, weil ja bekanntlich die gen Himmel strebenden Blüten auf den überlangen Stengeln jeweils ihre einzigen sind und die Pflanze, aus der sie aufsteigen, danach nicht mehr weiterleben kann.

Nimm hinzu, daß der Strom häufig ausfällt und dies noch dazu eine besonders ungünstige Zeit ist, da sich durch den Nordostwind Meersalz auf den Isolatoren der Überlandleitungen sammelt, das Kontakte und Kurzschlüsse produziert. Dadurch fallen nicht nur das Licht und der Fernseher aus; auch die Vorräte im Kühlschrank sind in Gefahr (zum Glück ist unserer meistens leer); und was das schlimmste ist, wir haben kein Wasser, weil die Pumpe nicht funktioniert, die es in die Leitungen drücken soll. Zu keiner Jahreszeit nämlich, und schon gar nicht im Sommer, kommt das Wasser hier direkt; und da es nicht regnet, muß man regelmäßig die Zisterne vom Tankwagen füllen lassen. Das sind die Zäsuren in unserem Leben hier: Heute zum Beispiel gab es eine Wasserlieferung, begleitet von Zeros Gebell und mit der Komplikation, daß der Schlauch zu kurz zu sein schien (Sergio schlief natürlich); so habe ich den Vormittag verloren und bin – um meinen Geburtstag zu feiern – nicht ans Meer gegangen.

Zu Zero ist zu sagen, daß er sein Abenteuer anscheinend völlig vergessen hat. Er war gleich wieder der alte mit seiner Mischung aus Einfältigkeit, ständiger Bereitschaft zu spielen und seinem Überlegenheitsfimmel. Gerade heute morgen habe ich ihn beobachtet: eines steht fest, er hat noch immer nicht

begriffen, daß er ein Zwerghund ist (32 Zentimeter im Widerrist), denn er stürzt sich auf alles und jeden, Hauptsache, es ist groß und stark – ein Pferd, ein Stier oder auch ein Tankwagen –, und das nicht nur zur Verteidigung (was ja noch seine Pflicht wäre), sondern auch um anzugreifen. Und noch etwas ist eindeutig: Zero hat nie die Schwelle vom Welpen zum Erwachsenen überschritten, und es ist befremdlich zu sehen, daß ein ausgewachsenes Tier, wie er es sein sollte – ich schätze, er ist mehr oder weniger so alt wie ich –, sich so beträgt: ohne jeden Sinn für Würde, wie ein Kind geradezu, ein etwas dummes obendrein. Daß er kürzlich einen erotischen oder auch nur sexuellen Fehltritt begangen hat, weshalb er weggelaufen ist, scheint mir nicht nur widersprüchlich, sondern unfaßlich, mysteriös – ein Arkanum.

Gestern am Telefon sagtest Du, diese Flucht sei vielmehr ein Gleichnis für mich: »Du bist Zero.« Die Verbindung war schlecht, nicht nur, weil man fast nichts verstehen konnte, sondern auch wegen der glühenden Hitze in der Kabine, in die ich mich hatte einsperren müssen, und der Schlange der Urlauber in Badekleidung draußen, die – alles andere als neutral – mit ihren Münzen in der Hand drauf warteten, daß sie an die Reihe kämen. So konnte ich Dir so gut wie gar nicht antworten. Unter anderem hast Du auch noch behauptet, Zero sei das Kind, das ich nicht gehabt habe, und interpretierst meine Freundschaft mit ihm als einen Vorwurf gegen Dich, die Du mir keines habest schenken wollen. Gut, ein für allemal: Du weißt nicht, wie dankbar ich Dir bin – und ich werde Dir immer dankbarer – für diese Verweigerung, die im übrigen von Anfang an eine ausge-

machte Sache zwischen uns war. Aber Du solltest Dir erst einmal mit Dir selber einig werden: Bin ich Zero, oder ist Zero mein Kind? Bindet mich an ihn ein Gefühl der Identifikation (und bin mit ihm *ich* weggelaufen) oder ein Gefühl der Vaterschaft? Liebe Miriam, weder das eine noch das andere, fürchte ich. Dieser dämliche Schnauzer, den ich mir nicht ausgesucht und zu dem ich nur allmählich Zuneigung gefaßt habe, ist höchstens ein entfernter Verwandter: sagen wir, ein etwas dümmlicher Cousin, der ein leichtfertiger Onkel und verweichlichter Großonkel werden und früher altern wird als ich; aber vielleicht ist er manchmal auch ein katastrophaler Neffe, von dem man – letztlich – nicht allzuviel weiß. Sergio gleich Zero?

Mag sogar sein. Weißt du, daß ich daran gar nicht gedacht hatte? Mit Zero verbindet mich eine viel tiefere Gewöhnung; Sergio und ich sind blutsverwandt: und ich überrasche mich immer mehr dabei, diesem Wort Bedeutung beizumessen; außerdem ist der eine ein Hund und der andere ein Mann oder zumindest ein Junge. Und doch ist es möglich, daß für mich zwischen beiden eine Gemeinsamkeit besteht. Nur, daß Sergio mir leid tut. Er wirkt auf mich außerordentlich schutzlos; ein Herzchen, mit dem man wirklich machen kann, was man will – und das Leben hat es bereits getan und wird es gewiß auch weiterhin tun; ich habe Angst, mir vorzustellen, wie. Er schläft fast bis zum Nachmittag; manchmal fährt er dann mit dem Boot hinaus, zur Unterwasserjagd, wenn es nicht zu spät ist, und verkauft hinterher den von der Harpune noch blutigen Fang an Restaurants an der Küste; an anderen Tagen dagegen höre ich ihn in dem Zimmer, in das er umgezogen ist, oder

oben auf der Terrasse beharrlich Klarinette üben. Wie er die Nächte verbringt, davon habe ich keine Ahnung.

Eines Abends überraschte ich ihn bei Dämmerung in der Küche, für seine Verhältnisse außergewöhnlich sorgfältig gekleidet – frisch gewaschenes weißes Hemd, Hosen, die er gerade gebügelt hatte, sogar, ungewohnt an ihm, ziemlich viel Gel im Haar, aber noch barfuß: er tanzte allein nach einer imaginären Musik, die er mit gespitzten Lippen, ohne jedoch einen einzigen Ton von sich zu geben, vermutlich im Kopf vor sich hin pfiff. – Ja, ich glaube, er ist viel jünger als dreiundzwanzig; oder die jetzigen Generationen werden später erwachsen; vielleicht sind meine Erinnerungen an die Jugendzeit aber auch falsch.

An einem anderen Abend – als ich nach dem Essen im *Residence* zum Fernsehfilm nach Hause kam – fand ich ihn, als ich das Licht anschaltete, auf dem Sofa im Wohnzimmer vor: er jagte mir fast Angst ein, da er um diese Zeit sonst immer fort ist. Er lag da, Glas und Whiskyflasche neben sich auf dem Fußboden, einen Zigarettenstummel zwischen den Fingern – du verstehst schon, was es war, wonach es roch. »Mir fehlt nichts«, antwortete er mir mit ungewohnt breitem Lächeln. Und dann: »Ich bin nur bekifft. Bin voll bis hier«, er versuchte sogar, die entsprechende Handbewegung zu machen, und lächelte wieder, wie nach einer amüsanten Bemerkung. Er habe auch jede Menge Pillen geschluckt, gab er mit dem sonderbaren Mangel an Hemmungen zu, der ihm jetzt eigen war: »Ich gehe ins Bett.« Aber er konnte sich nicht auf den Beinen halten und sackte, kaum daß er aufgestanden war, wieder auf das Sofa zurück.

Kurz, ins Bett bringen mußte *ich* ihn: ich umfaßte ihn mit dem Arm und stützte ihn, während wir den Weg bis in sein Zimmer zurücklegten; dabei wiederholte er dauernd mit einer kindlichen, redseligen Verständigkeit: »Ich nehme keine Drogen, Onkel«, während er bei jedem Schritt schwer auf mir lastete. »Ich rauche hin und wieder mal; ich knall mich auch mal mit Tabletten voll; ich trinke ganz selten mal mit Freunden einen Whisky. Aber Drogen nehme ich nicht, nein, ich bin kein Fixer, Onkel, ich hänge am Leben.« So gelang es mir, ihn bis an sein Bett zu bringen, auf das er sich, immer noch lächelnd, sogleich fallen ließ. Und dann mußte ich ihn ausziehen: ich streifte ihm das Hemd über den Kopf und die Jeans von den Beinen; er versuchte mitzuhelfen, war dabei aber eher hinderlich; unter den Jeans trug er die Badehose, die einzige, die ich an ihm kenne, so ausgeblichen, daß man nicht sehen konnte, ob sie einmal bordeauxrot oder braun gewesen war; und natürlich war er, wie immer zu Hause, schon barfuß. Ich zog ihn aus wie ein Kind, und meine Handgriffe standen im Gegensatz zu den mageren und erwachsenen Gliedmaßen, die unter den Kleidungsstücken zum Vorschein kamen und nicht einmal besonders braun wirkten.

Als der Film zu Ende war, warf ich von der Tür aus einen Blick in sein Zimmer, um zu sehen, wie es ihm ging, und da keinerlei Geräusch zu hören war, schaltete ich das Licht an. Er schlug sofort die hellen Augen auf und blickte mich vom Bett her an: »Ciao, Onkel.« Sehr viel später sah ich noch einmal nach ihm und hörte ihn endlich im Schlaf gleichmäßig atmen; sein Atem veränderte sich auch nicht, als ich, um sicherzugehen, nochmals das Licht anschaltete.

Er schlief, etwas auf die Seite gedreht, ohne die Schwere von Erwachsenen; die Lider mit den langen Wimpern waren geschlossen, auf dem weißen Kopfkissen ruhte das lediglich etwas blasse Gesicht, dem die feinen Züge in seiner Bewegungslosigkeit einen nicht leeren, aber ausdruckslosen und abwesenden Ausdruck gaben, wie ich ihn nicht an ihm kannte. – Ja, also: nichts zu machen. Von wegen dem Kind nachweinen, das man nicht gehabt hat.

Auch heute ist Sergio ausnahmsweise zu Hause geblieben und war bis zum Abend mit aufwendigen, komplizierten Arbeiten beschäftigt: dem Reinigen, Polieren und Einfetten seiner verschiedenen Gerätschaften. Schließlich machte er sich zum Ausgehen fertig; aber da er nichts Bestimmtes vorhatte, bummelte er ein wenig herum und schaute sich im Stehen das Fernsehprogramm mit an. So kam es, daß ich ihm – vermutlich in einer Anwandlung von Melancholie – sagte, ich hätte Geburtstag. Er gratulierte mir, seltsam verlegen, als müsse er ein schlechtes Gewissen haben, daß er es nicht gewußt hatte: und trotz meines Protests bestand er darauf, mit mir »anzustoßen« (seine Formulierung), und ging, noch barfuß, die in Zeitungspapier gewickelte Flasche eines hiesigen und, wie er sagte, sehr kostbaren Destillats holen. So haben wir bei der armseligen Wohnzimmerbeleuchtung gefeiert; und erst hinterher kam ich auf die Idee, den Fernseher auszuschalten, der unterdessen unbeachtet weitergelaufen war. »Onkel, glaubst du an Tarotkarten?« fragte er mich schließlich, als wolle er mir ein Geschenk machen; er erklärte mir, daß die Zukunftsvorhersage, die sich für jeden daraus ergebe, am Geburtstag besonders zuverlässig sei. »Jedenfalls sagt man das.«

Die Tarotkarten, die er aus einem Kästchen hervorholte, waren speckig, wie es sich gehört. Er habe sie von einem früheren Freund, einem gewissen Salvatore, geschenkt bekommen, erzählte er – während er die »Trümpfe« oder »Großen Arkana« von den anderen Karten trennte und sie dann, im Zweifel, ob sie auch vollständig wären, zählte –, und dieser Salvatore habe daran geglaubt, »wie übrigens an viele andere übernatürliche Dinge auch« (wörtlich). Dann mischte er sie lange: »Oder vielmehr, er hat nicht wirklich daran geglaubt. Er hat behauptet, man weiß nichts darüber, auch nicht, daß es nicht stimmt.« Dann setzte er – sogar mit einem Anflug von Stolz – hinzu: »Seiner Meinung nach habe ich ein Händchen dafür.« Mir war es ziemlich lästig, aber ich wußte nicht, wie ich ihn aufhalten sollte, denn ich fürchtete, ihn zu kränken; obwohl auch ihm nicht viel daran zu liegen schien und er es wohl eher aus reiner Gefälligkeit tat; und gerade das Künstliche an dieser Situation war es, was mich belastete, das allzu Aufgesetzte, für uns beide müßige Spiel. Er mißverstand mich, als er mich aufforderte, drei Karten aus den zweiundzwanzig zu ziehen, die er verdeckt auf dem Tisch ausgebreitet hatte, und fragte lächelnd: »Du hast doch nicht etwa Angst, Onkel?«

So deutete ich, um die Sache zu Ende zu bringen, auf drei Karten, und er deckte sie auf. Sie müssen aus seiner Sicht nicht besonders günstig gewesen sein, so daß er sofort verlegen sagte, es sei erlaubt, eine abzulehnen. Aber ich antwortete ihm lachend, daß ich mein Schicksal immer akzeptiert hätte; so holte er aus dem Kästchen die alte Illustriertenseite hervor mit den auf die einzelnen Arkana bezogenen Vor-

hersagen und las mir mit leiser, stockender Stimme, hin und wieder Worte verschluckend, die drei vor, die mich betrafen. Ich weiß nicht, ob er wirklich »ein Händchen dafür« hat; fest steht, daß seine Hände oder zumindest seine Nägel nicht sonderlich sauber waren und nach Schmiermittel und Terpentin rochen.

Das also war an meinem achtundfünfzigsten Geburtstag die Deutung meiner Zukunft durch meinen Neffen, dessen vermutlich erheblich älterer Freund namens Salvatore ihm mediale und kartenlegerische Fähigkeiten zuschrieb. Aber Sergio hatte noch nicht zu Ende gelesen, als wir Zero bellen und die Klingel läuten hörten, obwohl die Tür wie immer offen war. Errätst Du, wer es war? Dora, die unerträgliche Dora. Ich beschreibe sie Dir nicht: mit ihrer Korallenkette, die Du ja kennst, und für ihre Verhältnisse herausgeputzt, erstaunlicherweise sogar mit einer Spur Make-up.

Nachdem Mann und Tochter in verschiedene Richtungen abgereist sind, klingelte sie jetzt bei uns unter dem Vorwand irgendeines Defekts an der Propangasflasche oder dem Kocher in ihrem Wohnwagen, in dem sie allein zurückgeblieben ist, und bat um Hilfe. Sergio und sie kannten sich schon, ich weiß nicht, woher, und duzten sich sogar: ich hatte geradezu den Eindruck, daß sie extra seinetwegen gekommen war; und tatsächlich, als er ihr anbot, sie um diese Uhrzeit zu einem Freund nach Hause zu begleiten, der die Gasflaschen verkauft und also etwas davon versteht, fing sie an abzulenken und entdeckte die Tarotkarten, die noch aufgedeckt auf dem Tisch lagen. Schließlich verlangte sie, er solle sie auch ihr legen, und trällerte unterdessen immer wie-

der von vorn, aber ohne weiterzuwissen: »Toujours la mort« – mit ihrer nicht häßlichen Altstimme.

Ich vermute, sie setzte sie als Verführungsinstrument ein. Unglaublich sind die Liebesrituale der Menschentiere: sie vollziehen sie, auch in fortgeschrittenem Alter, offenbar durchaus in Unkenntnis des Widerspruchs, der darin liegt; aber noch unglaublicher sind die Leidenschaften dieser Tiere. Dora versuchte also, die Arie aus dem dritten Akt von *Carmen* zu singen, und sah dabei verstohlen meinen Neffen an: ein kleines Mädchen, vielmehr ein großes Mädchen (Du weißt ja, wie groß sie ist) zwischen dem zweiten und dritten Lebensalter (sie wird doch wohl um die Fünfundvierzig sein?). Ich glaube, ich kann sie nicht ertragen, sosehr ich mich auch letztlich in ihr, in ihrer unangenehmen Einsamkeit wiedererkenne. Doch Sergio sagte, daß er sie zu ihrem Wohnwagen begleiten und daß es vielleicht genügen würde, die Gasflasche abzudrehen und sie bis zum nächsten Tag etwas weiter weg an den Strand zu stellen. So gingen sie zusammen fort, und ich nahm, eine nach der anderen, die Tarotkarten vom Tisch auf.

Und jetzt schreibe ich Dir von der alten Illustriertenseite, die ebenfalls auf dem Tisch liegengeblieben ist, die mit den drei Arkana verbundenen Bilder meiner Zukunft ab, wie ich sie unter Sergios Anleitung gezogen habe (in der Reihenfolge »Die Liebenden«, »Das Rad des Schicksals«, »Der Gehängte« – was, glaube ich, gleichbedeutend ist mit »Der Gehenkte«). Anscheinend hat keine der Karten eine absolute Bedeutung, und worauf es vor allem ankommt, ist ihre Beziehung untereinander. Aber ich habe nicht verstanden, ob nur eine Vorhersage dabei heraus-

kommen soll oder ob man, wie aus einigen Sätzen der zerknitterten Anleitung hervorzugehen scheint, daraus eine Fähigkeit gewinnt, den Gang der Ereignisse, die noch nicht eingetreten sind, zu beeinflussen.

Die Liebenden – Dies ist die Karte der Ungewißheit und des Zweifels. Sie verleitet dazu, die eigenen Möglichkeiten zu überschätzen, und stellt einen ständig vor zwei Wege: den des Guten und den des Bösen, den der Wahrheit und den des Irrtums. Sie läßt Gelegenheiten versäumen, die sich nie wieder ergeben werden. Sie verleiht einen beeinflußbaren, argwöhnischen, unentschlossenen und pessimistischen Charakter; sie treibt dazu, nie die gute Seite der Dinge zu sehen, die eigenen Sorgen für unüberwindliche Hindernisse und die kleinen Zwischenfälle für Katastrophen zu halten. Auf der Gefühlsebene führt die Karte der Liebenden zu platonischer, schüchterner, unbefriedigter Liebe. Es ist, insgesamt gesehen, die Karte des Zögerns.

Das Rad des Schicksals – Eine Karte des Wechsels. Wie die ganze Folge der Schwerter, die sie regiert, hat sie zwei Gesichter: sie schützt und schadet. Allein ihr Stellenwert im Verhältnis zu den vorhergehenden und den folgenden Karten ermöglicht es, die Bedeutung der Ereignisse zu beurteilen, die durch sie bestimmt werden. Im allgemeinen bedeutet sie, daß irgend etwas in der Gegenwart nicht wunschgemäß verläuft. Eine solche Situation kann gewendet werden und eine günstige Richtung einschlagen, aber nicht immer; und deshalb handelt es sich nicht um eine in jedem Fall günstige Karte. Sie zeigt einen Wechsel von Höhen und Tiefen, von Befriedigung und Enttäuschung an; sie deutet insgesamt auf Veränderungen und Unbeständigkeit hin.

Der Gehängte – Dieses Arkanum stellt die schweren Erfahrungen und Mißgeschicke des Erdenlebens dar; sie weist auch auf die Leugnung von Schuld und Verfehlungen hin, die weiter zurückliegen. Die Ereignisse, die sie erzählt,

sind im allgemeinen unausweichlich, da sie jemanden betreffen, der zu sehr kompromittiert ist, als daß er sie zurechtrücken oder sich ihnen entziehen könnte. Es ist gleichzeitig die Karte der Unbeständigkeit, des Wankelmuts und der unnützen Anstrengungen; sie führt zu undankbarer und wenig einträglicher Arbeit, zu unerwiderter Liebe. Sie bedeutet Rechenschaftsablegung, Strafe, Sühne.

»Vous me semblez chagrin«, hast Du scherzend am Telefon zu mir gesagt. Es stimmt, auch wenn ich die Gründe nicht kenne. Manchmal – aber das ist nur eine Wirkung, keine Ursache –, wenn ich den Himmel betrachte, der sich bei Südwestwind aschgrau färbt, wird die Langeweile, die ich hier empfinde, fast zum Schmerz. Jetzt, da ich allein bin, ist der Himmel, ohne Mond, endlich dunkel und klar und wimmelt von Sternen. Ich finde nur ein Wort, das ich so vielen bekannten und unbekannten Drohungen, so vielen Ungewißheiten entgegensetzen kann, das Wort eines Dichters, geschrieben für eine andere Zeit: *délicatesse;* ich hoffe, daß es wirklich hilfreich ist, um das verbleibende Leben zu bestehen, auch wenn man dadurch gelegentlich »das Leben verliert«, es bedeutet Behutsamkeit und auch Empfindlichkeit. Aber wenn ich jetzt – wie Sergio es mir vorgeschlagen hat – eine der Tarotkarten, die mir zugefallen ist, ablehne, spät ablehne, dann – wie ich fürchte – nicht »par délicatesse«, sondern eher aus »adresse« und »bonne conduite« (»Schläue« und »Klugheit« in Molières Theaterstück), aufgrund vernünftiger »précautions« (Vorsichtsmaßnahmen): und dies ist auch einer der Kernpunkte des Romans, den ich schreibe. Jedenfalls will ich den »Gehängten« nicht, du kannst die entsprechenden Zeilen aus dem Brief streichen; ich möchte lieber den »Tod«. Ja, ich

ziehe die Karte sogar aus dem Stapel heraus und lege sie als Lesezeichen in die *Ecole des femmes;* ich möchte sie als Erinnerung an diesen Sommer behalten. Wenn überhaupt, dann gebe ich sie zurück, wenn ich abreise.

DER TOD – Dies ist das Arkanum, das die geistige Entwicklung und die Veränderung des Bestehenden zum Guten oder zum Schlechten darstellt. Das mit der Sense bewaffnete Skelett, das diese verkörpert, darf nicht erschrecken; es kann manchmal auch den physischen Tod bedeuten, doch muß dies durch die Gesamtheit der aufgedeckten Karten bestätigt werden. Allgemeiner gesehen, bedeutet es die Veränderung eines Zustands, häufig auch in günstigem Sinn. Tod steht für Verwandlung.

Der Himmel ist der gleiche wie vorhin: dunkel, still und voller Sterne. Ich wiederhole den Namen – Arkanum, Arkana –, den einzigen, der mir jetzt geeignet scheint, einen Bezug anzudeuten. Dann gehe ich wieder ins Haus, schalte den Fernseher ein und sehe fern, ohne auch nur einmal vom Sofa aufzustehen, bis – nach Stunden – die Sprecherin mitteilt, daß das Programm beendet ist, und eine gute Nacht wünscht. So verschwindet plötzlich jedes Bild vom Fernseher, und eine Art leerer, rotierender Nebel beginnt zu brodeln: unerklärliche kleine Blasen ohne Ende.

Jetzt kommt es mir vor, als hätte ich diese Phase meines Lebens – die doch in jeder Hinsicht dessen weiteren Verlauf bestimmen sollte – in blindem Nachtflug durchquert, ohne irgend etwas zu sehen oder zu erfassen, höchstens unerhebliche Einzelheiten – obwohl ich sie, wenn sie mir wieder einfallen, nicht als unerheblich empfinde, sondern als Träger einer möglichen Bedeutung, die ich aber nicht erkennen kann. Zum Beispiel, wie sich der Duft der verwilderten Geranien im Dunkeln verstärkte. Oder wie der arme Zero – kleiner Schatten in jenem anderen Schatten – sich in seiner Altershinfälligkeit dahinschleppte. Eines Abends, weiß ich noch, bemerkte ich, daß er lahmte. Um den Grund zu finden, trug ich ihn unter die Lampe, brachte ihn dazu, sich auf den Rücken zu legen, und untersuchte die Pfote, die er nicht aufsetzte. Geduldig ließ er zu, daß ich sie anhob, und fügte sich in die unbequeme Lage. Es war ein deutlich sichtbarer Dorn, den er sich zwischen den Krallen eingetreten hatte, wie bei den Ausflügen in seinen Jugendjahren, obgleich er jetzt keine solchen mehr unternahm und sich nicht einmal mehr über die rings um das Haus gelegten Steinplatten hinausbewegte.

Ich erinnere mich, wie Sergio im Schein der Lampe, die er herangerückt hatte, gemeinsam mit mir den Kopf über Zero beugte und mir sehr behutsam dabei half, ihm den Dorn herauszuziehen. Wir

hatten uns dazu von Miriam eine Pinzette geben lassen. Danach desinfizierte er die Wunde mit Alkohol, den er aus dem Badezimmer geholt hatte, und der Geruch breitete sich aus. Da erst winselte Zero kurz vor Schmerz und schnappte instinktiv mit den Zähnen nach der Hand, die ihn berührte; aber nur als Warnung, ohne zuzubeißen. So sah ich wieder einmal seine abgewetzten, gelb gewordenen Zähne; und außerdem konnte ich während der ganzen Operation feststellen – und deshalb ist sie mir in Erinnerung geblieben –, wie hinfällig er geworden war: ein Häufchen Haut und Knochen, von der Arthrose verkrümmt, leicht und warm, mit einem Geruch nach Tier und nach Alter und den vom Star verschleierten Augen, die sich – während wir ihn hielten – von unten her, fast blind, auf uns richteten.

Immer mehr fürchtete er sich, der arme Zero, wegen seiner Blindheit vor der Dunkelheit, in der er nur noch Schatten unterscheiden konnte; und wie von einem Selbsterhaltungstrieb, einer größeren Angst zurückgehalten, setzte er sich auf die Hinterbeine und weigerte sich weiterzugehen. Auch der Verlust des Geruchssinns, der ihn in einer unbekannt gewordenen Welt einsam und schutzlos machte, war Ausdruck von etwas anderem. Als wir ihn dann endlich freiließen, verzog er sich, immer noch lahmend, und legte sich schließlich unter den Steintisch, wo er sich noch lange die verletzte Pfote leckte. Klar und deutlich drangen von draußen die Geräusche herein, und im Dunkeln schien der Raum sich auszuweiten; in einem der Häuser weiter unten wurde gefeiert, man hörte Stimmen von Jugendlichen auf der Straße, ankommende Autos und immerfort Musik.

Miriam schlug mir vor – ich hatte wieder einmal

von Zeros grauem Star gesprochen –, wir könnten ihn doch operieren lassen und ihm dann eine Brille aufsetzen. Aber ihr Spott klang eher vergnügt, wenn nicht gutmütig. Wo es keinen Frieden zwischen uns gab, das war im Streit wegen der Kröten. Mag sein, daß es natürlich ist, sich ein wenig vor ihnen zu ekeln, und unangemessen war möglicherweise meine ungewöhnliche Strenge oder vielleicht besser Sympathie – Relikt einer Kindheit, die ich zeitweise damit verbrachte, mit Fröschen und Eidechsen zu spielen. Doch in Miriams Reaktion kam nicht nur Ekel zum Ausdruck. Es handelte sich um etwas, das sie tief aufwühlte und sie eine ganze Weile von anderem ablenkte; um eine Rebellion, die nicht nur körperlich war, wenngleich sie offensichtlich vom Körper ausging, um einen Groll, der dazu tendierte, sich von diesem Gegenstand auf andere zu verschieben (im allgemeinen sofort auf mich), als sei es ungerecht, daß jemand sich derartig darüber empören und sie so angreifen konnte. Wenn auch die sexuelle Natur einer solchen Haltung außer Frage stand, ich begriff nicht und begreife noch heute nicht, was sie bedeutete: um welche Ablehnung ging es?

Und umgekehrt, um welche Entscheidung (wenn es denn eine gab)? Unterdessen wässerte Miriam die Geranien – und deshalb verströmten sie ihren Duft –, erst mit dem Schlauch, und wo dieser nicht hinreichte, mit Wassereimern, die sie randvoll hinaustrug. Man sah, wie der Lichtkegel der Taschenlampe, die sie bei sich trug, sich immer weiter entfernte. Sie hatte sich der alten Strünke angenommen, sie gestutzt und die durch das Salz verhärtete Erde ringsum aufgelockert; und sie hatte neue Gera-

nien gepflanzt, denen sie besondere Pflege angedeihen ließ. Das half ihr, da sie das Meer schlecht vertrug, die Langeweile eines anomalen Urlaubs auszuhalten, nehme ich an. Doch so kam es, daß sie an jenem Abend wiederum auf eine Kröte stieß: sehr klein – zwischen den Blättern, unter die sie sich anscheinend geflüchtet hatte, fiel sie kaum auf –, unbeweglich oder vielmehr, wenn man genau hinsah, leicht zitternd – so erblickte ich sie, herbeigerufen von Miriams Schrei, die ihre Lampe auf sie richtete. »Schlag sie tot«, befahl sie mir. Ich weigerte mich: das erschien *mir* nun ungerecht, abgesehen davon, daß es mir physisch schwergefallen wäre.

Da kam Sergio. Er hatte den Alkohol bei sich, den er vorher benutzt hatte, um Zeros Pfote zu desinfizieren; und ohne etwas zu sagen, bespritzte er damit die kleine Kröte, die vergeblich versuchte, sich zu entziehen: bei ihrem nun verkürzten, kleinen Sprung traf sie erneut ein aufdringlicher Spritzer. Dann zündete Sergio ein Streichholz an, warf es auf sie, und es gab eine winzige blaugelbe Flamme. Das Tier zog sich nur leicht zusammen und war sofort starr; wenn ich daran denke, habe ich wieder den Geruch in der Nase. Die beiden blieben, leicht vorgebeugt, stehen und sahen zu, wie sie verbrannte; Sergio hielt den Scheiterhaufen mit Zeitungspapier in Gang, das er nach und nach zusammenknüllte, um das Ritual bis zum Ende durchzuführen.

Hinterher verhielt sich Miriam mir gegenüber, wie sie es zu tun pflegt, wenn sie Verzeihung erwirken will: sie strich mir ironisch um den Bart und machte – mir zuliebe –, während sie wieder mit dem Wassereimer im schwankenden Schein der Taschenlampe hin und her ging, gelegentlich auch einen Schlenker

zu Zero. Gleichzeitig versäumte sie nicht, auf die »arme kleine Kröte« anzuspielen (»Ob noch mehr da sind?«). Erst in dem Moment tauchte zwischen einigen Wolken mit seinem blassen Licht der abnehmende Mond ein Stück weit auf. Ich bin der Meinung – und deshalb gehe ich darauf ein –, daß dieser Abend, diese Begebenheit – nicht nur für mich – einen Schritt darstellt, hinter den man nicht mehr zurückkann, nach dem es nur noch bergab geht. Ich bin geneigt, jedem winzigen Umstand von damals weitere Bedeutungen zuzuschreiben: Symbole wofür? Und die grausame Opferung der kleinen Kröte erscheint mir jetzt als der – verlangte und gezahlte – Wegezoll, um weiterzugehen.

Übrigens konnte ich nicht umhin zu bemerken, daß Sergio sich jetzt viel mehr zu Hause aufhielt und gern die Einladung annahm, draußen am Steintisch im hellen Licht der an einen Haken gehängten tragbaren Lampe mit uns zu Abend zu essen; aus den Häusern von Tamerici, die weiter unten im unsichtbaren Grün lagen, hörte man etwas wie Atmen und Stimmengemurmel, als antwortete einer dem anderen; eine Musik wurde in der Ferne von einer rufenden Stimme übertönt; Autoscheinwerfer glitten von Zeit zu Zeit über das ganze Panorama, bis sie sich in die Höhe richteten und dann verschwanden. Ich konnte auch nicht umhin, den kleinen mugeligen Smaragd zu bemerken, der an Sergios Ohr funkelte – und nie mehr abgenommen wurde –, als ob sich alles leidenschaftliche und vergängliche Leben der Nacht darin konzentrierte. Ich konnte auch nicht die irische Weise *Cockles and Mussels* überhören, die Sergio in seinem Zimmer hartnäckig immer wieder auf der Klarinette probierte, da sie ihm, der doch sonst so gut

den Ton traf, nicht gelingen wollte – bis Miriam schließlich lachend zu ihm ging und ihn singend führte, so daß mir, als ich sie zusammen hörte, Zweifel kamen, ob der Fehler, in den er immer wieder verfiel, wirklich unfreiwillig war.

Eine Solidarität wie zwischen Gleichaltrigen hatte sich zwischen ihnen hergestellt, die nach meinem Empfinden gänzlich unecht war. Nicht nur, weil sie nicht das gleiche Alter hatten und sie eine Frau von sechsunddreißig Jahren war. Sondern weil es eine noch tiefer greifende Ungleichheit zwischen ihnen gab: er stand, trotz des Gewirrs aus kleinen Lügen und Verstrickungen, das sein an Selbstgenügsamkeit gewöhntes Leben umgab, in schutzloser Naivität ihrer reifen – ich will in meiner Voreingenommenheit nicht sagen: zynischen – Erfahrung gegenüber und ihrer Fähigkeit, über sich und andere zu bestimmen. Also, Miriam war jemand, der die Muschelschale aufbrach, wie selten und schön diese auch sein mochte, um ein kleines Meerestier zu essen. Deshalb kam mir eine Beziehung wie von gleich zu gleich zwischen den beiden als unerträglich falsch vor; abgesehen davon, daß ich mich ausgeschlossen fühlte. Und deshalb war es ein Sarkasmus, wenn ich sie »meine Kinder« nannte, den sie, wie ich dachte, bemerken würde. Doch das war offenbar nicht der Fall; obwohl sie mich sogleich auch ihrerseits »Onkel« nannte und das Spiel mit dieser Anrede noch tagelang fortsetzte, auch wenn wir beide unter uns waren.

Der Versuch, den ich aber unternahm, um unter vier Augen etwas mehr von ihr zu erfahren (»Na, was macht der Flirt?«), schlug fehl. Sie tat zuerst sogar so, als verstände sie nicht: »Bist du verrückt ... Und außerdem, meinst du, ich müßte es dir wirklich sagen?«

Sie saß an dem Schreibtisch, den sie in Besitz genommen und mit der Aufstellung ihrer Bücher und Lexika mit Beschlag belegt hatte, vor dem Fenster mit Blick auf den bereits zu Ende gehenden Nachmittag; ich lag auf dem Bett. Ich antwortete ihr, zumindest bisher sei es zwischen uns so Usus gewesen. Sie wandte sich um, um in verändertem Ton zu fragen: »Du bist doch nicht etwa eifersüchtig?« Ich versuchte zu lächeln und sah sie mit halbgeschlossenen Augen an, bevor ich fortfuhr: »Was meinst du?« Sie schwieg eine Weile, als ob sie nachdächte: »Ich glaube nicht. Nur machst du mir zur Zeit einen traurigen Eindruck. Was ist los?« »Ich vermute, es ist das Alter«, versuchte ich die Sache ins Scherzhafte zu ziehen (es war die Stunde, wo sich draußen das Vogelgezwitscher verdichtet, bevor es verstummt).

Ich glaube also, daß wir uns gewissermaßen gegenseitig belogen. (»Du solltest versuchen, dich auch ein wenig zu amüsieren«, sagte sie abschließend – mit der unerwarteten Zuneigung, die sie mir manchmal bekundete –, während sie mir bereits den Rücken kehrte, um sich sogleich wieder über ihre Übersetzungsarbeit zu beugen, und die untergehende Sonne ihre im Nacken zusammengehaltenen roten Haare in Licht tauchte: »Oder wenigstens dein Möglichstes tun. Schließlich sind es doch deine Ferien, nicht?«)

So kam es, daß ich mich dazu hinreißen ließ, mit Sergio darüber zu reden. Ich bereue es noch immer. Ausgerechnet am nächsten Morgen hatte Miriam einen Friseurtermin im *Residence* für ihre Dauerwelle und verzichtete auf das Meer. Daher war ich, wie während unserer ersten Woche, mit ihm allein auf der *Sant'Anna.* Ich erinnere mich, daß dieses Glücksgefühl – das unerklärlich und sicher unbe-

wußt war, aber ich habe kein anderes Wort dafür – langsam von dem Schatten der schwierigen Annäherung überdeckt wurde. Wir lagen vor Anker, Sergio hatte Seeigel gesammelt und schnitt sie mir auf. Ein einzelner Kormoran schwamm auf dem Wasser umher und tauchte von Zeit zu Zeit unter; während ich noch zögerte, betrachtete ich ihn, und wenn er weiter weg wieder auftauchte mit seinem schwankenden, wasserbenetzten, braungefiederten Hals und seinen gläsernen schwarzen Äuglein, schien auch er mich zu betrachten. »Was hältst du von Miriam?« fragte ich schließlich.

Ich begriff, daß seine Antwort, da es sich um meine Frau handelte, nicht aufrichtig sein würde; gleichzeitig fürchtete ich, daß ein ermutigender Hinweis auf die »Offenheit« unserer ehelichen Beziehung – wie man es früher einmal nannte – die mißverständliche Bedeutung einer Erlaubnis annehmen könnte. Also unterzog ich ihn einer schwierigen Prüfung – schwierig auf jeden Fall für mich, vielleicht auch für ihn; denn er wirkte immer noch von der Frage überrascht, schien sie nicht zu verstehen und wiederholte sie: »Was ich von ihr halte?« Aber ich glaube, daß seine Reaktion mir nicht den geringsten Anlaß bot, irgendeine wenn auch noch so ungewisse Wahrheit zu erahnen; und ich gab lediglich dem Wunsch nach, mit ihm über sie zu sprechen und ihn über sie sprechen zu hören. Ja, das tat ich, und das geschah auch: er antwortete mir, Miriam sei seinem Eindruck nach eine intelligente und moderne Frau; auch ein wenig launisch, setzte er mit einem angedeuteten Lächeln hinzu, das nicht seine Zerknirschung über das Urteil minderte, das ich ihm entlockt hatte. Während die Seeigel, die auf der Planke am Bug aufgereiht in der

Sonne lagen, offensichtlich eingingen, fragte ich weiter: »Ist sie dir sympathisch?« und fing wieder an, die nach Meer schmeckenden mennigfarbenen Zungen, wie er es mir beigebracht hatte – aber mit wenig Appetit –, eine nach der andern mit dem Daumennagel herauszudrücken.

»Soll ich dir die Wahrheit sagen?« fragte er seinerseits und fuhr sich dann, da ich natürlich zugestimmt hatte, mit der Zunge über die Lippen, bevor er fortfuhr: »Na, es geht so.« »Was heißt, es geht so?« hakte ich nach – über die Seeigel gebeugt –, so beiläufig und leise wie möglich, da er sich nicht weiter äußerte. »Nimm es mir nicht übel«, hörte ich seine Stimme, »ich finde sie intelligent und hübsch. Sie hat mir auch diesen schönen kleinen Ohrring geschenkt. Aber...« Er zog einen Eimer jadegrünes, kaum gekräuseltes Wasser hoch – erstaunlich, wie anders es gleich aussah – und goß es über die Planken, um sie von den Überresten der Seeigel – Stacheln und Körpersäften – zu säubern: »Kann ich offen mit dir reden?« fuhr er fort. »Miriam verarscht mich, und das gefällt mir nicht.« Auf diese Weise ließ ich mich davon überzeugen, daß er dies für den Anlaß des Gesprächs hielt, das ich begonnen hatte; also nicht etwa, daß ich ihn für schuldig hielt, sondern daß man vielmehr ihm etwas schuldete. »So wie ich mich verhalte«, redete er weiter, »sieht es so aus, als ob ich es nicht merke. Aber ich merke es ganz genau. Nur pfeif ich drauf. Aber deshalb finde ich Leute, die so etwas mit mir machen, noch lange nicht sympathisch...«

»Du bist doch nicht beleidigt?« erkundigte er sich dann besorgt, nachdem er die Reinigungsgeräte wieder unter Deck gebracht hatte. »Piero«, er nannte

mich tatsächlich bei meinem Namen, »du hast sicher kapiert, daß ich ... wie soll ich sagen ... ich schäme mich deswegen nicht, das ist meine Sache, nicht? ... daß ich ein bißchen anders bin. Na gut, manche machen sich darüber lustig, Frauen vor allem. Und mitunter ärgert mich das.« Ich hörte ihm schweigend zu: was besiegte die Verlegenheit, die ich ja doch empfand? Mit jener aufgesetzten Weisheit, von der ich ihn schon hatte Proben geben hören, spielte er – ein sprechendes kleines Heimchen, das in einem Boot seinen Herd gefunden hatte – auf die Lebenslehren an, die er von seinen Meistern empfangen hatte, als seien es wirklich große Meister: ein längst entschwundener Salvatore, der Krüppel Nino Scarpa ... Ich begriff auch nicht, daß es – ungeachtet der einzelnen wahren oder jedenfalls für ihn wahren Beteuerungen – nur eine einzige Erklärung für den offenkundig falschen Ton seiner Vertraulichkeit gab, nämlich die, daß er mich belog, daß er sie einsetzte, um mich zu täuschen. Bevor wir den Anker einholten, sprang ich noch einmal in das grüne, wohlriechende Wasser und schwamm lange, wieder eingetaucht in das, was ich Glücksgefühl genannt habe; nicht weit entfernt von dem Kormoran kam ich wieder an die Oberfläche, und wir sahen uns abermals eine Weile an; dann hob er die Flügel, strich dicht über der Wasseroberfläche dahin, auf der er sich ab und an niederließ, und flog davon.

Damals dachte ich nicht, daß ich ihn nie wiedersehen würde. Während der Rückfahrt, im unbeständigen Schatten des geblähten Segels, redete ich mit Sergio, der etwas weiter hinten in der prallen Sonne, von der kleinen Schirmmütze geschützt, die Pinne hielt, über Miriam, und ich machte sie schlecht, so-

sehr ich konnte, ohne meine Absicht zu verraten. Auch ich benutzte – im Sinne dieser indirekten Pädagogik – lauter wahre oder fast wahre Behauptungen. Es ist klar, daß man damit sowohl die Verteidigung eines Menschen als auch das Gegenteil betreiben kann; ich für mein Teil versuchte, glaubwürdig zu wirken durch die Distanzierung, die Verdunkelung meiner Absicht, die stillschweigende Anpassung der Unterhaltung an das, was ich für das Denkmuster meines Gesprächspartners hielt. Und heraus kam dabei eine kleinliche, schwierige Miriam. Ich weiß, daß sie so nicht ist, und möchte die erste Charakterisierung bestreiten, denn die zweite trifft wahrscheinlich auf jeden zu. Aber inzwischen waren die Häuser des Ortes aufgetaucht und kamen immer näher. Wir hatten schon die kleine Insel Mortorio umsegelt und liefen nun mit eingeholtem Segel, nur noch von dem tuckernden kleinen Motor angetrieben, in den Hafen ein, der bereits in Nachmittagslicht getaucht war. An der Mole, an dem der *Sant' Anna* zustehenden Platz, führten wir das gewohnte Anlegemanöver durch. Sergio, der am Heck stand, hielt das Steuer und beugte sich gleichzeitig hinaus, um zu sehen, ob wir anstießen.

Doch unterwegs hatte bei mir ein seltsames Brennen in Haut und Gliedern eingesetzt, immer wieder vermischt mit Schüttelfrost. Nach einigen Schritten an Land und dann am Steuer des Autos, das uns nach Hause brachte, spürte ich es noch heftiger, dazu noch Kopfschmerzen, die mich anfallartig befielen, dann aber nicht mehr nachließen. Ich erinnere mich, daß ich an eine vorübergehende Wirkung von zuviel Sonne und Meer dachte. Doch ich wurde tatsächlich krank: Zu Hause verstärkte sich das Frösteln sofort,

obwohl Sergio alle Decken, die er hatte, über mir auftürmte. Fast neununddreißig Grad Fieber ergab das Thermometer, das er mit dem Motorrad aus der Apotheke geholt hatte und das einige Zeit später, von meiner Hitze getrübt, noch mehr anzeigen sollte.

Von der folgenden Nacht ist mir ziemlich wenig in Erinnerung geblieben: der undeutliche Ton des Fernsehers und der Stimmen nebenan; eine Gestalt, die auftauchte und mich fragte, ob ich irgendeinen Wunsch hätte; das Licht des Lampenschirms, als Miriam ins Bett kam. Aber wirklich nur wie ein dunkler Traum, ohne Bedeutung. Ich glaube, daß nichts so sehr wie Fieber und Krankheit den Ereignissen ihre Bedeutung nimmt und jeden auf seine winzig kleine, tiefgründige eigene Geschichte zurückwirft: die Geschichte des Kindes, das wir einmal waren, der Kreatur, die wir sind. Am nächsten Morgen fuhren Miriam und Sergio nicht ans Meer, sie warteten auf den Arzt. Ob es von den Seeigeln gekommen sein konnte? fragte ich mich. Obwohl sie doch außerhalb jeder verschmutzten Strömung, in so wunderbarem Wasser gesammelt worden waren; allerdings verursachte mir der Gedanke an sie Unbehagen, fast Schwindel. Die Temperatur war inzwischen auf achtunddreißig Grad zurückgegangen und hielt sich einige Tage lang mehr oder weniger auf dieser Höhe mit hartnäckig wiederkehrenden Kälteschauern und einer ungewöhnlichen Mattigkeit, ohne daß eine präzise Diagnose gestellt wurde. »Grippe: es geht eine um.« Grippe – Influenza: Einfluß wovon? Das frage ich mich noch heute. So mußte ich bereits nachmittags drängen, damit die beiden mit dem Boot hinausfuhren.

Von jenen Tagen im Bett habe ich eine Übellau-

nigkeit in Erinnerung, von der ich mich nicht freimachen konnte, und gleichzeitig eine Angst, als würde mit dem Fortdauern der Krankheit irgendeine Frist überschritten und als könnte ich dadurch etwas Wichtiges und Unersetzbares versäumen; erst recht, wenn ich spürte, daß mir das Frösteln erneut die Beine heraufstieg, und ich dann das Thermometer ablas. Es war das Bett meines verstorbenen Bruders gewesen, konnte ich nicht umhin zu denken, während ich jetzt einsam darin lag, in einer Wolljacke, die den Fiebergeruch angenommen hatte; und ich konnte auch nicht umhin, im Geiste seinem Schicksal nachzugehen, der tödlichen Krankheit, die gerade hier zum Ausbruch gekommen war. Nicht, daß ich irgendeine Symmetrie unserer Lebensgeschichten befürchtet hätte. Nein, der Sinn seines Beispiels war gewiß ein anderer: weniger der mögliche Einzelfall als etwas, was allen und allem gemeinsam war; auch wenn er sich mir gerade dann entzog, wenn er mich am stärksten belastete. Glich er dem Ende dieses sich langsam neigenden Tages, dem Himmel, der im stillen hinter dem Fenster verblaßt war, bis er, immer weniger leuchtend, aussah wie aus Glas? War der Sinn, daß es keinen Sinn gab?

Eines Morgens, während meiner anschließenden Genesung, die nicht mühelos und erst spät erfolgte, versuchte ich vergeblich zu lesen, ohne zunächst auf die sich wiederholenden Rufe oder Schreie weit entfernter Stimmen zu achten. Erst als das gellende Geheul einer Sirene näher kam, ging ich nach draußen, um nachzusehen. Von der Straße her, die unten, fast am Meer entlang, in den Ort führt, stieg dunkler, dichter Rauch auf und breitete sich bei dem schwach wehenden Mistral in schmutzigen Schwaden über

den blauen Himmel aus. Ich war nach oben auf die Terrasse gestiegen, um besser sehen zu können. Von dort aus konnte man auch die Richtung der jetzt um sich greifenden Flammen erkennen, die Autos, die auf beiden Seiten standen, und das Rot des inzwischen eingetroffenen Feuerwehrwagens. Das Feuer war auf einem illegalen Campingplatz zwischen Punta Negra und Tamerici ausgebrochen und hatte bergaufwärts in der Macchia Zunder gefunden; ich glaube allerdings nicht, daß – wie hinterher behauptet wurde – sogar einige Häuser gefährdet waren. Doch ist ein solches Ereignis für mich in seiner banalen Zufälligkeit ein nicht nur passender, sondern notwendiger Rahmen für das, was dann folgen sollte; ich meine darin eine über die unmittelbare Gefahr hinausgehende Bedrohung zu erkennen, ja, fast schon ein finsteres Omen.

Ich erinnere mich, daß ich einen Pullover über die Strickjacke gezogen hatte, so groß war meine Angst vor einem Rückfall; und in der hochstehenden Sonne empfand ich dessen übermäßiges Gewicht als Last, trotz des Mistrals, der jetzt den Brandgeruch herwehte. Eine Möwe überließ sich, ausgerechnet hier, weit weg vom Meer, schwebend den Böen. Als ich dann die Außentreppe hinuntergestiegen war und unten auf den Steinplatten stehenblieb, um Zero zu streicheln, der dort im Schatten lag – sein ehemals borstiges Fell war jetzt matt und flaumweich –, nahm ich einen Augenblick lang den überwältigenden Geruch wahr, den die Geranien in der Wärme verströmten. Heftig, dieser Geruch, ja, und nichts erscheint mir jetzt dem Leben ähnlicher, auch wegen der zwiespältigen Empfindung, die er in mir auslöste – teils Anziehung, teils Abstoßung –, und die ich

noch immer verspüre. Dann ging ich lustlos wieder ins Haus und wanderte, mehr von meinen Schritten als vom Willen vorwärtsgetragen, darin umher, wobei ich die Kühle im Vergleich zur Außentemperatur spürte; ohne jede Neugier blieb ich auf der Schwelle des Zimmers stehen, in das Sergio unseretwegen umgezogen und das bereits durch seine Gewohnheiten geprägt war.

Auf einem alten Tischchen mit gedrechselten Beinen stand ein großer Radiorekorder, den er häufig benutzte. Ich sah, daß eine bespielte Kassette eingelegt war, und drückte mechanisch die Wiedergabetaste, »play«. Sofort überraschte mich die Stimme meiner Frau, mehr aber noch ihre Worte: »Nein, Liebling, ich hab's dir doch gesagt: heute nacht komm ich nicht«; danach folgte Schweigen oder vielmehr nur das Bandrauschen. Noch immer verstehe ich nicht, wie die beiden so unvorsichtig sein konnten, ihre Botschaften diesem Medium anzuvertrauen, ohne dafür zu sorgen, sie anderen unzugänglich zu machen, insbesondere mir, und daß sie sogar die Kassette im Rekorder ließen, startbereit zur Aufnahme neuer Botschaften. Es war also eine sich schon über viele Tage hinziehende Korrespondenz zwischen ihnen oder besser ein Spiel, denn es gab ja viel direktere Möglichkeiten, sich zu verabreden oder Liebesworte und Scherze auszutauschen; sie benutzten jedoch dieses Mittel, das für beide zur Zustelladresse geworden war, bei der jeder, wenn der andere nicht da war, seine eigene Mitteilung hinterließ, in der Gewißheit, später dort die Antwort zu finden.

Ich erinnere mich, daß die Aufnahme oft sehr leise war und daß das Fenster im wieder auffrischenden Wind angefangen hatte zu klappern, wodurch mir

das Hören noch mehr erschwert wurde; so ging ich hin, um es zu schließen. In dem Moment erschien Zero in der Tür, unsicher und schwankend, ein kleines Gespenst dessen, was er einmal gewesen war. Ich blieb in meinen beiden dicken Stricksachen vor dem wackligen Tischchen stehen – bestürzt über das, was ich hörte, da ich es nie für möglich gehalten hätte; und der Wunsch, mir das Ganze bis zum Schluß anzuhören, war stärker als die diffuse Scham: es gibt Äußerungen, die wirklich nur für eine einzige Person bestimmt sind. Sie redeten Unsinn, sagten Obszönitäten, daneben Sätze, die sich in ihrem praktischen Zweck erschöpften. Und offensichtlich nahmen sie den Recorder manchmal mit ins Boot: Sergio sang mit seiner Kopfstimme – Garance! – eine burleske und – man denke nur! – erotische Parodie der irischen Ballade; Miriam griff ein, um die Tonlage zu korrigieren. – Gerade in dem Moment war ich hingegangen, um das Fenster zu schließen, und da tauchte der Hund auf und sah mich mit seinen blinden Augen an.

Woran erinnere ich mich sonst noch? An die Flekken auf meinem Gesicht, die ich im Spiegel entdeckte – auch an jenem Tag, als ich mich, nachdem ich das Band wieder zurückgespult hatte, ins Bad zurückzog; sie vergrößerten sich, vermehrten sich, wurden dunkler; ich wußte, daß sie für meine vergangene Lebenszeit standen. Und dagegen Sergios kleines Gesicht, wie ich es sah – mit den breiten, vorstehenden Backenknochen, dem unrasierten Bart –, wenn er morgens, bevor er ans Meer ging, von der Tür aus zu meinem Krankenlager hinüberschaute, um sich zu verabschieden; ja, und vor allem erinnere ich mich an den seltsamen Schmerz, den ich emp-

fand, wenn ich ihn ansah, als ob ich plötzlich keine Luft mehr bekäme. Ebenso schmerzhaft verband sich lange in meiner Erinnerung das Funkeln des kleinen Ohrrings, den Miriam ihm geschenkt hatte, mit dem winzigen schwarzen Auge jenes einsamen Kormorans: beides lebendige, bewegliche Gemmen mit der Fähigkeit, verlorene Welten widerzuspiegeln.

5

Mina

LIVE

Was kann ich noch sagen, über mich oder auch sonst? An diesem Punkt erscheint mir jedes Zeichen als Zeichen für alles. Manchmal kommen die Möwen vormittags oder nachmittags bis hierher, fliegen über das Haus – mir wurde erklärt, daß es früher nicht so war, daß sie Nahrung suchen. In der Sonne glitzernd, zieht jetzt eine in ziemlicher Höhe still ihre Kreise. Die Bedrohung, auf die sie hinzuweisen scheint – und die ich als ernst empfinde, auch wenn ich sie nicht verstehe –, ist nicht nur die der zunehmenden Verschmutzung. Manchmal hört man auch die heiseren Schreie der Möwen: aber nur wenn der Wind dreht, das Wetter schlecht wird oder gegen Abend. Und welche Bedrohung bedeuten die Blitze, die immer häufiger meine Augenwinkel durchqueren? Welches unbekannte böse Licht kündigen sie an?

L'école des femmes liegt dort im Korb, in dem sich ungeordnet alte und neue Zeitungen anhäufen – ein kleines Buch, das jetzt in den schlampig zusammengefalteten Blättern und dem Staub, der sich im Dunkeln angesammelt hat, verschwunden ist. Es sind Zeitungen, die mit ihren Daten unnütz verbrachte Tage anzeigen oder, schlimmer noch, Tage, an denen ich ganz sicher nicht gearbeitet habe. Nicht einmal die von Sergio aufgenommene Musik – Charlie Parker – höre ich mehr: ich habe Angst davor, was für Stacheln sind das? Sie stechen von Zeit zu Zeit; ein

wenig weiß ich auch, warum, und versuche, mich dagegen zu schützen. Ich tue also nichts – hätte auch keine Lust, wäre gar nicht dazu imstande. Vom Liegestuhl auf den Steinplatten im Patio wechsle ich – wenn das Auge der Sonne in dem Schlund verschwindet, der bei Sonnenuntergang ins offene Meer hinunterführt, und die Brise so unangenehm wird, daß die Zeitungen, die ich nicht mehr lese, durcheinanderwehen – ins Wohnzimmer hinüber und gehe zum Lichtschalter. Die Glühbirne hängt nackt am Kabel, anstelle einer Deckenlampe, die ich nie gesehen habe, da sie, ich weiß nicht, wann und warum, abgenommen worden ist; der antiquierte Fernseher auf seinem häßlichen Dreibein war schon immer defekt; und auch auf dem blinden großen Bildschirm hat sich Staub abgelagert. Seit wie vielen Tagen ist die Putzfrau krank und kommt nicht mehr?

Sergio ist in seinem Zimmer, aber kein Geräusch dringt heraus. Er übt nicht mehr Klarinette. Ich weiß, daß er mich bald, bei Einbruch der Dunkelheit, fragen wird, ob ich irgendeinen Wunsch habe, und dann fährt er weg. Auch der Scheinwerfer seines Motorrads ist kaputtgegangen; ich werde das Motorrad den Weg hinunterfahren hören. Ich stelle mir vor, daß mir später die Erinnerung daran – an sein Wegfahren, sein Wiederkommen im Dunkeln oder bei ein wenig Mondschein – unerträglich sein wird; schon jetzt ist es mir unerträglich, daran zu denken. Heute morgen oder, früher noch, im Morgengrauen – ich leide viel an Schlaflosigkeit – habe ich ihn gehört: das Motorrad, noch weit weg, in den asphaltierten Kurven, dann bei dem letzten steilen Stück aufwärts über Kies und Steine. Ich ging hin

um durch die Stäbe der Jalousie hinauszuschauen. In der zu Ende gehenden Nacht waren alle Dinge grau, und so bewegte er sich zwischen ihnen hindurch, als er mit leisen Schritten das letzte Stück Weg zurücklegte und dann einen Moment vor der Tür stehenblieb, so lange wie nötig, um den Schlüssel ins Schloß zu stecken. Die Entfernung zwischen uns war jetzt minimal, aber natürlich konnte er mich weder sehen noch wissen, daß ich, barfuß, dort stand.

Ich stelle fest – besonders wenn er nicht zu spät nach Hause kommt –, daß auch er unter Schlaflosigkeit leidet. Manchmal erkenne ich an einer Andeutung von Husten, am vorsichtigen Absetzen eines Glases auf dem Fußboden oder an noch Geringerem – irgendeinem Knarren –, daß auch er hinter der Wand vergeblich wacht und wartet; obwohl er Schlaf- und Beruhigungsmittel nimmt, wie ich bemerkt habe. Meine Schwierigkeiten nehmen zu, während ich seine spüre. Nach Stunden wird es schwierig, der Versuchung zu widerstehen, von Bett zu Bett etwas zu ihm zu sagen. Sergio scheint also traurig zu sein. Ich weiß nicht, wie sehr und weshalb und ob es sich um eine Phase handelt, wie sie in seinem Leben – von dem ich wirklich nichts weiß – immer einmal wiederkehrt, um einen Normalzustand geradezu, den ich durch meine zunehmende Aufmerksamkeit und durch das Nachlassen seiner gleichgültig aufgegebenen Abwehr (ich sage nicht: durch größeres gegenseitiges Vertrauen) nur jetzt erst wahrgenommen habe. Oder ob es vielmehr etwas Neues für ihn bedeutet, den Übergang zu einer entschiedeneren Lebensweise, ein Sichfügen in die Zeit, die vergeht, vergeht mit ihrer Fülle von Realitä-

ten; es scheint, als gäbe es nicht anderes als diese Realitäten, aber die Zeit zählt mehr, und es stimmt wirklich, daß sie »ein bloßes Pseudonym für das Leben« ist.

Jetzt aber – »das ist die Realität« – möchte ich Sergios Klarinette hören, die mir lästig war und mich auch traurig stimmte, wenn er nebenan beharrlich einen seiner *standards* übte – sagen wir, Kerns *Smoke gets in your eyes*, was er am häufigsten spielte, bis zur Erschöpfung. So trete ich im heraufziehenden Abend wieder auf die Steinplatten hinaus: in Tamerici ist noch alles dunkel, und im glatten Meer spiegeln sich nur die Lichter der Asinara.

Ich habe keine Lust, zum Essen ins *Residence* hinunterzugehen, auch wenn ich natürlich irgendwann etwas essen muß. Aber der Gedanke, auf ein Essen wartend, allein an einem gedeckten kleinen Tisch zu sitzen, zwischen all den vollbesetzten Tischen, an denen es laut und lustig zugeht, beschämt mich. Noch weniger jedoch ertrage ich die Vorstellung, mich – und sei es auch mit Hilfe einer gekühlten Flasche Weißwein – irgendwelchen alten oder neuen Bekannten anzuschließen, die ich vielleicht zufällig treffen würde, und wären sie noch so liebenswürdig, wie zum Beispiel Romano. – Ich war nicht sehr freundlich zu ihm, als er sich heute morgen an der Mole nach einer Bemerkung von mir, die er für Interesse hielt – aber es war nur Bluff, die Vortäuschung einer Unterhaltung –, mit gewohnter Freundlichkeit bereitwillig auf das Gebiet der Musik begab. In seinen kurzen, blaugepunkteten Hosen stand er auf der Mole: in der einen Hand den großen Sombrero, den er im Rhythmus der Sätze leicht bewegte, in der anderen eine Scheibe geröstetes Brot, hauchdünn mit

Marmelade bestrichen, wartete er darauf, daß er im Schwimmbad an die Reihe käme, da er Schwimmunterricht nimmt.

Auch darin ein kleiner Perfektionist, denn er schwimmt bereits ganz ordentlich. Ich hörte das geröstete Brot knistern, wenn er hineinbiß: »Synästhesie nicht nur zwischen Empfindungen, sondern – aber man riskiert, mißverstanden zu werden, wenn man das sagt – auch zwischen Ausdrucksweisen. Außerdem gibt es etwas, das vorausgeht, das nicht ausgedrückt oder hier und jetzt nicht ausgedrückt wird.« Es ging also um einen seiner (zumindest momentanen) Lieblingskomponisten, Messiaen, und – welch ein Zufall – dessen *La Fin du Temps*, während wir langsam hin und her zu gehen begannen, zur einen Seite das seichte Hafenwasser zwischen den noch schläfrigen Booten, zur andern die Wellen, die ohne Schaumkronen über die Schutzwälle aus großen Steinen plätscherten: »Den Begriff des Taktmaßes aufzuheben, die Zahlen auf Primzahlen zu reduzieren, Symmetrien nur zuzulassen, wenn sie *rétrogradables*, das heißt von einem gemeinsamen Wert in der Mitte aus in beide Richtungen lesbar sind – das ist weitaus mehr als eine Disziplin des Ausdrucks. Er hat recht«, immer noch redete er, im Gehen leicht den kleinen graumelierten Kopf schüttelnd, von Olivier Messiaen: »Sechs – die Tage der Schöpfung, sieben – die Vollkommenheit der Ruhe, dann bedeutet acht Dimension des Ungeteilten, ewiges Licht und unwandelbaren Frieden, wie immer man es bezeichnen will.« Er hatte sein geröstetes Brot aufgegessen und sich in der Sonne, die um zehn Uhr morgens auf der Mole bereits stechend war, den komischen Strohhut mit der seitlich hochgeschlagenen Krempe

wieder aufgesetzt: »Selbstverständlich denkt niemand auch nur entfernt daran, ihn mit seinen Geschichten wortwörtlich zu nehmen, den armen Messiaen. Niemals würden wir ihm eine solche Grobheit antun...«

Grob aber war ich zu ihm, zu Romano, der mich auf diese Weise zu unterhalten versuchte. Ich machte kein Hehl daraus, daß ich mich langweilte, als er fortfuhr: »Wichtig ist, was einer solchen Äußerung zugrunde liegt, denn sie ist eine Projektion von etwas ganz anderem: von etwas, das wir nicht beweisen können, das aber existiert; oder von dem wir alle möchten, daß es existiert.« Er schwieg eine Weile und blieb dann mit seinem mageren Oberkörper, auf dem das gerötete Pigment nicht dunkel wird, kerzengerade stehen, bevor er mich fragte – und, ja, das war zuviel, nicht nur für meine geringe Geduld heute morgen: »Piero, würde dir das Ende der Zeiten nicht gefallen?« Schroff antwortete ich ihm: »Ich glaube, daß ›Ende der Zeiten‹ nichts bedeutet: und deshalb kann ich mich schwer dazu äußern. Auf jeden Fall denke ich nicht darüber nach. Das sind Dinge, die mich wirklich nicht interessieren. Entschuldige«, versuchte ich es hinterher abzumildern, »es ist eine chronische Unduldsamkeit oder eher Engstirnigkeit von mir.« Er lächelte, sanft und kultiviert wie immer: »Aber nein! Außerdem sprachen wir ja nur über Musik.«

In dem Moment wurden bereits unter einigem Hin und Her ein paar der vor Anker liegenden Boote, an denen wir vorübergingen, startklar gemacht: aus einer Pumpe lief, weil jemand vergessen hatte, einen Hahn zuzudrehen, ein Wasserstrahl auf den Zement kurz vor unseren Füßen; ein Motor hatte zu brum-

men begonnen, der Treibstoffgestank kam herüber, und ein wenig Rauch verbreitete sich zitternd in der Luft. Er schlug mir vor, mit dem Motorboot der Corbinos hinauszufahren, um elf: »*Plus minus*, natürlich.« Ich war einen Moment lang unentschlossen, da ich auch sonst zu nichts Lust hatte; aber ich schlug die Einladung aus. Er sah auf die Uhr, er wartete auf Jo: »Kimi sollte sie abholen«, sagte er, und ich mußte an Miriams Mutmaßungen denken. Als ich ihn dann zum Schwimmbad begleitete, erzählte er mir, als wolle er sich für seine weitschweifigen Ausführungen von vorher entschuldigen, von Marcel und Bernadette – auch er wollte meinem *penchant* entgegenkommen: »Eine kleine Idylle, ein Zusammentreffen von Schwächen. Angeblich gehört sein Herz weiterhin Kimi und das ihre ihrem Mann. Hast du ihn kennengelernt?«

»Ich glaube nämlich nicht an die Primzahlen und an die *rhythmes rétrogradables*«, sagte ich – auch meinerseits als Wiedergutmachung –, als wir uns verabschiedeten: »In meinem Leben gibt es sie nicht. Ich lebe ein Leben wie alle andern (das Leben, wenn du so willst), ohne den siebenten Tag, geschweige denn den achten; oder wenn es ein Danach gibt, besteht es nur aus Bedauern, doch das gehört mit zu den sechs Arbeitstagen, unseren einzigen. Weißt du, ich glaube, daß darin ihre durch nichts zu ersetzende Schönheit liegt; auch wenn wir sie so selten wahrnehmen. Selbst in den schlimmsten Zeiten versuche ich mir vorzustellen, daß alles, aber wirklich alles, mir hinterher fehlen und daß es dann zu spät sein wird.« So trennten wir uns. Aber es stimmte nicht: ich empfand keinerlei Liebe, keine Sehnsucht nach dem Meer, obwohl es jade-

grün war mit Schuppen aus Licht; oder nach dem Himmel, in dem kleine, von Osten her aufziehende Wölkchen den nicht mehr fernen Wechsel der Jahreszeit ankündigten; auch nicht nach Marcel und Bernadette, nach ihrem törichten, wirklichen Leiden, das sich nicht von meinem unterschied; und auch nicht nach Jo und Kimi, die jetzt bei Romano anlangten und mir – beide weiß gekleidet – von ferne zuwinkten.

Ich ging wieder die Mole entlang und ärgerte mich vielmehr über die lärmende Gruppe von Jugendlichen, Jungen und Mädchen, die vor mir gingen und die ich mit beschleunigtem Schritt überholte. Am äußeren Ende setzte ich mich hin, um die Flossen anzuziehen und die Tauchmaske aufzusetzen, nachdem ich, wie immer, die Gläser geputzt hatte; dann sprang ich ins Wasser. Da geschah es. Ich war erst wenige Züge geschwommen, als mich jener Satz erreichte: in einem kleinen Boot mit buntem Segel, das sich gerade anschickte, den Hafen zu verlassen, stand ein Mädchen und rief ihn jemandem aus der Gruppe von Gleichaltrigen zu, die auf der Mole geblieben waren. Sie glich einem Zicklein, ich hatte sie schon vorher bemerkt: das sehr kurze, schwarzgelockte Haar, die kecken, großen hellen Augen in dem braungebrannten Gesicht und die sich gerade erst entwickelnden nackten Brüste. Lachend hatte sie gerufen: »Du sollst leiden!« Beim Schwimmen blieben mir dieses Bild und diese Worte im Kopf hängen, als ob sie, ganz anders als beabsichtigt, nur für mich einen Sinn hätten.

Ich hatte, anders als sonst, die Gegenrichtung zur Punta Negra eingeschlagen; die Strömung war sofort zu spüren, und bald war ich müde. Um den Booten

auszuweichen, mußte ich an der Küste entlangschwimmen, ohne mich von ihr zu entfernen. Und wie immer hatte ich den Kopf unter Wasser, um mich besser auf die Bewegungen zu konzentrieren und mich gleichzeitig bei den Eindrücken in jener Welt von Langeweile und Überdruß zu erholen; wenngleich auch dies gewohnte, ja geradezu banale Bilder waren: über lange Strecken weißer Sand in flimmerndem Licht, Streifen von Algen, Felsen unter Wasser, in die, vergrößert durch die Linse des Meeres, vorsichtige Scharen von Meerbrassen und Salpen hineinschwammen. Ich hatte mir den Sperone als Ziel gesetzt und appellierte weiterschwimmend an mein Durchhaltevermögen, um dort hinzugelangen.

Es passierte auf dem allerletzten Stück: plötzlich hörte ich ein lautes Dröhnen neben meinem Kopf und gleich darauf Gebrüll – das Motorboot entfernte sich mit steil aufgerichtetem Bug, ich war aufgetaucht: eine an mich adressierte Beschimpfung. Ich weiß, daß auch ich schuld war; nicht nur der, der mit einem solchen Fahrzeug und einer derartigen Geschwindigkeit die kleine Wasserfläche zwischen der Spitze von Foxi und der Insel durchquerte. Doch in den folgenden Augenblicken lagen mir derlei Betrachtungen fern. Eine ganz und gar körperliche Erschöpfung hatte mich erfaßt, eine physische Angst, die mir, ohne daß ich sie begriff, das Denken und den Atem benahm.

Noch jetzt wundere ich mich, wie aufgewühlt ich war, wie sehr für jedes Lebewesen trotz allem das eigene Überleben zählt und wie läppisch dagegen die Anlässe sind, in denen man das Leben verlieren kann: bei einem minimalen Ausschlagen der Waage,

die uns trägt, so daß es scheinbar ausreicht, dieses zu unterstützen, nichts weiter, oder sich ihm in entschlossener Verweigerung regelrecht zu überlassen. So war ich – auch von dem langen Schwimmen in einem immer widriger werdenden Meer entkräftet – an der kleinen Insel oder besser dem Felsen namens Sperone angelangt; ich tauchte aus dem Wasser auf, watete nur noch zwischen Steinen und Algen hindurch und merkte, wie es warm wurde. Ich hatte mir die Flossen abgestreift und kam, als ich an Land ging, auf dem rutschigen Untergrund und dann auf den rauhen Klippen, auf denen mir die Füße weh taten, nur mühsam vorwärts. Dessen ungeachtet ging ich in der Sonne weiter auf den Turm zu und fragte mich: Sieht so das Ende meiner Zeit aus, meine persönliche, einzig mögliche Apokalypse? Doch auch dies hatte keine andere Bedeutung als die eines Namens. Des Namens, an den ich auch jetzt wieder denke – Sergio –, während es dunkel wird und ich darauf warte, irgendein Zeichen aus seinem Zimmer zu hören.

Aber dann war mir kalt geworden, und ich hatte mich, vergeblich die Solidarität meiner eigenen Gliedmaßen suchend, zusammengekauert. Verfallen stand der Turm da, gegen den Himmel, der zu der Seite hin noch blau, vielleicht sogar intensiver blau war. Und in dem Blau wiegte sich – auch dort – eine Möwe. Während ich ihr zuschaute, hallten frech, kindlich und gleichzeitig erwachsen die Worte meiner kleinen halbnackten Sibylle in mir nach: »Du sollst leiden!« – Worte, die kein Ende der Zeiten ankündigten. Oder bedeuten sie sogar, daß unsere Zeiten nicht enden, sondern sich nur wandeln? So fragte ich mich und frage es mich noch: Warum bin ich mit

meinen achtundfünfzig Jahren hierhergekommen? Warum habe ich ihn kennengelernt, den Sohn, den ich nie hatte, der mir selber nicht möglich war? Warum? Das Rauschen der Wellen kam langsam bis dahin, wo ich hockte und den Moment, in dem ich wieder ins Wasser eintauchen müßte, um zurückzuschwimmen, immer weiter hinausschob; und während ich den vertrockneten Kopf einer seltsamen Blume betrachtete, die sich zwischen den Steinen im Wind bog, sah ich ihn wieder vor mir wie damals, an seinem ersten Weihnachtsfest als Waise, ein verängstigter kleiner Junge zwischen meinen ihm unbekannten Armen, und ich fragte mich – auch ich: Hätte ich das damals gedacht? Ist er dazu herangewachsen?

Ich frage es mich auch jetzt wieder, wo endlich unten in den Gassen von Tamerici das gedämpfte Licht der Laternen angegangen ist und hin und wieder ein verspätetes Auto zum Abendessen zu irgendeinem Haus hinauffährt. Aus Sergios Zimmer kommt nur Stille, und ich habe beinahe Angst. Aber wenn ich ihn rufen würde, hätte ich ihm nichts zu sagen. Ich weiß, daß ich mich vergeblich in seinem Spiegel betrachte: das Bild, das er mir zurückwirft, gehört mir nicht und wird, im Gegenteil, immer dunkel für mich bleiben; als wäre es durch eine jener nicht mehr rückgängig zu machenden Trübungen verdüstert, unter denen ich jetzt leide, und endgültig in einen jener undurchsichtigen Bereiche hinabgestürzt, die dem Blitzen in meinen Augen entsprechen; als zelebrierte alles, was es umgibt und was wir Leben nennen – Tage, Nächte, Musik, Farben –, seine Unsagbarkeit und Beinahe-Abwesenheit. So beobachte ich mit Angst, wie das Licht in

meinen Augen zunimmt, und frage mich, ob es etwas Schlimmeres gibt als Leiden; dabei spüre ich, wie mir ungewollte Tränen herunterlaufen, anders als beim Weinen, als wären sie nicht von mir.

BRIEF

Liebe Miriam, ich habe nichts, was ich schreiben oder Dir schreiben könnte: nichts zu sagen. Ja, je suis chagrin. Der Autor wird zur Romanperson und weicht seiner Geschichte, er gleitet mir aus der Hand. Nichts kann mir derart Angst machen.

P. S.: Gestern noch dachte ich, daß der Protagonist meines Buches – der Alte, Arnolphe – ein aus dem Priesterstand ausgetretener Priester sein könnte.

Doch wenig später kommt Miriam herauf mit dem Kombi, in dem sie ihre drei Hündinnen eingesperrt läßt, um Sergio abzuholen. Nicht ganz unbefangen, ein wenig abgespannt; obwohl sie versucht, sich so zu geben wie immer, mir gegenüber sogar noch freundlicher und liebenswürdiger, während wir warten (»Bist du wiederauferstanden?« habe ich ihn gefragt, um meine Verlegenheit zu verbergen), daß er seine endlose Toilette beendet; aber ich weiß inzwischen, welch sonderbare Probleme er beim Rasieren hat. Sie werden an den Strand von Foxi fahren, der jetzt so gut wie leer ist – bis auf den einen oder anderen Angler vielleicht, wenn es die richtige Mondphase ist, oder einen Kleinwagen, der einen Ausflug über den Sand macht, in dem die Reifenabdrücke bis morgen sichtbar bleiben werden –, um die Hündinnen auszuführen. Zero hat sich nach einer Weile wieder beruhigt und hockt sich hier zu meinen Füßen ins Dunkel: mit einer ihm eigenen Unbeständigkeit, die ich immer wieder respektiere.

Miriam sitzt in dem anderen Liegestuhl, in ihren üblichen Jeans und dem Männerhemd – oft geht sie abends mit Sergio auf die *Sant'Anna*. Und um jetzt, während des Wartens, die Form zu wahren, kommt ihr der Gedanke, auch ihr, oder hatte sie als erste die Idee? –, mich mit einem kleinen *cadeau* zu erfreuen. Boshaft und vertraulich fragt sie mich, ob ich schon einmal gesehen habe, wie Peppe Corbino ißt: »Es

ist unbeschreiblich, ich schwör's dir, ein wahres Schlachtfest! Nein, du kannst es dir nicht vorstellen, unmöglich! Aber noch lustiger finden alle Mimas Einfälle, eine große Blumenvase, eine überquellende Obstschale oder einen Tafelaufsatz mit Muscheln vor ihm aufzubauen, um ihn den Blicken zu entziehen. Eines Abends war es sogar das nicht einmal kleine Modell eines Dreimasters mit vollen Segeln. Es werden Wetten abgeschlossen über den Gegenstand, wenn man zu ihnen zum Essen geht.« Dies ist der erste Obolus, den sie mir zahlt, während sie sich eine Zigarette anzündet; dann fragt sie mich nach meiner laufenden literarischen Arbeit. »Bin ich immer noch eine deiner Personen? Paß auf, mir liegt daran.« Aber in Wirklichkeit ist sie mit ihren Gedanken woanders; und immer spüre ich, wie bei bestimmten Spielzeugen, ihr hartes Inneres.

Das manchmal deutlich in ihren Augen sichtbar wird, wenn sie ihren Blick auf Sergio ruhen läßt, besitzergreifend, etwas finster. Maßlos; bewaffnet mit einer Entschlossenheit, die sich nur als vergeblich erweisen kann. Als hätte sie sich im Spiel geirrt oder kennte sich mit dessen Komplikationen nicht aus. Ob auch solche Herzen brechen können? In dem Moment gibt ihr Liebling Pepita, der neapolitanische Mastiff, eine Art Lockruf von sich: ein melodisches Jaulen, ein tiefes, langgezogenes Bellen, eine eindeutige Botschaft für die Ohren, die sie kennen. Da Pepita ungeduldig weiterjault, springt Zero auf und läuft hin, um von unten zu kläffen. Daraufhin antworten ihm auch die drei Hündinnen, lauter natürlich, und versuchen die Schnauzen durch den Spalt des etwas heruntergedrehten Wagenfensters zu zwängen. Sie müssen besänftigt werden, ich trage

Zero auf dem Arm fort. Unterdessen bückt sich Miriam, sucht nach der Zigarette, die ihr brennend heruntergefallen ist, und ruft, die Macchia sei zu trocken. Was hat sich verändert, seit sie – eines Abends vor wie vielen Tagen? – leise und provozierend, »um die Karten auf den Tisch zu legen«, zu mir sagte: »Sind dir die alten Herren aus der Bibel gegenwärtig, die sich mit den Jungfrauen ein wenig aufmuntern?«

Gerade hatte im *Grande Cielo* der Ball *Italian graffiti* stattgefunden; und wohl nie werde ich vergessen, wie ich sie dort hinfahren sah, beide in ihrem Jeep, in improvisierter Kleidung von Anno dazumal: Miriam am Steuer, die Haare zu kleinen festen Zöpfen geflochten, mit rosa Schleifchen verziert, ein wadenlanger Rock – nannte man das Maxi? – und Ballerinaschühchen; Sergio in kurzer Jacke mit drei Knöpfen, auf deren Revers sie ihm den Robespierrekragen drapiert hatte; und vorher hatte sie sich auch noch den Spaß gemacht, ihm Augen und Gesicht etwas zu schminken – ja, sie sahen fast gleichaltrig aus. In welcher Geschichte ist die Leichtigkeit und Exaltiertheit ihrer Fahrt auf den hohen Sitzen des offenen Jeeps beschrieben und beschreibbar – ihr keckes Kindergesicht, sein etwas gekünsteltes Lächeln –, als lebten sie nur in der Welt dieses nächtlichen Auftritts?

Später habe ich Romano gedrängt, eine Weile mit mir in den *Grande Cielo* zu gehen. Aber er wirkte müde, nicht träge, eher wie von etwas anderem absorbiert, wie es gelegentlich bei ihm vorkommt. »Entschuldige, ich fühle mich nicht besonders gut: ich weiß nicht, wieso«, und Jo und er sagten mir gute Nacht – er nahm ihre Hand im Patio des *Residence*, während sie in Richtung ihres Zimmers davongingen. So kam mir, als ich allein war und zur Rückfahrt star-

tete, der Gedanke, statt dessen bis zu dem kleinen Platz oben auf dem Hügel hinaufzufahren, wo das Nachtlokal seine Terrasse zur Asinara hin ausbreitet. Der Himmel war mondlos und voller Sterne. Von drüben klangen Melodien herüber – auch sie aus früheren Jahren –, die ich wiedererkannte und die mehr zu mir gehörten als andere; ansonsten war es still im Halbdunkel der Nacht, die nur von den Lichtern der wenigen nach Foxi hinunter liegenden Häuser erhellt wurde. All dies, die Musik, die zu mir herüberkam, während ich am Steuer sitzenblieb, ohne Motor und Scheinwerfer wieder anzuschalten, um wegzufahren, der laue Wind, der durch die offenen Fenster hereinwehte und der am nächsten Tag, noch weiter auffrischend, das Grün des Meeres trüben sollte, alles bereitete mir den gleichen Schmerz, den ich nicht verstand und von dem ich auch nicht mehr gewußt hatte, daß es ihn gab. Und töricht fragte ich mich, welches meine Zeit war.

Jetzt dagegen weiß ich, daß dies – nicht nur in jenem Szenarium – ihrer beider Debut gewesen ist. Jetzt, da ich wieder sehe, wie sie ihn betrachtet, als er endlich erscheint, und ihn in der derben Tonart, die sie auch gegenüber ihren Töchtern und den Hündinnen anschlägt, schon aufstehend, fragt: »Bist du fertig, Engelshaut?« – Aber vorher – man hörte durch das offene Fenster noch die Dusche rauschen – hatte sie zu mir gesagt: »Piero, ich muß mit dir reden«; und als ich etwas überrascht und ängstlich meine Bereitschaft bekundete, fuhr sie leiser fort, obwohl das Duschwasser nach wie vor lief: »Nein, jetzt geht es nicht. Wo und wann finde ich dich morgen, woanders als hier?« – So waren sie schließlich in dem schaukelnden Kombi davongefahren, mit den Tieren

hintendrin, die schon unruhig wurden, da sie spürten, daß es nicht mehr lange dauern würde, bis sie endlich zwischen nächtlichem Meer und Strand frei herumlaufen könnten, und ich war mit meinem Quasi-Namensvetter Zero zurückgeblieben. Erst später, als ich ihn ins Haus eingesperrt hatte, entschloß ich mich, ebenfalls ins Auto zu steigen und bis zu der Straße zu fahren, die oberhalb von Foxi entlangführt. Alles war dunkel. Nachdem ich lange im geparkten Wagen bei ausgeschalteten Scheinwerfern aus dem Fenster geschaut hatte, war ich sicher, daß sie nicht – oder nicht mehr – dort waren.

Als ich am nächsten Morgen auf die Mole von Tamerici hinausgehe, wo wir verabredet sind, ist sie schon da und kommt mir entgegen, klein, mit ihrer riesigen dunklen Brille. Sie bedankt sich – wir sind stehengeblieben: »Ich will deine Zeit nicht verschwenden. Entschuldige, Piero, aber weißt du, wer diese Lilli ist?« Sie meint das Mädchen, das angeblich, wie ich bald nach meiner Ankunft erfahren habe, ein Kind von Sergio erwartet. »Bist du sicher, daß es wirklich von ihm ist, von Sergio?« präzisiert sie. Obwohl mir nicht danach zumute ist, muß ich lächeln. Ich habe das Mädchen nie gesehen, und er hat mir auch nie etwas von ihr erzählt – abgesehen von den üblichen Unsicherheiten in bezug auf die Vaterschaft, wie sie sich bei dieser Jugend, denke ich, noch besonders verschärfen: oder nicht? »Hast du eine Ahnung, wie sich dein Neffe zu verhalten gedenkt?« fragt sie noch, während wir uns langsam in Bewegung setzen; und wieder müßte ich eigentlich lächeln und ihr antworten: »Wenn *du* es nicht weißt!« Natürlich tue ich das nicht; außerdem redet nur sie, ohne länger ihren Unmut zu verbergen.

»Wo ist er jetzt, schläft er?« fragt sie zwischendurch. Und nachdem ich bejaht habe, fährt sie fort: »Sergio will kein Kind und kann es auch nicht wollen. So viele Dummheiten er auch macht, das ist selbst für ihn zuviel. Verstehst du, ein eigenes Kind?« Plötzlich veranlaßt sie mich, kehrtzumachen – »Nicht hinsehen, still!« – und über die Steine der Mole zum Meer hinunterzuklettern, weil sie von weitem ein gewisses Ehepaar Bosè gesehen hat, das sie kennt. »Die denken sonst, wir hätten etwas miteinander«, sagt sie lachend, als wir unten sind. »Also«, nimmt sie ihren Faden wieder auf, »wenn diese Lilli das Kind will, soll sie es kriegen, bitte, nur zu! Obwohl es der beste Beweis ist, daß sie es wirklich nicht dürfte, wenn sie unter solchen Bedingungen ein Kind will. Aber das ist ihre Sache. Piero« – wir hokken in einer kleinen Mulde über einem der letzten Steine, und sie sammelt winzige Splitter auf, kleiner als Kiesel, und wirft sie einen nach dem andern ins Meer, einmal hierhin, einmal dorthin, als ob sie zielte –, »Piero, euch Männern gefällt das nicht, und ihr glaubt es nicht: aber die Kinder gehören allein den Frauen.«

»Was heißt das?« frage ich, nachdem sie eine Weile nichts mehr gesagt hat. Sie hat mit den Kieselsteinen aufgehört, ein letztes kaum hörbares Plopp. »Du weißt genau, was das heißt. Aber darum geht es nicht. Piero, ich weiß nicht, ob du gemerkt hast, daß dein Neffe in der Klemme sitzt. Er ist fragil, ich finde keine anderen Worte. Ich weiß auch nicht, ob du dich um ihn kümmern willst, du kennst ihn ja praktisch gar nicht. Jedenfalls sage ich es dir. Er hat nicht viel Glück gehabt, und jetzt kann ihm auch noch diese Lilli übel mitspielen.« »Wieso übel?«, frage ich.

»Einfach so«, sie buchstabiert fast: »Sergio / ist nicht imstande, / Verantwortung / zu übernehmen. Also, je seltener er sie sieht, desto besser für ihn.« Sie hat sich die Sandalen ausgezogen, sich hingesetzt und hält die Füße ins Wasser. Die Insel Porri mit ihren niedrigen Felsen als äußersten Ausläufern liegt, flach und wegen des trockenen Grases strohgelb, gegenüber, dahinter die rosaroten runden Granitfelsen der Asinara und links ein Streifen des weißen, bereits bunt betupften Strandes von Foxi und das Meer, das ihn bespült, so klar, daß es sich nicht von dem Sand unterscheidet, bevor es nach kurzer Zeit indigoblau wird.

»Fragst du dich, was du tun kannst?« fängt sie wieder an. »Meiner Ansicht nach machst du einen Fehler. Sergio schadet die extreme Nachsicht, mit der das Leben ihn behandelt, seit er Waise geworden ist. Außerdem habe ich den Eindruck, daß heutzutage alle mehr oder weniger Waisen sind. Und deshalb tut ihm eine gar nicht mal metaphorisch gemeinte Ohrfeige gut: oder wenigstens ein bißchen Entschiedenheit. Ist dir klar, welchen Einfluß du auf ihn hast?« »Was für einen Einfluß?« frage ich. »Er verehrt dich ganz einfach.« Sie lacht: »Weißt du, er verknallt sich in Männer.« Auch ich halte meine Füße ins Wasser, und sie läßt in beharrlichem Rhythmus ihre gegen meine pendeln. »Ich weiß nicht, du mußt es selber wissen, ob du mit dieser Lilli reden willst.« »Was sollte ich ihr sagen?« frage ich. Sie bewegt ihre Füße immer heftiger, so daß es spritzt. »Nichts. Daß sie sich klarmacht, welche Probleme er hat; daß sie das Kind behalten soll, weil sie nun mal nicht mehr zurück kann – hast du gesehen, wie dick sie schon ist? –, aber sie soll Sergio in Ruhe lassen.«

»Ich habe sie noch nie gesehen«, sage ich. »Du hast bestimmt nichts versäumt. Sie hat mit einer Freundin zusammen einen kleinen Laden mit orientalischem Krimskrams in Ancora, der Neubausiedlung, weißt du, in der Nähe von *Scarpantibus.«* Ich weiß, in welcher Gegend das ist. »Stimmt es, daß das Kind vielleicht gar nicht von Sergio ist?« frage ich. Das Zollboot ist hinausgefahren in Richtung Porri-Insel, und erst in diesem Moment kommt die Welle bei uns an; wir müssen sie stehend abwarten, um nicht völlig naß zu werden, wenn sie den Stein überspült. »Piero, was zum Teufel spielt das für eine Rolle?« Sie dreht sich richtig um, um mich von unten her anzusehen, und ihre Stimme – die ihr kaum über die Lippen kommt – mischt sich mit dem Rauschen des Meeres, das sich langsam wieder beruhigt. »Ja, es mag ja durchaus von ihm sein, das ist keineswegs ausgeschlossen. Na und?« Mit einem Zipfel ihres Strandkleides wischt sie die Salzwasserspritzer von ihrer Brille ab. »Ich hab ja nur gefragt.« Sie ist geradezu unfreundlich und schroff geworden. Unterdessen sieht sie auf die Uhr, verabschiedet sich und geht.

Dann erweisen sich jedoch Miriams Befürchtungen als unbegründet. Ich finde noch am selben Nachmittag eine Gelegenheit, mit Sergio zu reden, und zwar ausgerechnet, während er sich rasiert. Sein melodisches Stimmchen kommt aus dem Bad, da er – was bei ihm ungewöhnlich ist – vor sich hin summt; im Vorbeigehen sehe ich ihn durch die offene Tür vor dem Spiegel stehen, mit seinem kleinen Gesicht, das, so voll Seifenschaum, vielleicht sogar komisch ist. »Ich möchte mit Zero tauschen«, sagt er und hat schon, den Hals reckend, mit dem Rasieren begonnen, von unten nach oben, »dann brauchte ich mich

nicht zu rasieren.« Ich antworte ihm, er könne sich doch einen Bart wachsen lassen, wie es ja viele täten, besonders unter seinen Altersgenossen. »Ich bin nicht der Typ dafür, weißt du«, brummelt er, da er gerade das Stück zwischen Nase und Lippe in Angriff nimmt und das Sprechen ihm schwerfällt. So bleibe ich im Flur stehen, und wir unterhalten uns ein wenig. »Ich beneide die Hunde auch aus anderen Gründen«, sagt er dann. »Aber es kommt auf die Hunde an – es gibt auch unsympathische – und auf ihre Besitzer. Zero jedenfalls ist nett und freundlich«, das sagt er wörtlich mit seiner eigentümlichen, oft etwas falsch klingenden Ausdrucksweise, die er von wer weiß wem übernimmt, falls er sie überhaupt übernimmt. »Du kümmerst dich schließlich um ihn und behandelst ihn gut.«

So komme ich in Versuchung, mit ihm über Lilli und das Kind zu reden – natürlich nicht, weil ich mich Miriam gegenüber dazu verpflichtet fühle. Inzwischen kommt Zero, wie herbeigerufen, stillschweigend in den Korridor und betrachtet uns, nachdem er sich mit gestreckten Vorderpfoten hingesetzt hat. Die Versuchung hält an und ist unerwartet stark, trotz meiner Verlegenheit; doch ich weiß nicht, wie ich anfangen soll. »Ich habe gehört, daß du eine Freundin hast«, sage ich schließlich, da auch ich keine unbefangeneren Worte finde. »Eine gewisse Lilli«, füge ich rasch hinzu, damit es keine Mißverständnisse gibt. Er wirkt nicht verlegen und lächelt, die Aufmerksamkeit immer noch auf das Rasieren konzentriert: »Das ist vorbei. Wir sind nur noch so befreundet.« Er sagt nichts von dem Kind; auch ich schaffe es nicht, das Thema direkt anzusprechen. »Wieso?« frage ich in der Hoffnung, das Gespräch

darauf zu bringen. Er lächelt wieder: »Du weißt ja, wie das ist, es ging nicht mehr.« Dann erklärt er, während er sich mit dem Handtuch über das noch eingeseifte Gesicht fährt: »Ich glaube, ich bin für feste Bindungen nicht geeignet. Ich werde gerade mal mit mir selber fertig. Wenn überhaupt! Siehst du, ich bin zum Beispiel immer noch nicht in der Lage, mich abzutrocknen, wenn ich mich gewaschen habe.«

Ich weiß nicht, ob es eine Folge jenes Gesetzes ist, wonach öfter im Leben selbst ungewöhnlichere Dinge wieder auftauchen, sobald man ihnen einmal begegnet ist; oder ob es eher daran liegt, daß er wieder irgendwie Kontakt zu Lilli aufgenommen hat – was Miriams Beunruhigung erklären würde. Am nächsten Tag jedenfalls gehe ich am Spätnachmittag in Richtung Foxi, um Zero ein wenig auszuführen, und bemerke als erstes, als ich wieder die Asphaltstraße entlanggehe, das Modellflugzeug, das, aus der Entfernung gesehen, winzig klein am Himmel kreist, der Motor nicht lauter als das Summen eines Insekts. Unten am Strand laufen zwei Jugendliche und verfolgen seine Loopings, mit einer Funksteuerung, nehme ich an. Ich erkenne ihn nicht gleich: der vordere, der steuert, ist Sergio. Zero, schon ohne Leine, stürmt bellend auf ihn los, so daß auch ich hinuntergehen muß. Und so stellt er sie mir vor – sie war einige Meter zurückgeblieben und kommt etwas unsicher heran –, während er gleichzeitig das Modellflugzeug zurückholt. Zero springt freudig um beide herum, und auch sie begrüßen ihn ausgiebig.

Dieses blonde Mädchen mit den kurzen Stoppelhaaren und den hellblauen Augen, den Jeans, die mit der Schere knapp unter der Leistengegend abgeschnitten sind und kaum ihren schwangeren Bauch

halten, im Gegensatz zu dem sogar die rosigen Beine dünn wirken, obwohl sie es nicht sind, das ist also Lilli. Verschüchtert, wie sie ist, erweckt sie sofort eine gewisse Anteilnahme in mir. Aber ich weiß nicht, ob in dem Unbehagen – oder wieder einmal: in der Befangenheit –, die sie in mir auslöst, auch Sympathie enthalten ist, die ich für sie und ihren Zustand empfinde; und Sergio korrigiert mich lachend, als ich sie sieze. Ich weiß nicht, was ich sagen soll, und so fordere ich die beiden auf, mir das Modellflugzeug vorzuführen. Sie tun es, wobei sie ihm assistiert; ich sehe sie abermals – bald weit weg, Zero, der wenig versteht, bellend hinterher – über die weiße Landzunge laufen, am Meer entlang, das um diese Zeit ins Hellblau hinüberspielt und sich kaum noch bewegt, die Sonne steht schon sehr tief. Mehr passiert nicht. Nach einer Weile verabschiede ich mich von weitem, gehe mit dem Hund fort und überlasse sie an jenem fast leeren Strand im Licht der untergehenden Sonne, das sie lebendiger macht, ihrem Spiel.

Am nächsten Tag habe ich Schwierigkeiten, mich in Ancora zu orientieren, als ich kreuz und quer die Asphaltstreifen entlangfahre, die sich dort, wo einmal Macchia war, zwischen schon bewohnten oder noch im Bau befindlichen Reihenhäuschen hindurchschlängeln; hin und wieder ist das Meer zu sehen, aber draußen vor der Bucht, weniger farbig.

Einige Agaven recken vor diesem Hintergrund ihre seltsame Blüte in die Höhe. Ich habe nichts zu tun, was mich reizen würde; ich habe weder Lust zu schreiben noch die üblichen Leute zu treffen. Das *Scarpantibus* weiter oben wirkt, jetzt bei Tag, so öde wie eine Bühne ohne Schauspieler. Ich muß an den Abend denken, an dem ich angekommen bin, und

während ich es hinter dem Hügel und der Kurve zurücklasse, spüre ich unerwartet einen Stich im Herzen. Ein Gefühl, das auch dann noch anhält, glaube ich, als ich schließlich, auf dem kleinen Platz angekommen, aussteige und mit Zero an der Leine über den Kies gehe, bis zu der mit Sukkulenten bepflanzten Balustrade auf der Meerseite. Die noch hochstehende Sonne ist warm, aber es weht ein schwacher Mistral, bei dem alles auch noch in der Ferne sehr klar zu sehen ist. Dann betrete ich die Bar, die sich unmittelbar dort befindet, um etwas zu trinken, einen Saft.

Jetzt weiß ich, daß dieser – mehr durch eine grundlose Unruhe als durch Langeweile veranlaßte – Spaziergang ein Ziel hat: unter den Arkaden bummle ich mit Zero, der an der Leine zieht, von Schaufenster zu Schaufenster, bis ich an jenes gelange. Drinnen in dem kleinen Raum sitzt Lilli allein an einer von zwei Böcken gestützten Tischplatte, die als Ladentisch dient, und löst bei laufendem Radio Kreuzworträtsel. Deshalb sieht sie mich nicht, bis ich ans Fenster klopfe und grüße: da steht sie auf, etwas überrascht, und ich trete ein. Es herrscht ein Geruch, den ich kenne, der unvermeidliche Geruch von Stoffen und Geweben, altem Holz und oxidiertem Metall. Doch hier gibt es unter derlei Plunder noch dieses Mädchen, das heute einen sehr langen, angekrausten Rock trägt, der ihren vorstehenden Bauch umschließt, und – als weiteres Hindernis – einen Bleistift in der Hand hält, den sie mir reichen will, bevor sie ausführlich den Hund begrüßt; und während trotz der offenen Tür die Luft steht und aus dem kleinen Radio leise Musik ertönt, überflutet das Licht von draußen, durch die Reflexion des Meeres überaus hell, die ganze provisorische Ausstellung.

Polynesien also, auch Afrika. »Wie läuft das Geschäft?« Ich sehe mich ein wenig um, lasse mir etwas erklären, aber wenn ich etwas kaufen würde – ich hätte sogar Lust dazu –, könnte ich mißverstanden werden. »Gehst du nicht zum Baden?« stelle ich eine weitere einleitende Frage, und sie antwortet: »Nein, danke«, als handelte es sich um eine Einladung. »In diesem Jahr nicht«, erklärt sie mit einem Lächeln: eine deutliche Anspielung auf ihren Zustand. Und daraufhin schaffe ich es zu sagen: »Entschuldige, Lilli, wir kennen uns nicht. Aber Sergio ist der Sohn meines verstorbenen einzigen Bruders. Ich mache mir Sorgen um dich – vielmehr, nicht nur um dich.« Sie hört mir schweigend zu. »Sergio ist nun mal so«, sagt sie schließlich, »er kann sich nie entscheiden. Jedenfalls«, sie hat mich falsch verstanden, »es käme mir nicht in den Sinn, etwas von ihm zu verlangen, das können Sie mir glauben. Ich würde es nicht mal annehmen.« Weshalb bin ich also hier? Weil ich Sympathie empfinde für dieses Mädchen – auch sie ist dreiundzwanzig, sieht aber jünger aus –, das jetzt beim Reden wieder mit dem kurzen Bleistift obskure Zeichen auf den Rand ihrer kaffeebefleckten Zeitung malt? Weil sie Leben in sich trägt, mit dem mich sozusagen verwandtschaftliche Gründe verbinden? Oder *weiß* ich vielmehr, daß der Hauptgrund ein ganz anderer ist?

»Es ist genau umgekehrt«, sage ich jedenfalls zu ihr. »Ich denke, Sergio braucht dich, und zwar sehr.« Sie malt, auf den Tisch gestützt, weiter mit dem Bleistift auf dem Papier herum; dem Alter ihres jungen Gesichts und ihrer entstellten, noch mädchenhaften Figur entsprechend, weiß sie schließlich – absurd oder banal? – nur zu antworten: »So etwas kann pas-

sieren.« Sie beugt sich hinunter, um Zero zu streicheln, der ungeduldig kurz aufbellt und jault: »Wissen Sie, auf jeden Fall wäre auch ich jetzt nicht mehr dazu bereit. Aber«, sie hat sich wieder aufgerichtet und lächelt: »Sie können beruhigt sein, das Problem stellt sich nicht.« Sie hat kaum zu Ende gesprochen, als eine dünne, dunkelhaarige Frau hereinkommt, ganz in Schwarz, mit einem Einkaufsnetz, in dem Päckchen mit etwas Obst zu sehen sind, und zwei Eistüten in der Hand; an der einen leckt sie, die andere, die noch in der Stanniolhülle steckt, reicht sie Lilli. »Trinken Sie etwas?« fragt Lilli mich sofort und besteht darauf, daß ich wenigstens das Eis nehme: »Ich hole mir eins von gegenüber.« Gleichzeitig stellt sie uns einander vor: »Meine Freundin und Kollegin Renata, wir machen das hier zusammen.«

Wieder gibt es weiter nichts, kann es auch nicht geben. Ich sehe ihre Bleistiftzeichen auf dem Zeitungsrand: wie angedeutete Schrammen, dicht bei dicht, um ein winziges Knäuel herum. Aber als die Freundin sie Carla nennt – offenbar ist Lilli ein Kosename –, zucke ich fast zusammen. Lilli, oder also Carla, hat sich überzeugen lassen und beißt in das Eis; und die andere, die auffällig braun ist in ihrem undurchsichtigen schwarzen Trikothemd und an einem Lederband einen großen Metallschmuck umhängen hat, der klimpert, wenn sie sich bewegt – sie wirkt plötzlich abweisend, als sie hört, daß ich Sergios Onkel bin. Sie sieht mich durch ihre ebenfalls schwarz umrahmten Brillengläser aus stark grün geschminkten Augen an und wendet sich ab, um irgendwelche Sachen zu ordnen; Zero zieht wieder an der Leine zur Tür hin, um aus dem kleinen Raum hinauszukommen, zwischen dessen weißgetünchten

Wänden die von intensivem Gewürzduft erfüllte Hitze eines zu Ende gehenden Sommers steht. Und so kann ich mich nur noch verabschieden und gehen.

Inzwischen ist es Zeit, Miriam (meine Frau) anzurufen, und ich bin eine ganze Weile mit Schlangestehen, gestörten Verbindungen und zusammengebrochenen Leitungen beschäftigt. Die Tage werden wirklich kürzer, und auch der heutige ist, als ich endlich aus der Kabine herauskomme, fast zu Ende – gegenüber, auf der Asinara, brennen schon die Lichter. Ich gehe noch ein wenig mit Zero spazieren, einen Weg von Ancora hinunter in eine kleine Seitenbucht mit einem vermutlich illegal gebauten kleinen Anleger aus Brettern und einem schmutzigen kleinen Strand – ein paar Meter steiniger Sand, in dem hier und da kümmerliche Reste von Macchia wachsen, trockene Dornensträucher. Das Meer liegt da, sehr hell, heller als alles andere um diese Zeit, ruhig in einer Welle auslaufend, die ganz langsam heranrollt. Ich sehe das zurückkehrende Zollboot mit seinem Scheinwerfer vorbeifahren. Es war Mina, die sang, es war ihre Stimme von einst, die vom Band neulich nachts – wirklich, so kurz ist es erst her – über die Schiefereinfassung des *Grande Cielo* herübertönte. Ich zögere, die Melodie mit meiner Stimme, die ich wer weiß wie lange nicht mehr gehört habe, nachzusingen, und unterdessen – ein einziger Stern steht flackernd und glänzend dicht über dem Horizont – sehe ich das Gewirr kleiner unsicherer Linien wieder vor mir, das Lilli – oder Carla – mit dem Bleistift strichelte: als sei es ein Zeichen, nicht unentzifferbarer als andere, für sie und das Leben, das sie in sich trägt.

Auch das grüne Schild des *Scarpantibus* leuchtet

im Hintergrund, als ich fortgehe. Zu Hause treffe ich Sergio an, der sich gerade zum Ausgehen fertigmacht: sauberes weißes Hemd – ich weiß, daß er seine Hemden selbst wäscht, ich sehe jetzt häufiger welche neben der Zisterne hängen. Er bückt sich, um Zero ein wenig zu tätscheln, und fragt mich, wohin ich zum Essen gehe. Ich werde nicht ausgehen und antworte ihm, daß ich zu Hause bleibe, um an meine Frau zu schreiben. Er sagt, er würde sie gern kennenlernen: ob wir nicht für ein Wochenende wieder herkommen wollen, wenn sie aus England zurück ist? »Im September nach dem Dorffest, wenn die Leute von außerhalb weg sind, und auch im Oktober ist es wunderschön hier.« Ich weiß sehr wohl, daß ich ihn verloren habe; und so sehe und höre ich ihn jetzt aus einer endgültig anderen Zeit. Ich begreife, daß er den Zeitpunkt seiner Verabredung abwartet. Er bringt den Wecker in die Küche zurück – eine andere funktionierende Uhr hat er nicht –, bleibt ein Weilchen stehen, geht wieder hinüber; später erscheint er noch einmal und sagt – und es kommt mir vor wie ein wenig kindliche Eitelkeit, Neugier auf eine Rolle, nichts weiter: »Weißt du, daß Miriam sich von ihrem Mann trennt?«

Er hat den Scheinwerfer des Motorrads reparieren lassen, und so sehe ich den Lichtkegel im aufwirbelnden Staub den Weg hinunterschwanken, als er fortfährt. Ich habe wenig Lust, mich ins Wohnzimmer an den Tisch zu setzen, um den Brief zu schreiben. Deshalb gehe ich erst eine Weile im Haus umher, mache nacheinander das Licht in allen Zimmern an, bis ich in seinem anlange: es riecht nach ihm, und ich sehe die Sachen, die er gerade ausgezogen hat, die alten Jeans und das von einem Stuhl herunterbaumelnde

Hemd, das Klarinetten-Futteral, das Modellflugzeug, mit dem er gestern spielte, und die Photographien von seiner Mutter – auch eine Carla oder vielmehr die erste. Ich bleibe stehen, um sie zu betrachten, und versuche, Zeitpunkt und Anlaß der Aufnahmen zu erkennen und darüber hinaus – aber ohne Erfolg und ohne recht zu wissen, was ich suche – noch irgendeine andere mögliche Bedeutung zu finden.

BRIEF

Liebe Miriam, es ist Abend, ich bin nicht essen gegangen und sitze hier, um Dir zu schreiben; um die wenigen unglücklichen und irritierten Sätze von gestern abend wiedergutzumachen. Miß ihnen keine Bedeutung bei, wenn Du sie erhältst. Ich habe es Dir ja schon am Telefon erklärt.

Es ist Abend, wie gesagt, und bevor ich mich zum Schreiben hinsetzte, bin ich ziellos eine Weile im Haus umhergelaufen und habe überall Licht gemacht. Schließlich bin ich in Sergios Zimmer hängengeblieben. Vielleicht habe ich Dir schon angedeutet, welche gemischten Gefühle von Unbehagen und Neugier dieser Raum in mir erzeugt, ebenso wie – möglicherweise – sein Bewohner. Doch diesmal war es Trägheit, daß ich auch in dieses Zimmer hineinging, dort blieb und Dinge betrachtete, die ich schon öfter gesehen hatte. Draußen ist es wegen des Mistrals ziemlich kalt geworden, und außerdem geht die Saison ihrem Ende entgegen; deshalb spürt man durch den Kontrast die Wärme, die sich in den Räumen noch hält. Aber dort drinnen herrschte eine drückende, übermäßige Wärme, weil Sergio die Fenster geschlossen hält – er friert leicht; eine Schwüle, erfüllt von seinem Geruch – nach Mann, nach Junge: jedenfalls unangenehm.

So bemerkte ich auf einer Wand eine Mücke. Das elektrische Licht war schwach, doch das harte Weiß des Wandanstrichs trat dadurch nur noch stärker

hervor – und auf ihm saß unbeweglich das Insekt, als schliefe es oder sei nicht lebendig: ein unbedeutendes Knäuel wie aus Bleistiftstrichen. Ich bin hingegangen und habe es berührt, und trotz der Zaghaftigkeit meiner Bewegung regte es sich nicht. So konnte ich es also zerdrücken, wobei ich an den Fingern das Schleimige spürte. Zusammen mit dem Tropfen – weniger als ein Tropfen – seiner Körpersäfte und etwas, das sich wie winzige, zu Brei zerquetschte Fäden anfühlte, blieb ein wenig Blut kleben. Auch der Putz war leicht verschmutzt, und während ich ihn zu säubern versuchte, drang der Fleck nur tiefer ein, verbreiterte sich noch und änderte lediglich seine Farbe von Rosa zu Ocker. Trotz meiner Beharrlichkeit und des Staubes, den ich mit Fingern und Nägeln von der Wand kratzte, ist der undeutliche kleine Fleck geblieben, mehr noch, zum Interieur geworden, zu einem Teil des Hauses.

Warum erzähle ich Dir das? Ich weiß es selbst nicht mehr so recht. Und doch, als es passierte, schien es mir ein nicht unbedeutender Schlüssel zum Verstehen oder zumindest zum Erfühlen zu sein – und auch jetzt habe ich noch vage diesen Eindruck. Als brächten die Geringfügigkeit und Einfachheit der Materie, das Fehlen gewöhnlicher Vorfälle oder Komplikationen die Frage, die es zu stellen gilt, auf ihren wesentlichen Gegenstand. Wichtig ist dabei, glaube ich, nicht, daß ich das Insekt getötet habe. Sondern es ist eher so, daß seine Form, sein Leben (die Tatsache, daß es sich um eine Form von Leben handelte) sowie das Blut, das nicht von ihm, aber ebenfalls Leben war, der Fleck, der weiterhin die Wand, das Haus zeichnet und für immer zeichnen wird, und die Wand und das Haus, ja, mehr noch,

unser Leben und unsere Geschichten, das ganze Leben und die Geschichte selber zu diesem winzigen, fast unsichtbaren Fleck geworden sind.

So sehe ich die Bestandteile der Frage, wenn ich sie auch nicht weiter artikulieren kann und mir nur einfällt, sie mit der Angst in Zusammenhang zu bringen, von der ich in den wenigen Zeilen gestern abend sprach.

Die Angst, endgültig diesseits jener winzigen Schwelle zu bleiben, die nicht zu sehen ist? Und ist dann das Nicht-sehen-Können der Sinn, der Schmerz, der für alle anderen steht? Vielleicht ist es ja die Wirkung der Einsamkeit in diesen Ferien – wenn wir sie denn weiter so nennen wollen –, die ich hier in einer Gegend, an einem Meer und unter einem Himmel verbringe, die mir fremd sind: dieser Einsamkeit, die jetzt wie eine Linse Strahlen, die schon immer in der Luft waren, auf mich konzentriert. Vielleicht ist es auch gleichzeitig das Alter: das klimakterische Jahr (im Sinne des Etymons: erinnerst Du Dich an Góngora?), der Übergang – wohin? Freilich mit immer weniger Gepäck: ein Wohin, das es also immer weniger gibt, und auch alles, was man hinter sich läßt, wird immer kleiner, ist nie gewesen. Genügt also dieses Blatt Papier, dieser Bleistift?

Der Roman gelingt nicht. Ich habe es Dir schon in den wenigen Zeilen gestern gesagt: er gelingt nicht, aus innerem Unglück. Er entgleitet mir, wird zu diesem Unglück: die Person wird zum Autor, unwiderruflich (nicht umgekehrt); und sie tangiert nichts, schon gar nicht sich selbst, infolge eines Übermaßes an Direktaufnahmen, an Live-Übertragungen; an Überzeugung. Erinnerst Du Dich an *L'école des femmes*? Nun gut, es gibt sie nicht: es gibt keine

»école«. Die *Schule* ist die des anderen, bis er unabänderlich als solcher erfahren wird und sich damit die eigene Erwartung hinsichtlich einer Phase des Erwachsenenlebens – oder vielmehr eines Lebensherbstes, nah dem Ende – in Enttäuschung verkehrt.

Jetzt frischt der Mistral auf: ich höre ihn gegen die geschlossenen Fensterläden fahren, die unter seinen bald stärkeren, bald schwächeren Stößen erzittern; sogar rufen höre ich ihn, von weitem, in der Schlucht, die zum Meer hinunterführt. Ich bin vors Haus gegangen: man sah die schwarzen Schatten der Eukalyptus- und der anderen Bäume am Hang nach Tamerici hinunter sich biegen, die Wolken über den Himmel eilen und dabei den Mond verdecken und wieder freigeben. Diese Briefe, die ich Dir schreibe, sind kein Tagebuch meines verunglückten Romans. Freilich, wie gern möchte ich, daß er anders wäre, als er wird oder werden kann. Erinnerst Du Dich zum Beispiel an die Eifersuchtsszene bei Molière (»soupirs pitoyables« und »grands coups sur les tables«, sogar »frappant un petit chien que pour lui s'émouvoit« – daß er das Hündchen schlägt, das ihn freudig begrüßt)? In meinem Buch gibt es leider nichts dergleichen – und wird und kann es auch nicht geben.

Mein Buch ist also immer weniger das, was mir vorgeschwebt hatte; und immer mehr, je weiter es vorankommt, verrät es mich. Ob die Parabel der *Ecole* nur zwischen mir und diesem Phantasma gilt? – Ich habe, vom unaufhörlichen Ansturm des Windes angelockt, noch einmal hinausgesehen. Ich weiß nicht, ob der Mond, der durch die dunkel und rasch über den Himmel jagenden Wolken in einer optischen Täuschung beweglich und hochstehend wirkt – ein großer und dennoch nicht runder Mond –, dem

Ende der zunehmenden Phase entgegengeht oder schon mit dem Abnehmen begonnen hat. Heute abend am Telefon sagtest Du im Scherz, daß *délicatesse* auch Hypersensibilität oder übertriebene Empfindlichkeit bedeutet, und hast mich gebeten, nicht daran zu sterben. Das mag ja sein; und vielleicht ist dies der Knoten, aus dem ich mich nicht löse, in dem meine Handlungen und auch mein Leben gefangen bleiben. Aber zumindest in den Beziehungen zwischen uns geht es auch noch um etwas anderes. Ich bin eifersüchtig, Miriam, ich muß es Dir gestehen, und werde, grundlos, immer eifersüchtiger – das ist das Wort.

Ich sage grundlos, nicht weil ich meine Befürchtungen für unbegründet halte, im Gegenteil; sondern weil ich glaube, daß es sinnlos ist, sich der Tatsache zu widersetzen, daß die anderen andere sind. So überkommt mich hier eine heftige Sehnsucht nach Dir und nach den – allzu seltenen – Augenblicken, in denen es mir scheint, als hättest Du mich, unvorhersehbar, ein bißchen gern und kümmertest Dich sogar um mich – wie noch nie jemand zuvor, will mir in solchen Momenten scheinen. Dann trauere ich allem nach, allem: Deinen Launen, Deiner Strenge, Deiner (mir gegenüber, wie ich finde, extremen) Unduldsamkeit und all den vielen Malen, die wir uns zusammen gelangweilt haben. Ich weiß, daß all das mir nicht gehört und auch nicht gehören kann. Und tatsächlich ist mein Leistenbruch kein hinreichender Trost: die einzige wirkliche Gesellschaft, dieses Gepäck, das meines ist, ja, in mir verwurzelt und fremd zugleich – wie der Roman, den ich zu schreiben versuche (und leider ist er ihm vergleichbar wie nichts sonst).

So verläuft mein Leben ohne Fiktion; und nur dieses erwartet mich noch in künftigen Tagen. Jedes beliebige andere Leben kann ich lediglich betrachten: meistens noch dazu, ohne es zu sehen; selten so, daß ich dadurch irgendeinen Reiz verspüre; auf jeden Fall, ohne es zu begreifen.

Ich betrachte also das Leben: als Ersatz für dasjenige, das ich nicht haben kann. Mit geringem Interesse oder indem ich mir eines einbilde. Gestern war ich bei dem Mädchen, das ein Kind von Sergio erwartet, um mit ihr zu reden: aus der Vorstellung heraus, daß meine Rolle als sein einziger Verwandter mir eine solche Verantwortung zuweist. Das Mädchen heißt Lilli und führt jetzt mit einer etwas älteren Freundin zusammen einen kleinen Laden mit exotischen Sachen in einer Siedlung am Ortsrand. Ich habe sie angerufen, und sie hat sich dort, wo sie wohnt – mehr oder weniger in der gleichen Gegend –, für den Nachmittag mit mir verabredet. Ich hatte Mühe, auf einer neugebauten und noch nicht asphaltierten Nebenstraße das Haus zu finden. Es war noch im Bau, aber im Erdgeschoß bereits bewohnt. Die angelehnte Haustür führte in einen schmalen Korridor. Eine merkwürdige, schielende, grauhaarige Frau, die gerade herausgekommen war und nun in Richtung Meer in die Ferne schaute, während sie in einem zu kurzen, dekolletierten Morgenrock leicht vornübergebeugt ein wenig auf und ab ging, hatte mich widerwillig zu dem letzten Zimmer rechts verwiesen. Und dort hatte ich geklopft.

Diese Lilli, die ich auf die Weise kennengelernt habe, ist ein ganz durchschnittliches Mädchen, blond, mit hellen Augen, Tieraugen, das heißt groß, aber etwas abwesend. Sie reichte mir die Hand, eine

rundliche Hand mit abgekauten, lackierten Nägeln, und sagte: »Sehr erfreut«, dazu ihren Taufnamen oder vielmehr Kosenamen, nichts weiter, wie heutzutage üblich. Es war nicht weniger unangenehm als erwartet. Auch die Einrichtung in dem Zimmer war provisorisch. Die Matratze ragte über das einzige, von Metallfüßen gestützte große Bettgestell hinaus, als hätte jemand sie beim Aufstehen ein Stück mitgezogen, und außerdem waren auf dem geblümten Laken Spuren kürzlicher Benutzung zu sehen. Daneben gab es nur noch wenige andere Möbel: einen Tisch und einen Küchenschrank, eine hohe, mit Kretonne bezogene Stange, an der offen sichtbar ein paar Kleider und einige leere Kleiderbügel hingen. Der Stuhl, den sie mir anbot – während sie sich entschuldigte: »Achten Sie nicht auf die Unordnung!« –, war ein Küchenstuhl aus Plastik. Sie selber setzte sich auf einen ähnlichen Stuhl, schlug die Beine unter dem bereits deutlich sichtbaren Bauch übereinander und zündete sich, nachdem sie mir das offene Päckchen angeboten hatte, sofort eine Zigarette an.

Freilich war mir die Sinnlosigkeit meines Besuches längst klar. Und ich fragte mich, warum ich hergekommen war, zu diesem unbekannten Mädchen, und was ich ihr eigentlich sagen sollte nach einem »Danke, ich rauche nicht«. Denn selbstverständlich war es an mir, das Gespräch zu eröffnen, und sie überließ mir die Initiative, während sie sorgfältig die Asche abklopfte und leicht mit dem Fuß wippte, an dem eine Holzpantine hing. Ich holte also weit aus mit allgemeinen, verlegenen Sätzen – vor allem um herauszubekommen, was sie vorhatte –, bis sie mich mit einem Lächeln unterbrach: »Hören Sie,

ich will nichts von Sergio und erst recht nichts von seiner Familie.« So wurde ich gewahr, daß ihre ganze Haltung – wie sie mich ansah, mit einer unterdrückten Herausforderung in ihrem kindlichen Gesicht, wie sie weiterhin den perlengeschmückten Holzschuh an den Zehen mit den lackierten Nägeln schaukeln ließ – Ausdruck von Groll war: »Sie haben mich angerufen, und ich habe mich aus Höflichkeit mit Ihnen verabredet. Aber ich denke, wir haben uns nicht viel zu sagen. Entschuldigen Sie«, fügte sie immer noch lächelnd hinzu, »ich bin nicht böse auf Sergio. Der existiert für mich überhaupt nicht mehr. Ich bin böse auf mich, weil ich jahrelang mit einem wie ihm zusammen war.«

Im Zimmer war es sehr heiß, die Nachmittagssonne prallte auf den Aluminiumrahmen des Fensters und erzeugte eine Gluthitze, die von den häßlichen Fußbodenfliesen reflektiert wurde. »Stellen Sie sich vor, er hatte die Stirn, mir zu sagen, nach Scarpas Meinung – Scarpa, wohlgemerkt, wissen Sie, wer das ist? – hätte ich abtreiben sollen. Nach Nino Scarpas Meinung! Denn ihm wäre nicht einmal das eingefallen. Sergio denkt nie an irgendwas. Hören Sie, wenn Sie wollen, gebe ich es Ihnen schriftlich: das Kind ist nicht von ihm. Also Schluß!« Sie zündete sich sofort eine weitere Zigarette an; das Schälchen, in dem sie die Kippe ausgedrückt hatte und in dem schon andere lagen, war aus Ton, und darauf stand mit schwarzem Lack in Schreibschrift *Tamurè* – vermutlich der Name eines Restaurants, Tanzlokals oder dergleichen. »Entschuldigen Sie, wenn ich so rede«, fuhr sie fort, »aber ich habe auch eine Familie. Im Notfall wüßte ich, an wen ich mich wenden kann.« Das Gespräch schien

wirklich beendet, als ich sie unsinnigerweise fragte: »Aber das Kind, das Sie erwarten, ist doch von Sergio, nicht?«

Sie wurde zum erstenmal rot, ganz unerwartet, besonders um die Augen: »Begreifen Sie denn nicht, daß das meine Sache ist? Sie begreifen das nicht, niemand ...« Es war jedoch nicht nur Wut; ich sah, daß sie weinte, und wußte nicht, was ich machen sollte, saß immer noch da und sie, weniger als einen Meter entfernt, mir gegenüber mit ihrem blauroten, jetzt wirklich kindlichen Gesicht, das sich verzerrte, und den vielen Tränen, die ihr herunterliefen, hervorstürzten geradezu, und das Gesicht anschwellen ließen; schließlich trocknete sie sie mit einer farbigen Papierserviette ab, dann mit noch einer. Ich hatte ihr nur die Zigarette aufgehoben, die auf den Fußboden gefallen war und jetzt zusammen mit der zusammengeknüllten nassen Papierserviette im Aschenbecher *Tamurè* lag und einen Rauchfaden aufsteigen ließ. »Ich wollte nur versuchen, Ihnen und Sergio zu helfen«, brachte ich schließlich heraus, »und auch dem Kind.« Aber ich wußte nur zu gut, daß die Aufrichtigkeit einer solchen Äußerung in diesem Moment keine Entschuldigung war. So war ich mit ihr einig, als ich sie, während ihre hellblauen Augen sich immer stärker verschleierten und immer abwesender blickten, antworten hörte: »Schon gut, danke, aber lassen Sie sich nicht wieder blicken.«

Als ich herauskam, stand die schieläugige grauhaarige Frau in dem unanständigen Morgenrock immer noch an dem Pfosten der noch nicht vorhandenen Gartentür und bewachte den Platz vor dem Haus, der nur mit trockenem Gras und Staub be-

deckt war; aber sie sah nicht mehr unruhig in die Ferne wie vorher, sondern sang mit einer seltsamen, fast künstlich klingenden Stimme einen alten Schlager, einen Hit – wenn man so sagt – von Mina, dessen Text sie offensichtlich genau kannte. – Ich weiß nicht, weshalb mir danach diese Melodie, die ich so lange vergessen hatte, nicht mehr aus dem Kopf ging und mir ab und an wieder über die Lippen kam. Und ich weiß auch nicht, weshalb mir von Zeit zu Zeit das Wort wieder einfiel, das ich auf dem als Aschenbecher benutzten Schälchen gelesen hatte: als wäre es irgendeiner Beschwörung oder eines Zaubers fähig. Erst später erinnerte ich mich daran, daß *Tamurè* der Name des Nachtlokals auf dem Hügel oberhalb von Foxi gewesen war, bevor es *Grande Cielo* hieß. Und während ich den kleinen Gegenstand wieder vor meinem geistigen Auge sehe, begreife ich, daß es sich um ein Fundstück aus einer vergangenen Zeit handelt – ob Lilli nun die Erinnerung daran bewahrt oder nicht, aber in ihrem Alter können auch kurze Zeitabstände schon Echos hervorrufen –, um eine Trophäe, die – wegen des Tons, aus dem sie geformt, und der Glasur, mit der sie verziert ist, ungeachtet des Wertes, den die Menschen ihr beimessen – Träger solcher Bedeutungen ist, und seien sie auch widersprüchlich.

Ich betrachte also das Leben. In der darauffolgenden Nacht – das heißt, der von gestern auf heute –, als ich, wie üblich, nicht schlafen konnte, hörte ich sehr viel später ein Auto zu unserem Haus heraufkommen. Danach ging ich, weil kein weiteres Geräusch zu hören war, ins Bad, um barfuß durch die Fensterläden zu spähen. Der Mond schien noch; und in der Stille war vor dem Tor der Schatten von Scar-

pas Mercedes zu erkennen. Als wäre er leer. Erst nach einer Weile bemerkte ich hinter der Windschutzscheibe das schwache Glimmen einer Zigarre. Die Pause hatte lange gedauert. Dann öffnete sich die Wagentür, ich sah Sergio aussteigen, durch die Pforte kommen, auf die Haustür zugehen, den Schlüssel umdrehen und eintreten – in ganz geringer Entfernung von mir, von dessen Anwesenheit er nichts ahnte. Der Mercedes fuhr aber nicht los: ja, gleich darauf stieg auch Scarpa aus, ich konnte das Weiß seines Hemdes sehen und das Schwarz des Handschuhs, den er an der rechten Hand trägt, und erkennen, daß er wartend seine Zigarre weiterrauchte.

Dann kam Sergio mit seinem leichten Schritt zu ihm zurück. Den kleinen Gegenstand, den er jetzt in der Hand hatte, bemerkte ich erst, als er ihn Scarpa übergab, der, als er ihn nahm und in die Tasche steckte, seinen hellen linken Arm bewegte. Ich konnte jedoch nicht erkennen, worum es sich handelte, nur, daß es etwas von sehr geringer Größe war. Einen Moment lang hörte ich sie dort draußen murmeln, ohne allerdings die Worte zu verstehen; oder besser, ich hörte Scarpas tiefe Stimme – ein paarmal auch sein Lachen –, während von Sergios typischem Flüstern nichts oder fast nichts zu mir drang. Dann müssen sie sich verabschiedet haben. Ich sah – sah wirklich –, wie Scarpa den Zigarrenstummel wegwarf und mit dem Fuß austrat, dann mit seiner Linken Sergios Hand nahm, sie an den Mund führte und küßte, wie man es bei einer Frau tut. Wieder klappte gedämpft die Tür des Mercedes, die Scheinwerfer leuchteten auf und bewegten sich sofort beim Wenden. Sergio blieb stehen und sah ihm nach und ging erst, als das

Wendemanöver beendet war, im Mondlicht auf das Haus zu.

Wieder weiß ich nicht, ob ich Zeuge irgendeiner illegalen und vorhersehbaren Transaktion oder nur einer Liebesszene war. Beide Möglichkeiten beunruhigen mich: die erste wegen der offenkundigen Risiken, die sie mit sich bringt; doch auch die zweite bewegt sich, so scheint mir, auf eine dunkle Gefahr zu. Ob dies – das Beispiel von Nino Scarpa und Sergio – *L'école des femmes* darstellt? Fest steht: Sergio wird allem Anschein nach immer trauriger.

Dies ist das Leben, das ich betrachte: ohne etwas davon zu verstehen, ohne es zu begreifen. Aufgrund von *over-exposure:* Überbelichtung, die die Gegenstände auslöscht und alles auf weiße Farbe reduziert.

Und jetzt, im Ansturm des Mistrals, möchte ich das Auto nehmen und bis zum Ende der Bucht hinausfahren, nach Westen: an das nächtliche stürmische Meer. Dort gibt es eine Art kleinen Fjord, der zwischen senkrechten oder sehr steil abfallenden Schiefer- und Basaltwänden bis zu einer felsigen Landzunge vordringt: ich weiß, daß in diesem Moment die schäumenden Wellen, haushohe Brecher, im Mondschein dort aufprallen und sie überfluten, während der Wind in die Klamm hineinfährt und sofort aufbraust, wie es nirgendwo sonst zu hören ist. Doch ich bleibe hier; denn ich weiß, daß dieses Bild, das ich hier im geschlossenen Raum in mir trage, für mich das weniger ungenaue Zeichen für jenen Sturm am Meer ist; wie auch für alles andere. Aliud pro alio.

Es geht also um den Versuch, in einem durch ein Übermaß an Licht und Nähe fast nicht mehr zu er-

kennenden Fluchtbild ähnliche spärliche Zeichen zu erkennen. Und deshalb nehme ich die letzte Seite meines Buches wieder vor und beginne zu schreiben: »So weit ist es mit mir gekommen wegen dieses Jungen.«

War es wegen dieses Jungen so weit mit mir gekommen? Ich erinnere mich, daß ich unter den Musikkassetten, die in unserem jetzigen Schlafzimmer liegengeblieben waren, zwei von Mina gefunden hatte und sie tagelang ständig spielte. Es waren fast zwanzig Jahre alte, meist sentimentale Schlager. Sie wiederzuhören löste eine eigenartige Erregung oder schließlich, wenn ich immer wieder darauf zurückkam, sogar Sehnsucht in mir aus; nicht nur wegen der zeitlichen Distanz, aus der sie kamen. Die Stimme tönte aus dem Lautsprecher, etwas kindlich, mehr von ihrem eigenen Reiz als von der veralteten Begleitung getragen, unvorhersehbar gedehnt und hoch: immer etwas weniger oder etwas mehr, als man erwartet hätte, als brütete sie irgendeine Laune, Kränkung oder einen Groll aus; und flackerig wie die Flipperlämpchen jener Zeit.

Ich ließ die Kassetten wieder und wieder laufen, während ich, allein geblieben, im Liegestuhl draußen im Patio Zeitung las. Ich stand auf, ging ohne besonderen Grund hin und schaute auf das Meer in der Ferne, das, obwohl die Saison zu Ende ging, von Segelbooten und Wasserskifahrern übersät war, oder ich streichelte Zero, der, völlig benommen, kaum reagierte und sofort wieder in seinen Halbschlaf fiel; dann drückte ich abermals »play«. Oft fuhr ich nicht mehr mit den beiden – Sergio und Miriam – im Boot hinaus, das Buch vorschiebend, an

dem ich jedoch längst nicht mehr arbeitete: ein Vorwand, den trotz seiner geringen Glaubwürdigkeit niemand in Frage stellte. Diesen – niemals ausgesprochenen – Kompromiß hatte ich mehr mit mir als mit ihnen geschlossen. Und Minas Stimme, die von einem ihrer Lieder zum nächsten überging, bildete dessen Untermalung; oder besser, sie war – und ist in meiner Erinnerung noch immer – der beste Ausdruck für die künstliche Neutralität jener einsamen Vormittage und Nachmittage mit noch schönem Wetter in dem alten Haus in Tamerici.

So könnte ich hier viele der Texte niederschreiben, die der Lautsprecher pausenlos im Patio und danach in dem heruntergekommenen Wohnzimmer verbreitete, das mir im Gegensatz zum Patio fast dunkel erschien und an dessen Tisch ich vergeblich zurückkehrte: *Se telefonando io/ volessi dirti addio/ ti chiamerei* – Wollte ich dir per Telefon Lebewohl sagen, ich riefe dich an. Ich könnte es tun, aber es hätte wirklich keinen Sinn. Nicht nur, weil die reproduzierten Modulationen jener Stimme, die Musik (Saxophon, Violinen?) einer schon damals fernen Zeit – vielleicht für immer – verstummt sind. Auch sie sind nur Vermittler von anderem: und also würde es nicht einmal genügen, selbst wenn es möglich wäre, die unvollkommenen, lebendigen Töne mit dem Band, das sie festhielt, diesen Seiten beizugeben.

Doch jene so armseligen, albernen Texte hallen in der Stille, die jetzt eingetreten ist, in mir nach, und ihr Echo schmerzt noch immer, wenn auch auf andere Weise. Sie beschwören die Erinnerung an den allmählichen Übergang der Sonne in den Herbst an der zum weißen Strand von Foxi hin abfallenden Küste, an die Abgeschiedenheit in dem früheren Haus

meines Bruders am Meer, dem Ort des Auftretens seiner tödlichen Krankheit, an meine Impotenz als Schriftsteller und an die letzte Lebenszeit meines alt gewordenen Hundes. Doch vor allem anderen verweisen sie auf einen Namen, mit dem ich mich, trotz der Jahre, die seitdem vergangen sind, nicht abfinden kann: einen Namen, der jedes Bild aus jener Zeit beiseite schiebt und den dennoch jedes Bild aus jener Zeit immerfort wiederholt; einen Namen (Sergio), den ich in mir trage wie ein Projektil, von dem man in der Jugend getroffen wurde und um das herum der Organismus zu seinem Schutz allmählich eine Hülle gebildet hat, und trotzdem bewegt es sich noch immer und drückt und sticht, wenn auch anders als damals beim Einschlag, ja, sogar weniger fremd, eher wie ein Teil von uns. So genügt ein Titel jener Lieder – allen voran einer: *Devi soffrire* – Du sollst leiden –, um einen Schatten auf das Leben zu werfen, den man sogleich erkennt.

Ist es also wegen dieses Jungen so weit mit mir gekommen? Ich glaube, daß ich unbewußt in der Einsamkeit irgendeine Betäubung suchte, als ich geschehen ließ, was ich nicht verhindern konnte – zwischen Sergio und Miriam, aber nicht nur –, als ich meinen eigenen Verfall akzeptierte, mich davon zudecken ließ wie von feinem schützenden, wenn auch unangenehmen Sand. Es waren Tage, an denen ich es fertigbrachte, mich nicht zu rasieren. Zero überquerte, wenn er trinken ging, mit seinem schwankenden Gang die Steinplatten, wo er im Schatten gelegen hatte, und blieb, lange zögernd, über den Napf gebeugt stehen, bevor er den Rückweg antrat. *Si può finire qui/ ma tu davvero vuoi/ buttare via cosí/ un anno d'amore* – Wir können Schluß machen, aber

willst du wirklich ein Jahr der Liebe so wegwerfen? wiederholte der Lautsprecher. Ich nahm, je nach Windrichtung, den Uringeruch wahr, der – unvermeidlich, verursacht durch irgendeine Harnretention – unterhalb meines Bauches von den Jeans ausging. Ich lebte nur in der Gegenwart und sah wohl auch in dem Hund kein Beispiel einer mir bevorstehenden Zukunft als alter Mann; dennoch hängen mit ihm die heftigsten Gewissensbisse zusammen, die ich aus jener Zeit mit mir herumtrage: als Inbegriff für andere. Obwohl ich mich jetzt frage, ob es jemals möglich ist, das Leben nicht zu verlieren. Ist es, wie immer, die Art und Weise, die kränkt? Und gibt es irgendeine Art und Weise, es zu verlieren, die nicht kränkt?

Tage vorher also – wie viele, weiß ich nicht; wenige, wenn ich versuche, sie zu zählen; aber von heute aus scheint es mir, als hätten sich jene Ereignisse langsam und im Abstand voneinander entwickelt; und hätte ich die Einheit der Zeit, die sie miteinander verband, nicht erlebt und erlitten, erschiene sie mir als bloße Konvention –, Tage vorher also hatte es in einem Nachtlokal auf dem Hügel über dem Meer bei Foxi einen »thematischen« Ball gegeben, wie man früher gesagt hätte. Einen jener Bälle, die gegen Ende der Ferienzeit veranstaltet werden, um versäumte Gelegenheiten nachzuholen und auf vorweggenommene Nostalgien zu spekulieren, so wie man am Ende des Festes die leuchtendsten und buntesten Feuerwerkskörper abschießt. Das Nachtlokal hieß *Il Grande Cielo*, und der Ball war Jahren gewidmet, die man bei dem ständigen Abstürzen von Fixsternen als »mythisch« ausgeben wollte, obwohl sie der damaligen Zeit nicht um so

viele Jahre (zwanzig, dreißig?) vorausgingen. Miriam wollte mit Sergio hin.

Zwar richteten sich meine Interessen, auch die gesellschaftlichen, im allgemeinen auf andere Ziele. Aber es traf mich, daß die beiden es sofort für ausgemacht hielten, daß ich zu Hause blieb, und daß ich sie über den Ball sprechen hörte und mit den Vorbereitungen beschäftigt sah, nachdem sie eine offenkundig rein formale Einladung ausgesprochen hatten, ohne darauf zu achten, wie ich sie ablehnte. Vielleicht hätte ich ohnehin abgelehnt; was mir mißfiel, war etwas anderes: von etwas anderem, nicht von solchen zufälligen Umständen her, rührte mein Ausgeschlossensein. Jedenfalls erinnere ich mich an die Geschäftigkeit, die sie an den Tag legten, um sich bei den Cherchis, Verwandten von Sergio, und bei Freunden oder Bekannten in den Häusern von Tamerici passende Kleidung zu besorgen – einzelne Informationen darüber schnappte ich bei den Tischgesprächen auf; doch die Ergebnisse waren wesentlich dürftiger als der Aufwand, den sie deshalb betrieben: ein Zeichen dafür, daß man wirklich nichts mehr aufhebt, daß man lebt und dabei versucht, keine Spuren zu hinterlassen – und das anscheinend mit Recht. Ihr Eifer in dieser Sache wirkte, von außen gesehen, übertrieben, ja, fast fieberhaft, wie eine Wette ohne Einsatz. Schließlich – wir waren gerade beim Essen im Patio – schlug Miriam ihm vor, am nächsten Tag in der Stadtwohnung zu suchen – bei den Mancas, der Familie seiner Mutter, wohin er mit Carla nach dem Tod meines Bruders gezogen war.

Sergio – das sei zu seiner Ehre gesagt, wenn man es so nennen will – versuchte, Widerstand zu leisten. Aber Miriam gelang es leicht, sich durchzusetzen; er

unterlag immer irgendeiner Beeinflussung, wenn er auch keiner bis ins letzte nachgab. Und außerdem ging die kapriziöse Begeisterung für das Fest – ein Maskenball sozusagen – von ihr aus; er unterstützte sie, machte mit, aber mit wieviel Überzeugung, das konnte man seinen spärlichen Äußerungen nicht entnehmen; sicher mit unausgesprochener innerer Distanz. Er säuberte also mechanisch, fast ohne das Besteck auf dem Teller zu bewegen, die Fischgräte bis auf den kleinsten Rest – noch nie habe ich jemanden mit einer solchen Geschicklichkeit hantieren sehen – und entgegnete ihr zunächst unsicher: »Das bringt nichts«, in der für ihn typischen vagen Ausdrucksweise, um dann fortzufahren: »Ich glaube, da ist nichts mehr...« Doch Miriam gelang es, ihn zu überreden; sie setzte sich durch, das fiel ihr nicht schwer, und es war auch nicht schwer, weder für sie noch für andere; obwohl Sergio jetzt beharrlich – der übliche Beweis für seine Verlegenheit – an seinem rechten Ohrläppchen zupfte, an dem im Licht der über dem Steintisch hängenden Lampe der Smaragdsplitter funkelte.

Carlas Garderobe war indes, mehr oder weniger unangetastet, noch vorhanden, wie sie sie vor dem Unfall in Schränken und Truhen zurückgelassen hatte, noch in der gleichen Ordnung wie damals und so nicht nur Miriams Zugriff, sondern vermutlich auch ihrer Neugier ausgesetzt. Sie kamen mit vollen, ja übervollen, überquellenden Koffern nach Tamerici zurück. Wohin alle diese Vorbereitungen führen sollten, das heißt, wie die beiden an dem Ball teilnehmen würden, das sollte ich freilich erst später begreifen, mochte Miriam es nun von Anfang an geplant haben oder die Idee ihr erst bei der Ausführung ge-

kommen sein, in Anpassung an den tatsächlichen Lauf der Dinge: eine Verlockung durch die Reichhaltigkeit jener vollständigen und altmodischen Garderobe, die jetzt niemandem mehr gehörte. Ich sah die kastanienbraune Perücke – auch sie hatte Carla gehört –, die auf dem Tisch auf einem provisorischen Ständer hing, und Miriam, die damit beschäftigt war, sie zu frisieren; schließlich begriff ich, daß sie für Sergio bestimmt war.

An demselben Tisch verwandte sie minutiöse Sorgfalt und endlos lange Zeit darauf, ihn zu schminken, vor einem Spiegel, in dem sich der Schein der tragbaren Lampe reflektierte, die sie aus dem Patio geholt hatte. Kein Ritual wurde ausgelassen, vom flüssigen Make-up, das sie mit leichter Hand bis über den Hals verteilte und einziehen ließ, bis zum Malen des Lidstrichs; die Farbtupfer von Lidschatten, die Wimperntusche, das Rouge auf den Wangen und dann der geranienrote Lippenstift und die mit einem anderen feinen Stift in der gleichen Farbe nachgezogenen Konturen. Sergio ließ es sich gefallen, während das Bild seiner Verwandlung Zug um Zug vom Spiegel zurückgeworfen wurde. Gefügig saß er davor, noch in Jeans und Hemd, ohne Perücke, mit einem unsicheren, vielleicht sogar beifälligen Lächeln; ich sah zu und gab mich gleichgültig und gleichzeitig ein wenig herablassend und ironisch. Irgendwann bekam er einen unerklärlichen Hustenanfall, und Miriam fuhr ihn an, als könnte er etwas dafür.

Es ist eines der unerfreulichsten Bilder, die mir aus jener Zeit in Erinnerung geblieben sind. Natürlich konnte ich nichts anderes tun, als allem bis ans Ende seinen Lauf zu lassen; es war mir nicht möglich – ich

kam auch gar nicht auf den Gedanken –, ihnen zu bedeuten: basta!, sie aufzuhalten. Obwohl ich es jetzt bedauere und vielleicht sogar bereue, daß ich es nicht tat, notfalls mit Gewalt. Hätte es etwas genützt? Oder war dies nur eine beliebige Szene einer Aufführung, die auf jeden Fall in der gleichen Weise stattgefunden hätte? Nicht für mich, glaube ich. Schließlich verteilte Miriam ihm Goldstaub unter den Augen bis zu den Jochbögen und auf den Wangen, hielt inne – »Warte, eine Sekunde noch« –, um ihm dann noch mit einer Pinzette ein paar Härchen aus den Augenbrauen zu zupfen. Ich erkannte das Kleid und fragte mich, ob er wohl wußte, für welchen Anlaß es bestimmt gewesen war: ein maßvoll dekolletiertes Kleid aus ziemlich dichter Spitze in »Altrosa« (wie man sagte) – es war Carlas Hochzeitskleid. Ich erinnerte mich daran, weil ich als Trauzeuge meines Bruders bei der Hochzeit dabeigewesen war.

So sah ich sie weggehen; auch Miriam trug eines von Carlas Kleidern, viel jüngeren Datums, da es ihr sonst zu eng gewesen wäre – aus kleingemusterter hellblauer Seide: nein, daran konnte ich mich nicht erinnern –, und Sergio ging, durchaus gewandt und keineswegs unbeholfen, auf hohen Absätzen. Da passierte die Geschichte mit Zero, die ich erzählen wollte und derentwegen ich noch immer heftige Gewissensbisse habe. Ich hatte, nachdem das Auto hinausgefahren war, das Tor geschlossen und ging in der abendlichen Dunkelheit, die von den hohen, stillen Lichtkreisen der Außenlampen durchbrochen wurde, langsam auf das Haus zu. Es war, als ließe die Einsamkeit jetzt jene beleuchteten Stellen in stummer Trostlosigkeit erscheinen und als überfielen mich die Spannung, die Unruhe, die Unzufrieden-

heit, die ich einen ganzen Tag lang, und auch die Tage davor, verheimlicht hatte, plötzlich als Traurigkeit.

Traurigkeit und Wut zugleich? Als ich in das Lichtfeld auf den Steinplatten trat, kam Zero mir – ich weiß nicht, wieso – kurz aufbellend entgegen, Reminiszenz an seine früheren freudigen Begrüßungen. Und was ihm schon wer weiß wie lange nicht mehr passiert war – es wäre das letzte Mal gewesen: er bestand nach seiner einstigen Gewohnheit darauf, daß ich mit ihm spielte, indem er mit der Schnauze einen Stock anstieß, den er nicht sah. Über diesen Stock stolperte ich, als ich, statt ihn wegzuwerfen, wie es von mir gewünscht wurde, ungeduldig versuchte, ihn mit dem Fuß wegzustoßen – ich stolperte, fiel beinahe hin und verstauchte mir den Fuß. Doch dies war sicher nicht der Grund. Kurzum, so etwas war mir noch nie passiert: mit demselben Fuß trat ich sofort, ohne daß ich es wirklich wollte, nach dem armen Zero und schrie ihn an mit einem »Basta!«, was ich bei anderen nicht gewagt hatte. Wahrscheinlich wollte ich ihn nur zur Seite schieben, aber ich verfehlte das rechte Maß, trat ihm auf eine Pfote und trat wohl fest zu; er winselte immer wieder in den höchsten Tönen, und ich sah, wie er sich, noch wackliger als sonst auf den Beinen, humpelnd in eine Ecke verkroch, um sich dort die Pfote zu lecken.

Die Gewissensbisse, die mich überfielen und die, wie mir scheint, jedesmal noch zunehmen, wenn ich wieder an das Geschehen von damals zurückdenke, veranlaßten mich, das kraftlose Bündel aus altgewordenen Knochen und grauem Fell, zu dem er geworden war, sofort von den Steinplatten im Dunkeln unter dem Steintisch aufzuheben und ihn umzudre-

hen, um das Ausmaß der Verletzung abzuschätzen. Zum Glück schien sie nur leicht zu sein. Dennoch hielt ich meinen Hund in den Armen, wie ich es schon lange nicht mehr zu tun pflegte. Und während ich ihn so hielt und ihn streichelte, überkam mich großes Mitleid mit ihm und mit mir: und mir schien, als hätte ich nichts anderes mehr. Ich begriff, daß ich alles falsch gemacht hatte – mit dem Jungen, mit meiner Frau, mit dem Buch, das ich schreiben wollte, und auch mit meinem mir noch verbleibenden Leben, und ich sah ein, daß die einzige noch vorhandene Möglichkeit im Verzicht lag. Unterdessen stiegen vom Hügel über Foxi, dort, wo *Il Grande Cielo* stand, die ersten bunten Raketen auf, Zeichen des beginnenden Festes. Durch die Explosionen verschreckt, kauerte sich Zero in meine Arme und auf meinen Schoß. Ich erinnere mich, daß ich merkte, wie mir eine Träne über die Wange lief, warm und unerwartet, und ich sie nicht einmal wegwischte: als wäre sie die unfreiwillige Bestätigung des Vorsatzes, den ich faßte. Später an jenem Abend legte ich die Kassetten von Mina in den Recorder ein und ließ ihre Musik und ihre Texte laufen, ja, ich sang sogar mit dünner Stimme mit: *Se tu non fossi qui* – Wärst du nicht hier.

Von da an veränderte sich mein Leben dort, zumindest für einige Tage: durch eine gewisse Resignation, durch die mehr erlebte als eingestandene Gewißheit, daß nichts mehr zur Reife zu bringen, sondern nur noch die Zeit zu verbringen war. So war es wie eine Fiktion, wenn ich vor meinen Papieren saß. Miriam hatte den Gedanken an die Übersetzungsarbeit aufgeschoben und mir den Schreibtisch überlassen, auf dem noch der geordnete Stapel ihrer

Lexika lag. Vor mir sah ich die Farbabstufungen von Tamerici bis hin zu dem Jadegrün des Meeres und die allmählichen Veränderungen der Asinara von Aschgrau zu Rosa, und je nach Tageszeit regulierte ich die Jalousien; ich erinnere mich an einen Sonnenuntergang, bei dem von einem Fenster des nächstgelegenen Gebäudes auf der Insel – des Lazaretts – das Sonnenlicht, rot und golden, so stark reflektiert wurde – der Meeresspiegel hatte, in seiner völligen Ruhe, jede Farbe verloren –, daß ich lange im Zweifel war, ob es sich nicht um ein Feuer handelte.

Vor allem aber erinnere ich mich an einen Sonntag – den letzten gewissermaßen; den letzten für uns drei, so wie wir dort in jenem Haus zusammen waren. Es war nachmittags, ich saß mit meinen Papieren am Schreibtisch und war dabei, den Titel zu ändern (der nunmehr lauten sollte: *Der Biß einer Ameise*). Miriam kam herein, noch im Bikinihöschen, in dem sie sich auf der Terrasse gesonnt hatte, stellte sich neben mich und fragte: »Darf ich lesen?« »Lieber nicht«, antwortete ich lächelnd. »Warum nicht?« Sie fuhr mir mit der Hand durchs Haar – beide waren wir, sie stehend, ich sitzend, dem Fenster zugewandt –, und während sie die Liebkosung wiederholte, fragte sie weiter: »Warum kommst du nicht mit uns aufs Boot?« »Wann?« »Jetzt gleich.« Es entstand eine Pause, aber ohne daß ich innerlich gezögert hätte. »Ich kann nicht«, sagte ich schließlich, »ich möchte dieses Kapitel beenden.« »Wirklich?« fragte sie, während sie mit der Hand mein Gesicht hochhob und sich herunterbeugte, um mich anzusehen. »Ja, wirklich«, antwortete ich.

Sie küßte mich auf die Schläfe und dann, herun-

tergebeugt, leicht auf den Mundwinkel; immer noch sitzend, küßte ich sie auch. Und so kam es, daß wir uns liebten. Ich zog die Rolläden herunter und schloß die Tür, während sie sich, schon auf dem Bett liegend, das Höschen auszog. »Armer Piero«, sagte sie, als ich mich ebenfalls auszog und mich zu ihr legte – ich erinnere mich an ihre kastanienbraunen Augen, mit denen sie, als wüßte und verstände sie, meine Bewegungen verfolgte, ich weiß nicht, ob eher ironisch oder mitleidig oder liebevoll, aber sicher gleichzeitig etwas verdunkelt in Erwartung der Liebe – auf das hohe fremde Messingbett, das solchen Prüfungen nicht mehr ganz standhielt. Hinterher sagte sie noch einmal: »Ach komm doch heute mit aufs Boot.« Ich hielt sie noch im Arm. »Ich kann nicht.« »Warum nicht.« »Weil es gut ist, Vorsichtsmaßnahmen zu ergreifen«, gab ich schließlich zu; und lächelnd wiederholte ich es ihr in Molières Französisch: »Ce sont des précautions qu'il est fort bon de prendre.« »Sieh mal«, sagte sie unterdessen mit der Sprunghaftigkeit, die ich an ihr kannte, »in meinem ganzen Leben bin ich noch nie so braun gewesen.« Es stimmte. Dabei streckte sie demonstrativ den Arm und das Bein aus. Und als sie mir, auf dem Bett sitzend und den Knoten ihrer roten Haare lösend, bereits den Rücken zudrehte, antwortete sie: »Na gut, bald reisen wir hier ab und fahren wieder nach Hause.«

»Bald reisen wir ab« – es ist unvorstellbar, wie lange mich noch hinterher dieser Satz bedrückte, warum? Warum wünschte ich immer noch, daß diese – gewiß nicht glücklichen – Ferien nie zu Ende gehen würden? So daß ich unter dem Ende litt, sobald es sich abzeichnete, als wäre es das unnatürlich-

ste Ereignis von allen. Miriam und Sergio verabschiedeten sich (»Du kommst also nicht?«), ich sah sie zusammen hinausgehen und wegfahren, sie am Steuer mit der großen blauen Brille aus jenem Sommer, er neben ihr, das ausdrucksleere bartlose kleine Gesicht an die Rückenlehne gelegt: und einen Moment lang – bis das Auto verschwunden war – erschien er mir wieder wie vor vielen Jahren, wie der Jugendliche, den ich anläßlich seines zweiten schweren Verlusts getroffen und kaum noch wiedererkannt hatte. Der Augustsonntagnachmittag war auf seinem Höhepunkt angelangt und ging doch schon bereits seinem Ende entgegen. Bis dorthin, wo ich stand – auf dem freien Platz neben dem Tor, das ich zu schließen zögerte –, stieg, zusammen mit den anderen, wenn auch fernen Geräuschen und Stimmen, ein unaufhörliches Rauschen von Autos von der Asphaltstraße nach Foxi herauf, und auch das jetzt etwas farbloser gewordene Meer im Vordergrund bis hin zur Insel Porri wimmelte wie nie zuvor von Booten und Segeln.

Vielleicht um der Melancholie zu entfliehen, beschloß auch ich, nach draußen zu gehen, zu Fuß, getäuscht durch die vom Mistral gereinigte Luft, einen Feldweg entlang, der direkt bis zum Dorf und noch weiter bis an die Küste hinunterführte über eine Ortschaft – zwei alte, etwas verfallene Häuser mit ihren Einfassungen – namens Ovile del Mercante. So machte ich einen langen Spaziergang. Ich erinnere mich an den dichten Staub an den Wegrändern, fein wie Puder, mit einigen wenigen Reifenabdrücken, ein paar Möwenspuren – tatsächlich flogen in der Höhe Möwen umher –, an die Üppigkeit der übervollen wilden Brombeerhecken, die alle mit dem gleichen Staub überzogen waren. Ich begegnete so gut

wie niemandem. Vom Verkehr drang gedämpfter, kontinuierlicher Lärm herauf wie von einer rollenden Brandung, und nur gelegentlich hoben sich deutlichere Signale ab: ein Hupen, ein unverständlicher Schrei; und das Profil des Dorfes, das bereits ein wenig im Schatten lag, zeichnete sich mit seinen leicht stumpfwinkligen Dächern und dem winzigen Glockenturm unter einer Reihe sehr ferner Wolken gegen den tiefblauen Himmel ab. Ja, ich habe das Wort schon ausgesprochen: Melancholie; und ich trug sie mit mir, als wäre dies die Bedingung, der Preis, den ich zahlte, um nicht zu leiden.

Ein solcher Handel ist bekanntlich stets ein Verlustgeschäft. Wenige Begegnungen mit Menschen; aber Tiere, oder vielmehr Hunde, gab es sehr viele, besonders um Ovile herum: dort traf ich sogar auf einen regelrechten Stamm, mit unterschiedlichen Rassen und Größen. Ich glaube, es gibt keine Tierart, bei der man so auffällige Unterschiede zwischen den einzelnen Exemplaren antrifft; und in der Meute, der ich jetzt begegnete, waren viele Sorten vertreten. Sie trotteten hinaus ins Freie, fast in einer Reihe hintereinanderher, ziemlich flink, als hätten sie ein Ziel und würden gleichzeitig durch eine starke Unruhe geleitet. Worin diese bestand, sollte ich wenig später begreifen, als ich in Sichtweite des kleinen Dorffriedhofs inmitten der üblichen Zypressen anlangte. Hinter einer von ihnen, direkt neben der modrigen Einfriedungsmauer, paarten sich zwei andere Hunde; sie waren schon vereinigt, in ihrer typischen, vorübergehend unauflöslichen Weise, und es schien ihnen nicht Lust, sondern Schmerz zu bereiten – ich sehe noch ihre Augen und ihre Schnauzen: als wären sie in einer Falle gefangen, gegen die sie sich nicht

wehren konnten, und müßten ein notwendiges Übel mit Geduld ertragen.

Vielleicht um mich zu entziehen und sie nicht länger sehen zu müssen, betrat ich den Friedhof. Es war wirklich eine winzige Anlage, die auf drei Seiten mit Trockenmauern eingefriedet war, mit Ausnahme der vorderen, von der ich schon sprach: also zum abfallenden Hang und zum Meer hin offen. Obwohl die Sonne noch ein Stück ihrer Bahn bis zum Horizont vor sich hatte, warf sie ihr Licht bereits schräg über die Gräber. Niedrige Gräber zumeist, Erdhügel, die sich durch Stein- und Holzkreuze oder alte schmiedeeiserne Kränze mit Resten von Emailblumen voneinander unterschieden; dicke rosa Kalksteinplatten, auf denen schon seit vielen Jahren Namen und Symbole eingraviert waren, auch Hand- und sogar Fußabdrücke, deren Bedeutung ich noch heute nicht erkennen kann; im Kontrast dazu wenige neue Grabmäler, die nicht einmal die tiefste Provinz zu verschönern vermochte. Es war wirklich keine Menschenseele dort, und die Schatten dehnten sich lang aus. Ich dachte immer noch an die beiden Hunde: an den Akt, den sie vollzogen, an die Fessel, die sie aneinander band, an die Angst, die ich dabei empfunden hatte und die mir nun als möglicher Sinn erschien. Ich erinnere mich, daß an den Rändern der Einfriedung ein Wäldchen aus Feigenbäumen wuchs, und ich sah, wie die Zweige und Blätter sich bewegten, heftig geradezu, unablässig und ungleichmäßig, raschelnd, als gehorchten sie nicht der leichten Brise, sondern einer stärkeren Kraft. Ich sah auch eine Mondsichel hoch am hellblauen Himmel stehen.

Als aus dem Dorf das Läuten eines Glöckchens

herübertönte, fiel mir die Messe ein. Außerdem hatte ich vorn am Meer bei dem – aus der Entfernung gesehen – kleinen Hotel, das dort stand, Autos anrollen und neben dem Rechteck des Schwimmbads Leute zusammenströmen sehen. Daraus und aus anderen, noch spezielleren Vorbereitungen schloß ich, daß dort gerade eine der Vespermessen im Freien für die Sommergäste zelebriert werden sollte. Als ich ankam, hatte der Gottesdienst bereits begonnen – ich kenne mich damit aus. Ein weißhaariger Priester, klein von Statur, war eifrig um die Auslegung des Evangeliums bemüht; aus der Entfernung und gegen den Wind drang kein Wort bis dorthin, wo ich stehengeblieben war; ich sah nur, wie er mit den Armen fuchtelte und sich auf die Zehenspitzen erhob, um seiner Rede Nachdruck zu verleihen. Ich wiederhole, daß ich in religiösen Dingen bewandert bin oder gewesen bin, auch wenn das Warum nicht hierhergehört; es genügt zu sagen, daß dies für mich eine zufällige Rückkehr nach langer Zeit war, eine Heimkehr, welches auch immer damals meine Absichten gewesen sein mögen; ich glaube gar nicht, daß ich irgendwelche besonderen dabei hatte.

So konnte ich allem folgen, was dort hinten auf dem Altar geschah, obwohl meine Aufmerksamkeit durch etwas anderes abgelenkt wurde. Das Publikum war zahlreich und sehr andächtig. Seine Inbrunst – die sich in den Antworten beim Gebet in einem lauten Chor äußerte – stand im Gegensatz zu der eher auf Strandleben ausgerichteten Kleidung und Umgebung: gerade eben ein Halstuch oder eine Strickjacke über sonnenverbrannten Schultern und Dekolletés; Liegestühle, die sonst anderen Funktionen dienten, geschlossene Strohschirme mit ra-

schelnden Fransen. Jetzt ging die Sonne wirklich unter, aus dem großen Schwimmbad stieg Feuchtigkeit auf und hing in der Luft wie feiner Staub, unsichtbar, aber so, daß sie die Farben noch mehr verschleierte. Die Versammlung der Gläubigen sang nach der Wandlung (auch ich hatte mich bekreuzigt). Oben auf dem Sprungbrett beugten sich im Gegenlicht zwei Jungen in Badehose bei irgendwelchen Übungen oder Verrichtungen vor; andere spannten unten ein Netz über das Schwimmbad; in ein paar Stunden würde auf denselben Fliesen, auf denen der Sand knirschte, nach dem Wegräumen der Liegestühle getanzt werden – auf einem Podest neben dem Altar stand schon das Schlagzeug der kleinen Band bereit.

Ich erinnere mich an den Schriftzug *Tamurè*, den ich von fern auf der großen Trommel entziffern konnte. Und jetzt, da die Erinnerung dorthin zurückkehrt, kann ich mir für jede nur erdenkliche Religion keine bessere Entsprechung vorstellen als jene Farblosigkeit, die sich unter einem leeren Himmel ausbreitete, den nur eine leicht fluktuierende Linie von einem nicht weniger farblosen Meer trennte; dagegen ließen sich von allem, was an den Dingen und in der Luft warm gewesen war, nur noch vage Andeutungen erkennen, bis auch diese vollständig erloschen, so daß die Bewegungen der Jungen auf dem Sprungbrett dadurch hervorgehoben und zugleich unverständlich wirkten. Es war eine – nicht gering zu achtende – menschliche Form von Religion, an der die Menge teilnahm, so wie sie hier vorübergehend vor dem Abendessen, in der Dämmerung, in konzentrischen Kreisen, auf Liegestühlen, in legerer Kleidung und um einen durch die Entfernung verklei-

nerten, improvisierten Altar herum versammelt war – ob in Erwartung irgendwelcher unwahrscheinlichen Gnadenerweise oder ahnungslos auf der Flucht vor einer künftigen Katastrophe, das wollte ich nicht wissen. Sagte ich: eine Heimkehr? Jedenfalls wandte ich mich zum Gehen – der Gesang hatte erneut begonnen – und gegen den Strom derer, die die Kommunion empfangen wollten und sich in langer Reihe Schritt für Schritt vorwärtsbewegten, entfernte ich mich zerstreut und meinen Gedanken nachhängend.

Ja, so weit hatte mich der Junge gebracht: und jetzt habe ich Sehnsucht nach ihm. Das Herz bebt, bebt plötzlich, wenn es mir – ganz selten – passiert, daß ich wieder Minas Stimme höre; wenn mir für einen Augenblick das Bild jener im Sonnenuntergang glühenden Fensterscheibe des Lazaretts wieder in den Sinn kommt. So ging ich den Weg über Ovile del Mercante bergauf wieder zurück. Die Luft war grau geworden, aber noch erkannte man von oben den kleinen Bogen der Bucht bis nach draußen zum offenen Meer, von Punta Negra – dem Ziel meiner Ausflüge als einsamer Schwimmer – bis zum Sperone, und hier und da flackerten schon einige kleine Lichter von Campern, auch auf dem flachen Streifen der Insel Porri. Muß man gegen das Leben Vorsichtsmaßnahmen – »précautions« – ergreifen? So kam ich wieder nach Hause; das Haus war leer und dunkel, und ich wußte, daß Sergio und Miriam, wie gewöhnlich, sehr viel später zurückkehren würden. Und als ich den Recorder auf dem Sofa sah, entschloß ich mich, wie ich es hin und wieder tat, ohne eine bestimmte Absicht und ohne Neugier. Ich wußte, wo die bewußte Kassette in Sergios Zimmer hingelegt wurde; es war nicht einmal ein Versteck.

Ich nahm sie, wechselte sie gegen eine andere – es war Mina – aus und drückte »play«. Ich sagte schon, um was für Aufnahmen es sich handelte, welche Mitteilungen, Herzensergießungen, blödsinnigen und scherzhaften Äußerungen sie wiedergaben. Also hörte ich mir, auf dem Sofa sitzend, neue an, die denen, die ich schon kannte, nicht unähnlich waren, hörte die beiden mir bekannten Stimmen spontan und weniger spontan reden, sich miteinander verflechten und sich überlagern so daß sie manchmal sogar unverständlich wurden. Doch dann, von einem bestimmten Moment an, wurden die Worte immer eindeutiger, und die Aufnahme hörte nicht auf: sie folgte bis zum Ende – die Bestätigungen wurden explizit – dem, was zu einem Liebesakt geworden war, *live*.

Ich blieb lange auf dem Sofa sitzen. Dann stand ich auf und trat auf die Steinplatten hinaus: Zweige und Blätter bewegten sich noch immer, auch hier – vom Lampenlicht erfaßt und gegen die Dunkelheit –, eher wie künstlich als durch das Wehen der Brise. Ich ging wieder hinein, um die Kassettenhülle leer dorthin zurückzulegen, wo ich sie hergenommen hatte, die Kassette aber ließ ich im Recorder.

6

Sommerende

LIVE

Doch der Sommer geht zu Ende. Und tatsächlich werden die Tage jetzt kürzer. Wenn ich zu Fuß die schmale Asphaltstraße hinuntergehe, die sich, gesäumt von Oleander- und Krapphecken, nach Tamerici hineinschlängelt, ist die Luft grau, nicht nur wegen der Wolken, die der Südwestwind – beweglich, wie sie sind – am Himmel zusammengeballt hat. Auch die Beleuchtung der Straße ist spärlicher geworden, ein weiteres Zeichen: es kommt nur noch wenig Licht durch die Gärten aus Häusern, in denen gerade das Essen aufgetragen wird; und nur das beharrliche Zirpen eines Insekts begleitet mich lange. Dort begegne ich ihr, in einer Kurve, als sie Schritt für Schritt, den Kopf vorgebeugt, ein Fahrrad den Berg hinaufschiebt. Sie grüßt mich, erkennt mich zuerst: »Ciao, Piero.« Wie alt mag sie sein? Sie wirkt noch jünger als ein Teenager, besonders in diesen kurzen Hosen, jünger als Doras Tochter, mit der ich sie eines Abends im *Residence* sah, verblüfft, daß sie mich sofort duzte (»Aus welcher Stadt kommst du?« Sie trug ein weißes Kleid aus einem leinenartigen Stoff, hochgeschlossen und ein wenig durchsichtig). Jetzt erklärt sie mir resigniert, daß sie einen Platten hat, antwortet mir aber, nein, sie brauche nichts. Sie heißt Bia. Warum erzähle ich dies, da ich doch, nachdem wir uns verabschiedet haben, weiter bergab gehe und sie, wieder auf den Lenker gestützt, das Rad weiter nach Tamerici hinaufschiebt? Warum

habe ich sie so in Erinnerung, in dem anbrechenden Abend, ein wenig ungelenk auf ihren Kinderbeinen? (Vielleicht weil nichts so sehr zum vergehenden Sommer gehört wie jenes weiße, über ihren allzu braunen Schultern sich spannende Kleid? Und sicher gehört nichts so sehr zu dieser Stunde wie die Stille, in der die wenigen beliebigen Worte unserer Begegnung verklungen sind).

Um also irgendwie zu reagieren, »damit es nicht so endet«, habe ich die Einladung zum Kartenspiel bei den Corbinos angenommen. Außerdem spiele ich gern Karten – vielmehr, ich spielte gern: bekanntlich gibt es keine wiederholbaren Harmonien. Vorher wird zu Abend gegessen. Wir sind zu neunt am traditionell mit einem schönen Tischtuch gedeckten Tisch; außer mir die beiden Gastgeber, Peppe und Mimma; ein Onkel von ihnen, ein ziemlich hoher geistlicher Würdenträger, Monsignor Berma, dem sie mich bei dieser Gelegenheit vorstellen; eine ältere Dame, Celia Hannau, Pionierin aus Tamerici (ich kenne sie bereits); Romano und Jo, Marcel und Kimi. Bei der Suppe kommen aus Peppes Richtung keine Schlürfgeräusche, auch schützt ihn nichts Besonderes vor Blicken; er ißt ruhig und trotz seiner Fettleibigkeit ziemlich wenig, ohne die düstere Miene des schweigsamen, melancholischen Neapolitaners abzulegen. Übrigens betragen sich auch Marcel und Kimi wie zwei normale Ehepartner, als hätte seine unwahrscheinliche Ähnlichkeit mit Proust keinerlei Bedeutung. Es hat wieder angefangen, gelegentlich zu donnern.

Was könnte also noch fehlen? Das Essen ist durchschnittlich, allenfalls etwas wenig, aber anständig serviert. Ich sitze zwischen Mimma und der Hannau,

die hier (ihr Haus war das erste, das gebaut wurde) die Piratin genannt wird. Wahr ist, daß sie ein Bein, unterhalb des Knies, verloren hat; und daß der Wein bei ihr nicht lange vorhält, weshalb ich ihr häufig das Glas nachfüllen muß. Der Legende nach soll es ein Hai gewesen sein, in irgendwelchen Meeren; und die rötliche Mähne, die ihr Gesicht flammend umrahmt, wenn sie nicht von einem häßlichen Hut gebändigt wird, ist angeblich eine Perücke. Doch der Unfall mit dem Bein (die Haare scheinen bei näherem Hinsehen echt) ist ihr vor vielen Jahren an der Côte d'Azur passiert, als sie aus einem Motorboot fiel und sofort in den Sog des Propellers hineingerissen wurde; gleichwohl ist sie auch weiterhin immer auf dem Boot, hat sogar drei am hauseigenen Anleger liegen (mit gleichem Namen für alle und fortlaufenden Nummern, um sie zu unterscheiden). Und jetzt wendet sie mir ihr sonnengegerbtes Gesicht zu – wir machen uns gegenseitig Mitteilungen über die jeweiligen Tränen, die uns, ohne daß wir weinen, ja, sogar schon, ohne daß wir es merken, aus den Augen laufen, und sie wischt sich mit dem Finger eine weg, die, zwischen Nase und Wange hängengeblieben, den Anlaß zu diesem Gespräch gegeben hat – als das Licht ausgeht. Wenn sonst nichts fehlt, dann auf jeden Fall dieses.

Sofort werden Gaslampen gebracht, die ein unerwartet helles, kühles Licht verbreiten, bei dem wir, bereits beim Obst angelangt, das Essen und die Unterhaltung fortsetzen. Und irgendwann – der Strom kommt wieder, aber nur zeitweise, für kurze Momente, in denen sich die beiden verschiedenen Lichtquellen vereinen, oder sogar drei, wenn der Blitz draußen alles bis zum Meer und zur Asinara hin

beleuchtet und unterdessen der Donner heranrollt: »L'empire des lumières«, zitiert Romano –, und irgendwann sagt Marcel, er ist der einzige Einheimische unter uns und heißt nicht Marcel – was sein unvermeidlicher Spitzname ist –, sondern Marcello, Marcello Dessí, mit seiner kleinen japanischen Frau, er sagt – nicht um der Nachricht willen, von der er annimmt, daß wir alle sie kennen, der Monsignore eingeschlossen, und er täuscht sich wohl auch nicht, außer bei mir –, er sagt oder läßt es in einem Gespräch über etwas anderes einfließen, daß Miriam vor einigen Tagen abgereist ist. Unter dem Vorwand der Wiederholungsprüfungen von Gloria, ihrer jüngeren Tochter; aber sie wird nicht mehr zurückkommen. »Das hat es noch nie gegeben, daß sie beim Dorffest nicht hier war.« Aus Überraschung verrate ich mich mit meiner Frage: es gibt eine gewisse Verwirrung, man bleibt vage, ist sich nicht sicher, ob man nicht ins Fettnäpfchen tritt – Sergio ist doch mein Neffe, nicht? – und inwieweit ich etwas damit zu tun habe. Wie sehr es mich tatsächlich angeht, das weiß man nicht; und auch ich verstehe es nicht, obwohl ich darüber nachdenke. Unterdessen hört man, daß es heftig angefangen hat zu regnen, der Südwestwind hat sich gelegt; und die Hannau (ob sie auch taub ist?) redet weiter auf mich ein, daß ich gut daran täte, mich von einem Augenarzt untersuchen zu lassen, über Tränen wisse sie jetzt alles: sie könnten auch ein wenig gutes Symptom sein.

Als wir uns dann erheben, um zum Kartenspielen nach nebenan zu gehen, informiert mich Mimma kurz über Miriam: »Wußtest du es wirklich nicht? Guido hat es verlangt und alle damit etwas verblüfft.« Wir bilden eine Poker- und eine Bridge-

runde. Am Bridgetisch sitzen der Monsignore, der ein leidenschaftlicher Spieler ist, Romano, Jo und Marcel oder Marcello, wie auch immer; am Pokertisch Peppe Corbino, die Hannau, Kimi und ich; Mimma opfert sich, sie spielt nicht mit, obgleich wir, wohl wissend, wie gern sie spielt, darauf bestehen; jeder bietet ihr seinen Platz an (ausgenommen der wichtige Onkel Berma).

Aus den Chips ist sofort ersichtlich, daß es ein harter Poker wird und daß der Beste, ja, der Allerbeste, Peppe Corbino ist; die Karten fallen alle an die kleine Japanerin, und die alte Hannau hält mit viel Mut dagegen und greift an, als bedürfe es nur der Arroganz; ich dagegen bleibe in der Defensive (und überlege irgendwann blödsinnigerweise, ob ich nicht besser daran getan hätte, Sergio dieses Geld zu schenken: besonders jetzt). Aber Tatsache ist, daß ich keine Lust habe zu spielen, ich schlage mich durch mit *Ansagen* und *Passen*, wie es der Anstand erlaubt; ich stehe sogar zwischendurch auf (was ich nicht sollte) und trete hinaus, um die Abendluft einzuatmen und den Regen zu betrachten, der auf das Wasser des beleuchteten Schwimmbeckens fällt. Ich weiß nicht einmal, ob ich über Miriams Abreise Freude oder sonst etwas empfinde. Und ich denke daran, daß Sergios Stimmung und Verhalten seitdem keinerlei Veränderung haben erkennen lassen.

Gut, ich kehre an den Tisch zurück. Ich nehme meine Karten auf, während Kimi zu Ende austeilt. Drüben der aufragende Kopf von Monsignor Berma, seine streng funkelnde Brille mit dem Metallgestell. Er sitzt mir gegenüber, und ich kann den Haarschmuck auf seinem gewölbten rosa Schädel sehen – von seltsam kastanienbrauner Farbe, wie künstlich,

nur an den Haarwurzeln und an den Spitzen weiß –, während er, den Nacken leicht gegen den Kragen seines Priesteranzugs beugend, die Gebote entgegennimmt, als wären es Riten; er ist ein außergewöhnlicher Bridgespieler, sagt man (das Spiel muß eine Spezialität der Familie sein, in allen ihren Zweigen). So halte ich plötzlich, nach dem Geben, vier Siebenen in der Hand: einen Poker. Ich bin etwas ungläubig und erregt wie immer – auch das ist wirklich unwahrscheinlich –, als diese Zahlen auftauchen. Und ich staune – wenn auch nur einen Moment lang – über die Entdeckung, daß im Leben keine Betäubung bis ins letzte funktioniert und daß es trotz allem auch dies noch gibt; wie auch, daß man sich – von Quantität und Dauer abgesehen – sogar im Alter noch verliebt.

Ich muß schlecht gespielt haben, oder Peppe Corbino, der drei Asse in der Hand hat, ist hervorragend, wenn das Showdown nicht einen haushohen Sieg für mich ergibt. Don Giuseppe Corbino: aus uraltem neapolitanischen Adel, »Fürst von Byzanz« (wie Totò, sagen alle); mit einer kleinen Grimasse in seinem Terrakottagesicht unter dem grauen Haarschopf sieht er, daß ich den Einsatz erhöhe, macht aber Schluß. Immerhin genügt es mir, um alles oder fast alles zurückzugewinnen, was ich bis dahin verloren habe. Kurz danach sieht Kimi – am anderen Tisch werden die Punkte einer Partie zusammengezählt – auf die Uhr, und obwohl es noch nicht einmal Mitternacht ist, schützt sie mit ihrem hölzernen Stimmchen Kopfschmerzen vor, denen sie nicht einmal Glaubwürdigkeit zu verleihen wagt, entschuldigt und verabschiedet sich (und nimmt auch den schönen Marcel mit). Sie hätte eigentlich kein Recht

dazu, da sie doch gerade dabei ist zu gewinnen. Celia Hannau sagt es ihr fast ins Gesicht und macht ihrem Ärger Luft, sobald man hört, daß draußen im Regen die Autotüren geöffnet werden. »Aber es ist amüsant zu sehen, welche Karten sie alle bekommen hätte«, antwortet Peppe. Und Mimma läßt, nachdem sie, mit lauter tropfenden Regenschirmen beladen, wieder hereingekommen ist, noch einmal die Liköre herumgehen und geht nach nebenan, um Eis zu holen.

So sitzen wir eine Weile auf den Sofas, am Spieltisch nur noch der Monsignore, der mechanisch, mit leichten, genauen Bewegungen die Karten mischt: sehr groß und streng, mit schmalen Schultern. »Er wurde aus der letzten Überschwemmung in Friaul gerettet«, kommentiert Mimma den wirklich schönen habsburgischen Kachelofen, den ich betrachte. Und dabei erzählt sie, daß sie nur zu fünfzig Prozent Neapolitanerin ist: »mütterlicherseits« (der Onkel ist *ihr* Onkel). Zu siebt, die wir jetzt noch sind, ist schlecht an ein Kartenspiel zu denken, das uns alle zusammen beschäftigt. »Kennen Sie Terziglio?« fragt mich Peppe, der mich siezt. Aber ich habe wirklich keine Lust mehr und antworte ihm mit einer kleinen Lüge. So sitzen, nachdem sie sich erst ein bißchen geziert haben, die Richtigen am Tisch – die beiden Corbinos, der Onkel Berma mit seinem Zigarillo und die Hannau – zum soundsovielten Bridgespiel; ich dagegen unterhalte mich auf dem Sofa vor der dunklen, halbgeschlossenen Glasfront ein wenig mit Romano und Jo. »Wußtest du wirklich nichts von Miriams Abreise?« fragt auch er mich leise.

Und auch er erzählt mir von Guido: »Er hat es übelgenommen. Ich weiß nicht, vielleicht hat ihn das

Alter des Jungen gestört. Oder vielleicht war er ihm nicht sympathisch.« Er öffnet die Tür des Kachelofens und bückt sich einen Moment lang, um hineinzusehen. »Der Grund ist, daß die Sache für Miriam wichtig wurde«, greift Jo ein. »Vielleicht hat Guido befürchtet, daß sie irgend etwas Verrücktes machen könnte«, sagt sie mit ihrer amerikanischen Aussprache und einer ihrer sprachlichen Vereinfachungen, auf die sie verfällt, besonders wenn es sich um Gefühle handelt. »Kannst du dir vorstellen, daß Miriam etwas Verrücktes macht?« fragt Romano und gibt sich gleich selber die Antwort: »Ja doch, warum nicht? Wer nicht? Auf jeden Fall«, setzt er hinzu, »hat sie sich davor zu hüten gewußt.« »Sergio scheint nicht darunter zu leiden«, sage ich. Aber dann weiß ich doch nicht, ob Jos Vereinfachungen nur sprachlicher Art sind: »Sie war diejenige, die verknallt war«, erklärt sie. In diesem Moment geht abermals das elektrische Licht aus, und es bleibt nur das der Gaslampe, die Mimma von der Kommode auf den Spieltisch stellt; Romano hält sie davon ab, die andere auf dem Ofen für uns anzuzünden. »Miriam hat einen Schnitt gemacht: das ist doch eine Lösung, oder?« fährt er mit leiser Stimme fort, während wir im Halbdunkeln sitzen bleiben. »Nur ist es fast immer eine unzureichende Lösung.«

»Piero, weißt du, daß mein Vater sich umgebracht hat?« fragt er mich dann. Ja, ich weiß es, und ich kenne seine Geschichte ein wenig – oder habe sie kennengelernt: die Geschichte eines Rechtsintellektuellen, Monarchisten sogar (»Aber er war niemals Faschist« – es ist ihm wichtig, das zu präzisieren), der, nachdem er ein Erfolgsbuch geschrieben hatte, in den vierziger oder fünfziger Jahren (»ohne Mit-

gliedsausweis«) zum Kommunismus oder zu den Kommunisten übergewechselt ist. Die andern am Tisch sind ganz auf ihr Spiel konzentriert; draußen hört es auf zu regnen, als ich mich stehend mit dem Gesicht der dunklen Fensterscheibe nähere. Ich versuche verlegen (wieweit glaube ich daran?) zu erklären, daß diese so viele Jahre alte Tat in jener Geschichte, in jenen Geschichten notwendig und exemplarisch war, als er, ohne mir zu widersprechen, von etwas anderem redet: »Weißt du, was für einen Groll ich auf ihn hatte? Und noch heute, wenn er hier wäre, wenn er mich nur hören könnte, würde ich ihm antworten: Aber Papa ...« Dabei krault er mit der immergleichen Handbewegung seine Negerin, die sich wieder zu seinen Füßen niedergelassen hat, sanft am Hals. »Jetzt, wo ich mehr oder weniger sein Alter habe: Aber Papa ...«

Doch es ist verblüffend, welchen Stolz er offensichtlich empfindet: gerade wegen dieser endgültigen Tat. Fast eine Art Eitelkeit liegt in der Art, wie er das Gespräch eingeleitet hat, ohne Zusammenhang mit denen, die wir sonst miteinander führen (schließlich kennen wir uns kaum), und wie er im Schein der nebenan stehenden Gaslampe mit leuchtenden Augen darauf beharrt. Auch sie beide sind aufgestanden, und wir gehen über den Balkon durch den Laubengang zum Schwimmbecken. Die wenigen Tropfen, die noch fallen, hinterlassen Spuren auf dem vom Südwestwind gekräuselten Wasser; die Wolken eilen dahin und geben plötzlich den Mond frei, bis sich hinter dem Dunkel des Meeres der Rücken der Asinara abzeichnet. »Es war in der Karwoche«, fährt Romano fort, »wir lebten in einer Kleinstadt, der Leichenzug hat sich unterwegs mit

dem Prozessionszug gekreuzt. Es war gar nicht leicht, einen Priester zu bekommen; wegen meiner Mutter, weißt du. Außerdem waren wir sehr arm geworden, Papa brachte zwar Geld nach Hause, aber man gab immer mehr aus. Weißt du, warum er es getan hat?« In der Luft, die sich tatsächlich abgekühlt hat, ist eine Pause entstanden, und jetzt läßt er eine weitere vergehen: »Aus Liebe. Ich weiß nicht, ob man das überhaupt noch sagt. Wegen eines Mädchens.«

Just in diesem Moment kommt das elektrische Licht wieder und erhellt schlagartig das Blau des Schwimmbeckens und die Laubengänge; und vielleicht weil er merkt, daß er übertrieben hat, aber trotzdem fröhlich, stößt er alles wieder um und beendet das Gespräch fast mit einem Schrei – »Oder zumindest überwiegend« – und steht bereits federnd auf dem Sprungbrett, barfuß, aber immer noch in Jos Schal gehüllt; sie fürchtet, daß er ins Wasser fällt, ruft ihn vom Rand aus und geht ihm nach. (Ist das der Augenblick, in dem ich mich an jenes Abendessen bei Miriam erinnere, anläßlich von *Les Enfants du paradis*?) Nachher sitzt er da und erzählt von Monsignor Berma und den Corbinos: daß sie, um ihn nicht in Verlegenheit zu bringen, niemanden mehr mit aufs Boot nehmen; daß sie jeden Morgen im Wohnzimmer die Messe hören, die auf dem grünen Tuch der beiden Spieltische zelebriert wird: »Beide nebeneinandergestellt, darüber natürlich eine von Mimmas schönen Spitzendecken. Ob es stimmt, daß ihm der Kardinalspurpur winkt?«

Ich bestehe darauf, nicht mit dem Auto nach Hause gefahren zu werden: es regnet wirklich nicht

mehr. Auf dem jetzt ein wenig vom Mondschein erhellten Wegstück, auf dem ich vorher die abgestiegene Radfahrerin getroffen hatte, höre ich im Hinaufgehen, während ich mir den Pulloverkragen zumache, wieder das Zirpen jenes Insekts. Ist es noch dasselbe? Und ich muß plötzlich an Sergio denken: daran, daß auch er altern wird.

BRIEF

Liebe Miriam, der Sommer geht endlich zur Neige, wir werden uns bald wiedersehen, und es gelingt mir nicht mehr so recht, Dir zu schreiben. Zur Neige, wirklich: verba ac litterae. Heute nachmittag bin ich im Dorf gewesen: es leert sich und wird erträglicher (bis zum nächsten Jahr; aber dann werde ich nicht hiersein). Ich ging ohne Ziel am frühen Abend spazieren und war bis zur Mole gelangt, wo in langer Reihe die festgemachten Boote lagen, ohne weiter darauf zu achten, daß der Himmel außergewöhnlich dunkel wurde und das Licht schwand, als ob die Dämmerung hereinbräche. Der Regen fiel ganz plötzlich – große, dicke Flecken auf dem Beton –, und im Nu wurde er zum Schauer, zum heftigen Guß. Was konnte ich tun? Ich war zu Fuß von zu Hause gekommen, den Weg über den Hang, und war jetzt nach ein paar Schritten schon durchnäßt; es gab auch keine Möglichkeit zum Unterstellen. Ich lief also, um einen Unterstand zu finden, als ich Sergios Gesicht aus seiner Bootskabine hervorgucken sah.

Er schien kaum zu begreifen, daß ich dort Zuflucht suchen wollte: so zerstreut ist er, und außerdem war er, wie ich sofort merkte, gerade erst aufgewacht. Jedenfalls habe ich auf diese Weise, während es vom Himmel schüttete, einen Fuß in sein Allerheiligstes gesetzt. Schwer zu sagen, wie klein: eine Liege, ungemacht, weil er gerade geschlafen hatte,

auf der er mir einen Platz anbot, den ich natürlich, naß wie ich war, ihm überließ; ein Hocker, auf den ich mich dann setzte; ein Tisch mit geblümter Wachstuchdecke und einem Kocher; und außerdem Bücher, Zeitungen, der Walkman mit Kopfhörer – alles jedoch ziemlich ordentlich. Es war erstaunlich, daß die kleine Kabinenhaube dem Ansturm des Platzregens standhielt und daß dieser mit der Zeit keine Anstalten machte nachzulassen, im Gegenteil, auch das Meer war unter uns in Bewegung geraten, das Boot schaukelte, als läge es nicht im Hafen fest. Wir blieben lange so sitzen, ich glaube, fast eine Stunde. Er hatte Licht angemacht, ich fühlte, wie die Feuchtigkeit verdunstete, und wir hatten uns nicht viel zu sagen. Ich bemerkte die eingerahmten Fotografien an der Wand neben der Pritsche: von seinem Vater, von seiner Mutter, von der Großmutter mütterlicherseits. Er kochte mir unterdessen auf dem Gaskocher einen Kaffee. Neben den Fotos hing auch ein ziemlich häßliches kleines Ölbild, auf dem vor einem Hintergrund, der, wenn ich richtig sah, die Asinara darstellen sollte, das Boot abgebildet war (man konnte in kleinen Buchstaben – blau wie in Wirklichkeit – den Namen *Sant'Anna* lesen). Das Ganze – ein Bild des Bootes im Boot – erschien mir komisch. »Das hat ein früherer Freund von mir gemalt«, informierte er mich und nannte mir auch dessen Namen: Salvatore.

Was noch? Er servierte mir den Kaffee in einer Porzellantasse, offensichtlich ein Einzelteil, aber ein gutes Stück. Seinen trank er aus einer einfacheren und saß dabei auf der Pritsche mit unverhohlener Zufriedenheit: »Hier fühle ich mich wie im Mutterleib.« Er setzte die bloßen Füße auf den Rand der

schmalen Matratze und umfaßte mit den Armen seine Knie. Die Naivität dieses Satzes verblüffte mich. Rings um die eingerahmten Fotografien und das Ölbildchen herum waren an der Wand im Halbdunkel seltsame glänzende Dekorationen angebracht. Erinnerst Du Dich noch an die kleinen, halbmondförmigen Eisenstückchen, die unter die Schuhsohlen genagelt wurden, um die Absätze und die Spitzen zu schonen? Viele solche waren sorgfältig dort angenagelt, so daß sie Sterne bildeten. Und erst zuletzt sah ich das andere Foto, klein und ungerahmt, auf dem Wandregal. Das Foto eines sehr jungen Mädchens, aber nicht des Mädchens, das ein Kind von ihm erwartet. »Gefällt sie dir?« Er streckte den Arm aus, um es mir zu reichen, als er merkte, daß ich es betrachtete. »Ja. Deine Verlobte?« fragte ich. »Ach was«, er lächelte wie über eine sehr abwegige Frage, »eine liebe Freundin.« (So redet er wirklich.) »Und sie hat einen schönen Namen: Bia.«

Draußen tobte unterdessen das Gewitter, und es sollte noch lange dauern, bis in die Nacht. In dieser vom Prasseln des Regens umgebenen Koje, die auf dem tosenden Meer schaukelte und in der der Kaffeeduft hing, war man wie außerhalb der Welt.

Gewiß für immer außerhalb dieses Sommers.

Warum erzähle ich Dir das, warum vertraue ich der Flasche, die hoffentlich dorthin schwimmt, wo Du bist, eine solche (und keine andere) Botschaft an? Ich weiß es auch nicht; doch ich weiß, daß es einen Grund dafür gibt.

Dann wurde das Wetter wieder besser. Aber durch den leichten Mistral, der jetzt statt des Südwestwinds wehte, blieb die Luft frisch, geradezu schneidend; Reste von grauen und weißen Wolken verzogen sich von dem reingewaschenen Himmel. Die Sonne jedoch brannte wieder, wenn ich, das Meer dort unten vor mir, im Patio Zeitung las; und immer gab es eine beharrliche Stechfliege, die sich, wie oft ich sie auch verscheuchte, ständig sofort wieder niederließ: jetzt kam ihre Zeit. Es stimmt alles, was ich bisher geschrieben habe auf Seiten, die mir schwergefallen sind, weil ich Geschehnisse wieder heraufbeschworen habe, die, scheinbar nebensächlich, doch mein Leben belastet haben, wie ich es nicht für möglich gehalten hätte. Es ist alles wirklich: auch der intensive Glanz der Luft – um so wahrer, je weiter er sich in der Ferne verliert – und die klare, ungewöhnliche Kühle des Meerwassers, wenn ich noch einmal wieder zum Schwimmen hineintauchte; manchmal, erinnere ich mich, begriff ich nicht, was die vibrierenden silbernen Klingen zwischen den überspülten Felsen waren, und wurde erst durch eine Bewegung, einen anderen Lichteinfall gewahr, daß es sich um Familien von Fischen handelte; und ich erinnere mich an andere sehr kleine Fische, winzig und dennoch aus irgendwelchen Gründen in ständiger Bewegung, kaum mehr als blauviolette, in der Klarheit des Meeres gleichsam phosphoreszierende Punkte.

Ja, das gehört nicht weniger als anderes zu dieser Geschichte und kann sogar anderen Dingen, anderen Geschehnissen in ihr einen Sinn geben, während es umgekehrt durch sie seine eigene Bedeutung erhält. Ich saß also im Patio, sah in der Sonne die Oleanderblüten in der westlichen Brise zittern, roch, wie die Malve intensiv ihren Duft verströmte, da Miriam sie, bevor sie wegging, gegossen hatte; ich betrachtete die Wolken, die jetzt rosa am Horizont aufzogen und sich zu einem einzigen hohen, fernen Haufen auftürmten: nicht mehr Vorboten, sondern Zeugen einer Veränderung, die bereits eingetreten war – mochte man es auch nicht glauben, so viel Licht war noch in der kaum weniger milden Luft. Und wenig später ging ich hinein, streichelte im Vorübergehen Zero, der kaum aus seinem Halbschlaf erwachte, über den Rücken, nahm die Kassette aus ihrem Versteck und schob sie in den Rekorder.

Der Rekorder war der Protagonist dieser letzten Phase meiner Ferien. Womit ich auch beschäftigt war, wie ich mich auch ablenkte, ich war sicher, daß ich ihn irgendwann in Betrieb nehmen würde: mit der Kassette, von der die Stimmen von Miriam und Sergio ertönen würden, um sich (oder mir?) ich wußte nie welche Worte zu sagen. Dies wurde, ohne daß ich es wollte, zum Zentrum meiner Tage: und sie vergingen – ob es mir bewußt war oder nicht – in Erwartung der neuen, von mir noch nicht gehörten Fortsetzung. Ich sagte, ich wußte nicht, welche Worte von ihnen aus dem Lautsprecher kommen würden; dabei waren sie leicht vorhersehbar. Doch jedesmal ließ ich es so weit kommen, daß ich mit Angst, ja, mit einem Kloß im Hals darauf wartete, als könnte das, was auf das anfängliche Rauschen der

Kassette folgte, wer weiß welche Überraschung enthalten. Also verharrte ich, wie jemand, der spionierend lauert oder lauscht; aber gleichzeitig auch wie jemand, der seine eigene Angelegenheit erlebt und also mit darin verwickelt ist. Und nachdem ich sie einmal und noch einmal gehört und die Kassette sogar bis an den Anfang zurückgespult hatte, stellte ich fest, daß das Licht, das durch die Jalousien hereinfiel, schwächer geworden war und unterzugehen begann.

Eines Tages dann – wir saßen beim Mittagessen – sagte Miriam, sie habe einen Frisörtermin, und bestand darauf, ich solle mit Sergio aufs Boot gehen. Auch er schaltete sich ein und forderte mich auf. Erst jetzt, wo es zu spät ist, nehme ich seine Verlegenheit wahr – aber die Verlegenheit war eine Haupteigenschaft von ihm, wenn er sich gelegentlich an unseren Gesprächen beteiligte, und ich maß dem weiter keine Bedeutung bei. Trotzdem ließ ich mich wohl durch seine Worte, die er wie immer etwas mühsam und leise an mich richtete, zu einer Einwilligung bewegen, obwohl ich eigentlich keine Lust hatte.

Es war das letzte Mal, daß ich in das kleine Boot stieg. Muß ich das Blau beschreiben, in dem – leuchtend im Licht des bereits vorgerückten Nachmittags – in mit alten Schablonen fabrizierten Buchstaben der Name *Sant'Anna* am Heck geschrieben stand? Das Meer verlor seine Farbe, das Segel blähte sich. Ich empfand nichts anderes als Schmerz. So sprach ich schließlich mit ihm über das Kind, das ihm geboren werden sollte. Er schwieg eine Weile, dann verblüffte mich die Antwort, die er mir gab, mit seinem kleinen Lächeln, seiner kleinen Grimasse: »Die Sache ist die, auch ich... auch ich könnte nur ein

Sohn sein.« Ich sann über die Doppeldeutigkeit dieser Aussage nach und ob sich darin auch ein Angebot, eine Aufforderung verbarg. Aber dann begriff ich, daß ich mir nicht wieder etwas vormachen durfte: welches Bedürfnis – oder womöglich sogar Leid – auch in dem Satz, den er gesagt hatte, liegen mochte, ich hätte ihm auf keinen Fall eine Antwort geben können. So lächelte ich ihn an: »Meine Ferien sind jetzt wirklich zu Ende.« »Nicht doch«, er schien mich mißzuverstehen und erwiderte verlegen mein Lächeln, »bleib wenigstens bis zum Dorffest, es ist schön. Als Kind«, setzte er hinzu, »habe ich immer das ganze Jahr darauf gewartet. Übrigens warte ich auch jetzt noch darauf.«

Dann hielt er weiter schweigend das Steuer, auf dem Kopf die Schirmmütze, die jetzt überflüssig war, weil die Sonne schon tief stand. Auch ich sagte nichts mehr. Das Segel flatterte fast rhythmisch, und mit dieser Begleitung verlief – nur in meinem Innern – unser letztes Gespräch. »Warum hast du es nicht wie sie verstanden, meine Liebe zu wecken? Ich habe dich nicht daran gehindert, scheint mir.«

Die Liebe – wenn es Liebe war – ist wirklich seltsam (und sie ist eine »große Lehrmeisterin«: sie lehrt uns, das zu sein, was wir nie gewesen sind). Als wir in den Hafen einliefen, wurde es dunkel, wie bei jenem anderen Mal. Ich erinnere mich noch an Sergio, wie er, in die Dunkelheit vorgebeugt, beim Anlegen über den Bootsrand hinaussah, das Steuer immer noch in den Händen; an das Schwappen des schon dunklen Wassers, auf dem sich die Lichter der Mole spiegelten, an das kurze Knarren der Ankerrolle. Er sagte mir, daß er nicht gleich nach Hause komme, was mich ein wenig wunderte, da er sich angewöhnt

hatte, mit uns zu Abend zu essen; und wieder bemerkte ich seine Verlegenheit, ohne zu begreifen, daß es sich um seinen letzten Betrug handelte. Seinen letzten: an dieser Stelle sage ich nur dieses eine Wort.

Dunkel und auch kalt und feucht. Auf der Mole war kaum ein Mensch. Ich stieg ins Auto, allein. Ich erinnere mich an den abprallenden Kies, als ich den Weg bergauf in Angriff nahm, an das Licht der Scheinwerfer, während ich das Tor öffnete, und an Zero, der ein wenig schief und krumm auf mich wartete: eigenartigerweise, da er sonst niemandem mehr entgegenlief. Ich trug ihn auf den Armen hinein, streichelte ihn und sprach mit ihm. Alles war dunkel, Miriam war nicht zu Hause. Ich betätigte den Lichtschalter im Wohnzimmer und fand den Tisch schon gedeckt, für zwei; ich schaltete auch den Fernseher an und setzte mich, um mir die Nachrichten anzusehen. Erst später, viel später, als ich ins Schlafzimmer kam, merkte ich, was dort alles fehlte: zuerst überfiel mich, einen Moment lang, ein unerwartetes Gefühl von Leere, und dann bemerkte ich den völlig leergeräumten Tisch: verschwunden waren die Lexika, die eine Barriere darauf gebildet hatten; verschwunden waren auch alle anderen Sachen von Miriam.

Auf dem Tisch stand lediglich der Recorder. Und daneben sah ich sofort den Briefumschlag, auf dem, von ihr geschrieben, nur stand: *für Piero*. Der Umschlag enthielt nichts weiter als eine bespielte Kassette: die mir nur allzu bekannte, mit der ich auch tags zuvor den Nachmittag zugebracht hatte. Zunächst dachte ich nicht daran, sie mir anzuhören. Ich interpretierte die Tatsache, daß sie an mich adressiert war, als einzige, eindeutige Botschaft – weniger

wegen der Geschichte, die ihr anvertraut worden war, als wegen des Protests und des Bruchs der Beziehung zwischen uns dreien, die ihre Übergabe an mich bedeutete. Also hielt ich mich damit auf, Schränke und Schubladen zu öffnen, um mich unnützerweise zu vergewissern, daß alles, was Miriam gehörte, herausgenommen worden war. Ich ging sogar in die Abstellkammer, um festzustellen, daß ihre Koffer nicht mehr da waren. Erst danach – und ich glaube in der gleichen Weise, in einem Akt, der mir kaum weniger sinnlos vorkam – ließ ich die Kassette abermals laufen.

Das Rauschen dauerte nur kurz. Und sofort hörte ich Miriams Stimme, direkt an mich gerichtet: »Lieber Piero«. Ich erinnere mich jetzt nicht mehr genau an ihre einzelnen Worte; aber das Wesentliche vermag ich noch wiederzugeben. »Lieber Piero, ich zweifle nicht daran, daß du wie jeden Abend diese Kassette hören wirst und damit das, was ich dir jetzt sagen muß. Ich reise ab. Einfach so, ohne dir vorher Bescheid zu sagen, um lästige oder auch peinliche Erklärungen zu vermeiden. Erklärungen, die man lange ausführen könnte, gibt es nicht. Vielleicht sind wir alt und einander zu ähnlich geworden, du und ich: ähnlich als Gegner. Oder nehmen wir einfach an, wir brauchen ein wenig Ruhe voreinander, eine Sabbatzeit, wenn man so will. Wie lange diese Zeit dauern wird, ist ungewiß. Vielleicht geht der Rest unseres Lebens damit hin, wie es manchmal geschieht mit dem, was unbestimmt ist. Es schmerzt mich mehr als dich, glaube ich; aber schließlich weiß es jeder selbst am besten (wenn er es weiß). Kurz gesagt, es ist schlimm – das gilt für uns beide –, wenn wir den, mit dem wir zusammen sind, vor allem als Last

empfinden und die Welt mehr wächst als er. Sergio weiß von meiner Abreise, die ihm nicht viel ausmacht. Aber er war nett: er war bereit, dich mitzunehmen, und hat versprochen, sich ein wenig um dich zu kümmern. Lieber Piero, kümmere auch du dich um dich, und pfleg mir den armen Zero, der jetzt dir gehört. Auch die Dummheiten, die wir alle in diesen Tagen gemacht haben, hängen, meine ich, mit den Gründen zusammen, die ich genannt habe. Aber ich denke, schließlich ist alles, wirklich alles, natürlich.«

Sie hatte aufgehört zu sprechen; wieder kam aus dem Lautsprecher nur unbestimmtes Rauschen. Ich drückte »stop«. Ja, es war natürlich: zumindest, daß sie nicht hier war und wir nicht mehr zusammen waren. Als ich auf den Patio in die Dunkelheit hinaustrat, drang der Geruch der Malve zu mir, die sie vor dem Weggehen gegossen hatte. »Aber hinterher fehlt uns alles«, hätte ich ihr antworten wollen (noch eine Weile sah ich ihr Gesicht vor mir, wenn es müde war, hinter den blauen Brillengläsern, die sie jetzt trug). Ich nahm Zero auf den Arm, wo er doch jetzt tatsächlich mir gehörte. Die Trockenmauer zog sich schimmernd bis ins Dunkel hinein: die Kröte war wirklich nicht mehr da. Statt dessen fielen erneut Regentropfen.

7
Kinder des Paradieses

LIVE

Sergio ist seit vier Tagen nicht nach Hause gekommen. Ich könnte sagen: er ist verschwunden, wenn ich ihn nicht eines Nachmittags in seinem Boot gesehen hätte. Wie viele Male bin ich am Hafen vorbei- und die Mole entlanggeschlendert wie jemand, der spazierengeht, bin stehengeblieben und habe von weitem geguckt? Und womit vermischt sich mein legitimes Sich-für-ihn-verantwortlich-Fühlen? Er ist also meinetwegen verschwunden. Ich glaube auch nicht, daß Miriams Abreise etwas damit zu tun hat: ich habe nicht den Eindruck, daß er irgendwie darunter gelitten oder überhaupt etwas deswegen empfunden hat; oder vielleicht hat diese Beziehung – wie auch immer er darin verwickelt war – ihn hiergehalten; und jetzt, da sie beendet ist, fühlt er sich auch in anderer Hinsicht los und ledig.

In welcher? Womöglich ist die Angst, die in mir aufsteigt, zusammen mit einer anderen Sorge, die ich nicht begreife und nicht begreifen werde und die zur Verbitterung, ja, fast zur Wut wird, nicht nur ein Vorwand. Seit vorgestern weiß ich nichts mehr von ihm: die Luke seiner kleinen Bootskabine ist immer verschlossen. Und es ist der Vorabend des Dorffestes: bis hierher auf die Mole dringt, bald näher, bald ferner, die Musik der Kapelle, während die Prozession durch die Straßen zieht; einen Augenblick lang habe ich die Statue – die nur wenige Dezimeter große Madonna mit ihrem von der Brise aufgeblähten Mantel

und ihren Zöpfen aus echtem Haar – im Menschengedränge über den Köpfen vorbeiziehen sehen. Ich bin sogar in der Menge, die ihr folgte, hinterhergegangen, ohne die kleine Statue noch einmal zu Gesicht zu bekommen; dann habe ich mich in die Gassen verdrückt und mich, von den Echos der Kapelle geleitet, mehrmals erneut unter die Leute gemischt, um Ausschau zu halten: auf der Suche nach ihm – aber vergeblich. Und jetzt, wo ich in Ancora bin – ich habe mich entschieden, zu Lilli zu gehen, um sie zu fragen, aber ihr Laden ist geschlossen, vielleicht ist sie schon abgereist –, jetzt sehe ich von der mit Sukkulenten bewachsenen Balustrade aus, daß die Prozession zu einem Bootszug geworden ist: in einer Reihe fahren sie, eins nach dem andern, in der Ferne zu einem kurzen Ausflug aufs glatte rosa Meer hinaus bis zu der kleinen Insel Mortorio, alle beleuchtet, obwohl noch nicht einmal Sonnenuntergang ist.

So habe ich mich entschlossen, auch noch zu Scarpa zu gehen. Er sitzt an einem Tischchen wie irgendein Gast – wie üblich in weißem Hemd und in schwarzen Hosen – und liest ein Buch. Das Lokal ist wegen des Dorffestes völlig leer. Ich bestelle ein Tonic, und nachdem er es mir gebracht hat und ich einen Schluck getrunken habe, schaffe ich es zu fragen: »Haben Sie Sergio gesehen?« »Haben Sie ihn schon lange nicht mehr gesehen?« fragt er zurück. Und erst danach fügt er hinzu: »Er ist schon über eine Woche, fast zwei Wochen nicht mehr hier aufgekreuzt.« Dann sagt er: »Nehmen Sie Platz, Professor. Gestatten Sie?« Mit der gesunden Hand stellt er Tellerchen und Glas auf den Tisch hinüber, auf dem noch sein Buch liegt, und bietet mir einen Stuhl an. Er wartet, bis ich sitze. »Haben Sie nachgesehen, ob

er im Boot ist?« Er macht alles mit seiner linken Hand: nimmt den Zigarrenstummel aus der Tasche, steckt ihn in den Mund, zündet ihn mit einem vergoldeten Feuerzeug an: »Was wollen Sie, dann weiß ich es auch nicht. Nicht einmal ich habe eine Ahnung, wo er sein könnte und mit wem.« Er sieht mich an, bevor er weiterspricht: »Darf ich Ihnen etwas sagen, Professor?« Und er inhaliert tief: »Ich kenne Sergio – nehmen Sie es mir nicht übel – besser als irgendwer sonst. Er ist ein lieber Junge. Aber er ist schwach. Und dickköpfig.«

Die andere Hand, die unbeweglich im Handschuh steckt, scheint viel kleiner zu sein: ein Händchen. Das schwarze Leder, das sie umhüllt, endet unter der Hemdmanschette, während von dem gesunden Unterarm, blaß und behaart, noch ein Stück zu sehen ist. »Schwach?« wiederholt er. »Sagen wir, flatterhaft. Kopflos und dickköpfig, das ist kein Gegensatz; denn er ist auch sehr dickköpfig. Und dabei immer der ganz liebe Junge, den Sie ja kennen.« Jetzt weiß ich, woher es kommt, daß Sergio so häufig das Adjektiv »lieb« benutzt. »Sehen Sie«, fährt er fort, »durch meine Behinderung habe ich einige Schwierigkeiten: zum Beispiel, wenn ich mir den Hemdsärmel aufkrempeln will, hier«, er macht nur eine andeutende Bewegung mit den Fingern, die die Zigarre halten, wodurch sich der Rauch verteilt. »Ich bringe fast alles fertig, verstehen Sie mich recht. Weh mir, wenn ich abhängig wäre! Aber die Gesellschaft eines Freundes ist mir angenehm.« Mich befällt plötzlich ein unbehagliches, demütigendes Gefühl, weil ich hier bin, während seine Augen wieder meine suchen: »Und Sergio«, fährt er fort – ich trinke das Tonic aus – »war bei mir, hat mir geholfen. Er hat

auch was von mir gelernt: ich bin über zwanzig Jahre zur See gefahren, um die ganze Welt. Wissen Sie, ein Junge ohne Familie, mit nicht immer guten Freunden. So haben wir Zuneigung zueinander gefaßt, oder besser, ich zu ihm. Bei Sergio – wer weiß das schon? Möchten Sie noch was trinken?« fragt er mich.

Eine Fliege fliegt in der Wärme hier drinnen im gerade angeschalteten Neonlicht umher, oder mehr als eine, aber eine setzt sich immer wieder auf die Zitronenscheibe, die auf dem Boden meines Glases liegengeblieben ist; und er verscheucht sie mit seiner linken Hand. »Ich möchte Sie nicht beunruhigen, Professor. Aber ich bin ein bißchen in Sorge. Nur hört Sergio nicht mehr auf mich.« Ich bin aufgestanden, da ich das, was sich hier drinnen anstaut, nicht länger ertrage, und er begleitet mich unter das Mattendach, das, von Querbalken getragen, die Betonplattform überdeckt, auf der die Lampen noch nicht brennen. »Nichts Besonderes, wohlgemerkt«, fährt er, neben mir gehend, fort. »Sie haben jegliches Recht, Sie sind der Bruder des Vaters, nicht? Und Sergio, das weiß ich, schätzt Sie. Ja, er hängt sogar an Ihnen, Sie werden es nicht glauben, so wie Sie ihn kennen. So oft hat er mir von seinem Onkel erzählt, von Kind an.« »Also«, ich bin stehengeblieben und frage jetzt ihn, »was ist mit Sergio?« Im Dunkeln ist die Glut seiner Zigarre kaum mehr als ein blaßroter Punkt; vom Meer hört man in den jetzt länger werdenden Pausen nur das kurze dumpfe Aufschlagen auf dem angrenzenden Stück Strand: »Nichts Besonderes, da bin ich ganz sicher«, wiederholt er. »Nur, daß er sich allzusehr entzieht«; und nach einer Pause bestätigt er: »Er entzieht sich zu sehr«, als ob das alles erklärte, »Sie haben es ja auch gemerkt.«

Jetzt fährt mit brennenden Bordlichtern das heimkehrende Zollboot vorbei, in solch kurzer Entfernung, daß es zu einem Austausch von Grüßen – in Gesten, nicht in Worten – mit Scarpa kommt, während er weiterredet: »Ich kann mich irren, aber nicht alle, mit denen er zusammen ist, gefallen mir. Schon seit er mit der Dame da ging, die ja was Besseres war, aus Tamerici, mir fällt der Name nicht ein. Er kann sicher nichts dafür, aber Sergio ist nicht imstande, etwas zu vertiefen. Wenn er sich auf eine Sache einläßt, pfuscht er sofort auch noch anderswo herum. Und natürlich findet er immer jemanden, der davon zu profitieren versucht. Erinnern Sie sich an die ekligen Fliegen vorhin, auf der Zitrone in Ihrem Glas? Es ist unvermeidlich, der Anreiz ist da: hübscher Junge aus guter Familie, die Häuser, das Boot und alles übrige.« Während wir langsam weitergehen, kommt er an den Balken mit den Schaltern und schaltet nacheinander die bunten, tiefhängenden Lämpchen auf der Plattform an und das grüne Schild *Scarpantibus*, das man von hier aus verkehrt herum sieht. »Verstehen Sie mich nicht falsch«, fährt er fort, »es geht nicht ums Amüsieren, das ist in seinem Alter normal. Es wäre nicht weiter wichtig, wenn er nicht, wie gesagt, leichtsinnig und schwach wäre. So amüsiert er sich ziemlich wenig, kann aber dabei in Schwierigkeiten kommen.«

»In was für Schwierigkeiten?« frage ich. »Sitzt Sergio Ihrer Meinung nach schon in der Klemme?« In diesem Augenblick zischt eine Rakete über den Himmel und explodiert dann über dem Dorf. »Nein, Professor, das glaube ich nicht«, antwortet er, während das Echo noch anhält. Als sie erloschen ist, macht die schwache, bläuliche Diskothekenbeleuch-

tung sein Gesicht noch blasser, und es leuchtet – in dem aufgesetzten Lächeln – von den großen Geheimratsecken bis zum Schwarz des Schnurrbarts. Doch aus der Nähe gesehen, wird das Lächeln sofort zu einer ernsten Grimasse: »Aber es ist besser, sich vorher darum zu kümmern, nicht? Sie waren so freundlich, mich aufzusuchen oder hierherzukommen, wie Sie wollen, um Ihren Neffen zu suchen. Kurz und gut, Sie haben mir Fragen gestellt, und ich antworte Ihnen ehrlich. Ich brauche Ihnen sicher nicht zu sagen, welche Rechte Sie in bezug auf Sergio haben. Also, wenn Sie erlauben, machen Sie davon Gebrauch, holen Sie ihn nach Hause! Wenigstens nachts sollte er nach Hause kommen, nicht? Nehmen Sie ihn etwas mehr an die Kandare, Sie werden sehen, daß er gehorcht. Sprechen Sie auch mit der Signora darüber. Ja, der Frau von Professor Nort, jetzt fällt es mir wieder ein: Miriam Nort. Versuchen Sie es zusammen. Denn Sergio einfach machen zu lassen und zu viel Geduld mit ihm zu haben, damit tut man ihm keinen Gefallen.«

Zwei weitere Raketen steigen auf, sinken langsam wieder herab und beleuchten den Himmel, den Meeresspiegel bis zum Sperone und zur Asinara und die Dächer des Dorfes. Natürlich sage ich ihm nicht, daß Miriam abgereist ist. Er drängt mich, ich solle noch etwas trinken (wirklich nicht), und ist beleidigt, als ich versuche, das Tonic zu bezahlen. Jetzt wechselt das Halbdunkel mit dem hellen Licht der wenigen, in unregelmäßigen Abständen hochzischenden Feuerwerkskörper, das bis hierher scheint. »Professor«, wendet er sich draußen vor dem Schild, nachdem ich mich verabschiedet habe, nochmals an mich, »verstehen Sie mich nicht falsch. Sergio

könnte mein Sohn sein – Ihrer übrigens auch. Es wird so viel getratscht, über alles mögliche. Ich kenne ihn schon von Kindheit an und habe ihn ein wenig ins Herz geschlossen. Es täte mir leid, wenn ihm etwas zustoßen würde. Und deshalb«, er lächelt, aber jetzt mit einer eigentümlichen Schüchternheit und Blicken, die fast schmerzlich wirken, »deshalb sage ich Ihnen: Holen Sie ihn nach Hause! Beim Fest finden Sie ihn sicher.«

Ich begreife, während ich dann fortgehe und die Explosionen krachen und donnern und aus den Lautsprechern des *Scarpantibus* sofort Rockmusik ertönt und mich einholt – Erinnerungsmusik: ich begreife und habe es auch schon begriffen, als er mit mir redete, daß ihn hauptsächlich Eifersucht bewegt. Doch was er mir gesagt hat, macht mir gleichwohl angst. Sie vermischt sich mit der Sorge, die mich hierhergeführt hat, und läßt sie langsam wachsen. So wie andererseits, bei aller Beschämung, die Begegnung mit ihm und sein Reden über Sergio mir, wie ich im nachhinein merke, einen gewissen eigenartigen Trost gegeben haben.

Also, die letzten Raketen verglühen, Parken ist schwierig, Autos füllen – wenn auch ordentlich abgestellt – vom Ortsrand an jeden möglichen Winkel des Dorfes – und das ist bereits ein Zeichen. Wo und wie soll ich ihn suchen? (Und was ihm sagen, wenn ich ihn finde?) Ich fahre wieder zum Hafen, sehe über die Mole, wo der Lichterglanz und die Geräusche des Festes, das inzwischen begonnen hat, nur indirekt hingelangen: die *Sant'Anna* ist völlig dunkel, die Luke verriegelt. Es ist nicht leicht, dann im Gedränge und bei der Festbeleuchtung der Stände durch diese wenigen Straßen zu gehen. Ich lande

schließlich sogar in der Kirche: sie steht weit offen, strömt noch warmen Atem aus, ist jetzt aber fast leer: die vielen zitternden Flämmchen und oben in der Mitte, allein gelassen, die kleine Madonna in glänzendem Brokat, kaum größer als eine Puppe. »Was machst du hier, Piero, betest du?« höre ich rufen, als ich hinausgehe. Es ist Marcel, dümmlich, in seiner Kapitänsjacke. Ich habe Mühe, ihn loszuwerden, eine Ausrede zu finden: »Entschuldige mich.«

An diesem Abend treffe ich sie mehr oder weniger alle. Auf einer Bretterbühne findet irgendeine Vorführung statt: Kinder in Lokaltracht führen, außerordentlich steif, von einer Ziehharmonika begleitet, Tänze vor; von Zeit zu Zeit hören sie auf, um zu marschieren. Die erste, die ich sehe, direkt unter dem Podium, ist Dora: ein sehr großer bärtiger Mann im Pullover hat ihr seine Hand auf den Nacken gelegt – »Erik«, wir werden einander vorgestellt; ich bekomme mit, daß er Steward, Pilot oder ähnliches ist. Sie erzählt mir auch von Giovanna und Ettore: sie sind abgereist (ohne diese Nachrichten würde ich nicht überleben; unterdessen tanzen die Kinder im Kreis, dann zu zweien, zu dreien: wie Bleisoldaten oder Marionetten). »Kennst du meinen Neffen?« frage ich sie; aber sie kennt ihn nicht. Da ist Lilli, mitten in einer Gruppe von Jugendlichen (wo ist die erwachsene Geschäftspartnerin in Halbtrauer, Renata?): mit ihrem Bauch und einem gestickten Schmetterling mit ausgebreiteten Flügeln auf der Bluse; und auch sie, die mir von weitem zulächelt und dabei die Hand zum Gruß gehoben hat, frage ich vergeblich, als ich sie erreicht habe: »Hast du Sergio gesehen?«

Unter den wenigen kreuzweise gespannten Dräh-

ten mit Glühlämpchen taucht in der Menge auch die Piratin auf, das heißt die alte Pionierin Hannau, von einem englischen Matrosen begleitet und auf metallenen Krücken, da sie eigensinnig darauf beharrt, kein künstliches Bein zu tragen; ob die Locken, die ihr unordentlich unter der breiten Hutkrempe hervorschauen, wirklich echt sind? Auch Peppe Corbino ist da, Gefangener seiner Fettleibigkeit und »Fürst von Byzanz«, mit seiner Frau Mimma, die ihn mit den Schultern, vielmehr mit den Fittichen einer großen Glucke überragt; und zwischen beiden steht, in übergroßem Mantel, weißem Schal und Schlapphut, der Onkel Monsignor Berma – sehr alt und hinfällig, wie ich jetzt erst merke. Auch Guido Nort ist da – ihn nach Sergio zu fragen wäre taktlos – mit Tochter Francesca, der Besitzerin des Setters Viva. Die dunkelhaarige Bernadette ist da, die sich raubgierig und zudringlich an den Arm ihres Gianni drückt, ihrer Kanaille von Ehemann, der wieder auf diesem Ithaka gelandet ist: einen Schritt neben der Kupplerin. Neben Kimi – der kleinen Japanerin – steht Marcel oder Marcello, wie auch immer: mit den geschlossenen Lidern über seinen bisterschwarzen Augenhöhlen sieht er wirklich aus wie Proust auf dem Totenbett, nur daß er nicht dessen Bart trägt. Ihnen allen (sind ihre Geschichten ehrenwert?) stelle ich, nachdem ich mir mühsam einen Weg durch das Gedränge gebahnt habe, nacheinander die Frage, auch Guido; jetzt ist es mir nicht mehr wichtig, das Gesicht zu wahren: »Habt ihr meinen Garance gesehen?«

Aber es fehlt, wie sehr ich auch Ausschau halte und suche, das alte rosa Lacoste-Hemd von Romano. Der Lambswoolpullover, in den ich mich hülle, ge-

nügt mir immer weniger: ein kalter, scharfer Wind läßt die Papierfähnchen rascheln, während die Gören nach der endlosen Vorführung zum letztenmal in Reih und Glied marschieren, die Bühne verlassen und dabei zum Klang der Ziehharmonika die Bretter zum Dröhnen bringen. Und jetzt – eine Gitarre ist hinzugekommen – singen zwei Männer, ebenfalls in schwarzer Lokaltracht, abwechselnd im Dialekt. Dies ist das berühmte Dorffest, mit dem der Sommer endgültig endet und nach dem alle Abreisen vonstatten gehen. Ob denn Romano und Jo schon abgereist sind? Ein paar Worte zu wechseln wäre die einzige Solidarität, die mir zustehen könnte. Unterdessen halte ich Ausschau unter den unbekannten oder überflüssigen Gesichtern all dieser Leute – die dastehen und den Liedern zuhören oder hin und her gehen und an den Ständen stehenbleiben – nach dem, bei dessen Auftauchen mir das Herz bis zum Halse klopfen würde. So gehe ich noch einmal zu Marcel, der am wenigsten weit weg steht, und frage ihn diesmal: »Hast du Romano gesehen?«

Er ist immer noch beleidigt darüber, wie ich ihn, als wir aus der Kirche herauskamen, behandelt habe, entspannt sich dann aber sofort und grinst: »Was willst du, offensichtlich ist es sein Abend.« Und er wundert sich, daß ich nicht verstehe: »Weißt du es denn nicht?« Er erklärt, daß Romano hin und wieder spritzt, »wegen des Klaviers« nicht jeden Tag, aber inzwischen oft – »deshalb«, lächelt er, »ist er immer weniger am Klavier oder auf dem Markt, nicht?« –, und zwar: Heroin. Kimi mischt sich ein: »Erst spritzt er Jo, dann spritzt er sich. Du weißt ja, wie akkurat er in allem ist. Ordentlich, mit derselben Spritze.« Marcel schiebt jetzt, da er schweigt, seinen seitwärts ge-

neigten Kopf von der rechten auf die linke Schulter und umgekehrt, wie ein Vogel: es ist ein Tick von ihm. Mir ist richtig kalt. Diese Lieder, die ich nicht kenne, wiederholen sich endlos, mal die eine, mal die andere Stimme, zu den Akkorden der Gitarre. Jetzt begreife ich, daß Sergio nicht hier ist. Also gehe ich fort, wenn auch nicht, ohne mich im Gehen unter den Leuten umzusehen, und manchmal läßt mich die Form eines Rückens oder ein kurzer Haarschopf, eine ein Stück weit aufgekrempelte Jeans oder eine Geste noch einmal vergebens zusammenzucken. Mag die der anderen, die ich hier zurücklasse, auch eine ehrenwerte Geschichte sein: mich interessiert sie nicht.

Es fällt mir wirklich schwer, stehenzubleiben. Ich gehe auf die Mole zurück, wenn auch mit wenig Zuversicht: und in der Tat, der Himmel ist wolkenlos, voller Sterne, eine Mondsichel reicht aus, um die immer noch verschlossene Luke der *Sant'Anna* zu beleuchten. Was tue ich? Mir kommt die Idee, zum *Aldebaran* hinaufzufahren. Ich schäme mich, im halbdunklen Eingang die beiden Rausschmeißer, die plaudernd und rauchend auf einer Bank sitzen, zu fragen: »Kennen Sie meinen Neffen Sergio?« Aber an diesem Abend haben sie ihn nicht gesehen. »Ist er ganz bestimmt nicht drinnen?« frage ich noch einmal. »Da können Sie unbesorgt sein.« Der ältere der beiden hebt den Kopf, sofort der andere auch; ich begreife, daß sie mir weiter nachblicken, als ich mich abwende. Ja, ich gehe. Habe ich »Wut« gesagt? Ich beschließe, bei einer anderen Diskothek vorbeizuschauen. *Zoo* – die Musik dringt schon zu mir, als ich noch im Auto sitze. Man kennt Sergio dort, aber er ist schon lange nicht mehr dagewesen. Scheinwerfer-

strahlen kreuzen sich weiter am Himmel. Draußen vor der *Ricciolina* steht eine Gruppe herum, Besoffene offenbar oder, was weiß ich, das Ende einer Schlägerei; dann sehe ich, daß sie um einen kleinen Jungen in Boxershorts herumstehen, der auf dem Boden sitzt: anscheinend geht es ihm schlecht. »Ciao, Piero«, höre ich rufen, als ich weggehe; jemand hält mich am Ärmel fest. Es ist Bia, die kleine Freundin von Giovanna: »Schenkst du mir hunderttausend Lire?« sagt sie, ohne meinen Arm loszulassen, ja, sie drückt ihn sogar. »Weißt du, wo Sergio ist?« frage ich auch sie. Sie schüttelt den Kopf und wiederholt immer wieder: »Komm, schenk sie mir! Ich komm auch ein bißchen mit dir ins Auto.«

Ich habe Mühe, von ihr loszukommen; die Hand, die ich auf der einen Seite abschüttele, hält mich auf der anderen wieder fest, zärtlich, aber hartnäckig: und aus der Nähe, von unten nach oben, suchen mich auch ihre schwarzgeränderten, glänzenden Augen. Ich habe, glaube ich, schon an anderer Stelle die Nachtclubs, Diskotheken und Tanzlokale der Küste aufgelistet. Ich klappere sie alle ab, mit immer weniger Scheu und der Angst, die allmählich zur Gewißheit wird. Überall wissen sie, wer Sergio ist; überall haben sie ihn heute abend, zumindest heute abend, nicht gesehen. Nur im *Grande Cielo* geben sie keine präzise Antwort: »Bei dem Gedränge!« Also kaufe ich eine Eintrittskarte; das wird es sein, was sie wollen. Wirklich, zu viele Leute und wenig Licht, das im Rhythmus der durchgängig sehr lauten Musik immer nur momentweise auf die Tanzfläche fällt und die Körper der Tanzenden phosphoreszieren läßt, während sie sich gemeinsam bewegen. Es ist, als wäre diese kleine runde Fläche, die vom Violett

ins Grün hinüberspielt und dann für einen Augenblick durch einen Blitz erhellt wird, mit Vogelleim bestrichen und als hinge davon auch die Gleichzeitigkeit der lauten Klänge und der rhythmischen Bewegungen derjenigen ab, die dichtgedrängt, wie festgeklebt, darauf stehen, fast ohne sich von der Stelle zu rühren. Und auch ich bleibe am Rand stehen, mit einem Glas in der Hand, das ich mir geholt habe, um mich an etwas festzuhalten. *Pippo, che cazzo fai* – Pippo, was zum Teufel machst du? – kommt jetzt aus den Lautsprechern: ja, genau. Das Suchen ist derart schwierig und wird erst recht demütigend im Gedränge um die Bar, in mehr oder weniger zufälligen Séparées, wo ich lästige Störungen verursache. Könnte er das sein über dieser fast auf dem Rücken liegenden Frau? Könnte er einer dieser beiden Jungen sein, die sich küssen? Natürlich ist er es nicht.

So fahre ich nach der Runde durch die Lokale, fast nur noch rasend, auf die Mole zurück: zur *Sant'-Anna*, die immer noch schläft – der Mond ist untergegangen –, von den Geräuschen des Festes nur von ferne gestreift. Ich denke, vielleicht kommt Sergio jetzt erst in die *Vena d'Oro* oder in den *Aldebaran*. Aber wenn ich dorthin zurückginge – und ich wüßte nicht recht, wohin zuerst –, könnte er gerade wieder fort und woandershin, was weiß ich, ins *Miami* gegangen sein; ich würde vergeblich hinter ihm herlaufen, mein Leben lang. Und so lande ich erschöpft wieder im *Scarpantibus*, der letzten Chance, die ich mir noch gebe. Auch hier empfängt mich schon von weitem die lautstarke Musik *(Bird of Paradise);* ich weiß, daß Sergio sie ausgewählt und die Bänder zusammengestellt hat: wenigstens dieses, wenn schon nichts anderes, finde ich von ihm. »Setzen Sie sich,

Professor, beruhigen Sie sich«, sagt Scarpa, als er mich so außer mir sieht. Hier ist es nicht so voll, und fast niemand ist in der Bar, wo er mich Platz nehmen läßt wie vorhin und darauf besteht, daß ich einen Whisky trinke.

»Möchten Sie ein bißchen Eis?« schlägt er mit leiser Stimme vor, wie um mich zu trösten. »Haben Sie mit Miriam Nort gesprochen?« fragt er mich dann. Das schwere, vergoldete alte Benzinfeuerzeug liegt noch auf dem Tisch, und mit seiner gesunden Hand spielt er ein wenig damit, bis die Flamme anspringt, während ich ihm sage, daß Miriam abgereist ist. »Verstehe.« Er nickt. Es ist nur eine Redensart, wie ein Einschub, denn er fährt fort: »Nein, ich glaube nicht, daß sie Sergio viel bedeutet hat.« Auch ich glaube das nicht. »Oder wer weiß«, fährt er fort. »Sie werden sehen, sobald das Fest vorbei ist, kommt er wieder nach Hause. Ich habe Ihnen ja gesagt, ich kenne ihn. Er hält nicht lange durch, was immer er auch macht«, lächelt er. »Auch darin. Und er ist vor allem häuslich. Ja, häuslich«, bestätigt er nochmals, ernsthaft, als handelte es sich um eine wichtige Aussage. In diesem Moment zündet er sich den Zigarrenstummel wirklich an; und ich bemerke den Fleck auf dem weißen Hemd, der vorhin noch nicht da war, links in der Brustgegend: rosa, wie von Blut, das er auszuwaschen versucht hätte. Aber natürlich glaube ich nicht, daß es welches ist. »Sie werden sehen, nach dem Fest kommt er wieder nach Hause«, wiederholt er und inhaliert. »Haben Sie nie daran gedacht, ihn mitzunehmen?« Dann räumt er ein, daß es nicht möglich wäre: »Sergio kann nicht ohne sein Boot leben. Kommen Sie doch öfter nach R., Professor.« Dann fragt er mich, aufblickend: »Entschuldigen

Sie, wenn ich mir die Freiheit nehme: Wie alt sind Sie?« Und als ich es ihm sage: »Verstehe.«

Den Arm ein wenig verdrehend, drückt er mir mit seiner Linken die Hand. Und wieder bin ich draußen, gehe zum Auto, die beiden Schlaftabletten in der Tasche, die er mir unbedingt hat geben wollen, wozu er mit einer kleinen Schere die Plastikhülle aufschnitt, in die sie eingeschweißt waren (»Wissen Sie, wie viele Ihr Neffe davon nimmt?«). Sofort überfallen mich Kälte und Feuchtigkeit, auf die planierte Fläche fallen die grünen Lichtflecken des Schildes; und nach einer Pause setzt die Musik wieder ein. Ist dies das Ziel, das Ende der Reise? (»Wer wie wir nicht mehr jung ist, ist schwächer, Professor, das ist die Natur.«) Und während ich die Wagentür öffne, mich ans Steuer setze und daran denke, ein letztes Mal zum Hafen und zur *Sant'Anna* zurückzufahren, weiß ich, daß die Realität anders ist als die zwiespältige Wärme, die ich irgendwie einen Moment lang bei einer Dosis Whisky empfunden habe. Und diese Realität hat mich sofort wieder erfaßt; ich spüre sie in mir, zuerst mit Entsetzen, inzwischen mit Resignation: mit einer Erschöpfung wie nach einem langen Fieber, als ich, nachdem ich untätig im Dunkeln sitzen geblieben bin, endlich den Schlüssel drehe, die Scheinwerfer einschalte und den Motor anlasse.

BRIEF

Liebe Miriam, endet so meine Reise, bei der ich bis zuletzt nicht wußte, wohin sie führt, und mich praktisch nicht von der Stelle bewegt habe, dieser unnütze Ausflug auf drei Handvoll Erde? (Oder wohin sonst?) Jedenfalls wird keine Zeit mehr sein, Dir weitere Briefe zu schicken. Und wenn ich hier wieder vor einem Blatt Papier sitze, auf das ich Deinen Namen geschrieben habe, dann nicht, um Bilanz zu ziehen: außer der, daß ich es wirklich leid bin, Meer und Winde, Inseln und Neffen.

Das Dorffest, dem nicht nur die Einheimischen, sondern auch die Gäste – selbst die nur zufälligen – eine außerordentliche Bedeutung beimessen, ist jetzt bei seinen letzten Lichtzuckungen angelangt und löst sich teilweise bereits auf. Die früh hereinbrechende kalte Dunkelheit läßt die Glühlämpchen merkwürdig einsam leuchten; morgen werden nur noch die Papierfähnchen da sein, besinnungslos knatternd über den aufgestapelten Brettern, die einmal die Tribüne bildeten, und über den Spuren, die die Buden auf dem Asphalt hinterlassen haben. Mir bleibt das schlechte Gewissen wegen des Buches, das ich nicht geschrieben habe: sind diese Briefe ja doch dessen unfreiwilliges Tagebuch gewesen, das um so schwieriger wurde, als es das Ausbleiben des Buchs zelebrieren mußte.

So zeichne ich hier ein paar letzte Anmerkungen auf. Als Abschluß? Oder in der Hoffnung, daß es

Material für die Zukunft sein wird? Ich weiß es nicht so genau.

1. Erst jetzt erreicht mich die Fama des Hauses, das ich in Kürze verlassen werde: im Ort und unter den Sommergästen sagt man, »dort spukt es«. Mag sein, daß dies eines jener Gerüchte ist, die an Ferienorten umgehen und, genährt von der Langeweile mancher Abende, unter den Scharen von Kindern und Erwachsenen oder jedenfalls in dem Müßiggang, der alle ein wenig kindlich macht und der Phantasie aussetzt, blühen und gedeihen. Und dies ist ein Haus, das sich sehr gut dazu eignet, abseits gelegen und heruntergekommen, wie es ist, scheinbar unbewohnt, mit Rolläden, die im Mistral klappern. Aber ich verstehe nicht (mir ist nicht erklärt worden), auf welche Vorfälle man anspielt: wie sich unsere Gespenster – wenn es überhaupt unsere sind – bemerkbar machen.

2. Eine Epidemie hat die immergrünen Büsche in der Macchia ringsum befallen. Von einer Art Spinngewebe umhüllt, werden die Blätter dunkel und rollen sich zusammen, bis sie vertrocknen und abfallen, und die Zweige sind dann nackt, schmutzig und schwarz, als wäre ein Feuer über sie hinweggegangen, mit wenigen schrumpeligen kleinen Früchten, die ebenfalls schwarz sind. Die Erinnerung an ein solches Ereignis erscheint mir – ich weiß nicht, wieso (die Gespenster haben damit nichts zu tun) – für die Geschichte, die ich erzählen möchte, unerläßlich.

3. Auch die Idee mit dem Recorder bleibt bestehen. Dieses Gerät mit den winzigen roten Lichtern, die je

nach dem Fluß der Schallwellen aufleuchten und erlöschen, ist letztlich eher der Ort meiner Geschichte als eine Person. Ich glaube, weil er endlos und immer gleich – und lebendig – Stimmen und Worte wiederholt, die doch längst vergangen sind und nicht mehr existieren; weil er beweist, daß alles zu etwas anderem wird. Und damit ist er das einzige wirkliche Symbol.

4. Der (unvorhersehbare?) Autor des Gedankens über die Zeit, den ich irgendwo wiedergegeben habe, ist Gramsci. Brief an Tania, 2. Juli 1933: »Glaube nur, wenn du noch einmal im Leben eine solche Erfahrung machst wie mit mir, daß die Zeit das wichtigste dabei ist: sie ist ein bloßes Synonym für das Leben.«

(Und ebenfalls von Gramsci – Brief an Teresina, 16. November 1931 – habe ich das Lied abgeschrieben: »Ein Schiff, das im Schottländertakt aus dem Hafen tanzt,/ ist wie ein Toter, den man erst zum Ultimo bezahlt.«)

Nicht aus bloßem Getue, sondern zur Abwehr von Unheil (oder aufgrund welch alten Widerspruchs, welcher Scham, welchen Schuldgefühls?) pflege ich in meinen Büchern ein Gramsci-Zitat zu verstecken; dabei halte ich die Operation für gelungen, wenn die allzu große Distanz ohne sichtbare Mühe überwunden wird.

5. Ich möchte auch ein Verzeichnis der Musikstücke aufschreiben, die Sergio hört (oder hörte).

Mir scheint, daß ihre Titel über diesen zu Ende gegangenen Sommer, über all die Geschehnisse, die sich hier miteinander verflochten haben, mehr auszusagen vermögen als ich.

Oder ist es wahr, daß es bedeutet, die Dinge zu ver-

lieren, sie sterben zu lassen, wenn man sie beim Namen nennt? Und bin ich deshalb auf den Gedanken gekommen, ein solches Verzeichnis einem Brief an Dich anzuvertrauen? (Damit es, nachdem jene Töne für immer verklungen sind, der letzte Raum eines kleinen Museums von Trugbildern ist, das ich nun zusperren werde.)

6. Betonen möchte ich jedenfalls *Bird of Paradise* von Charlie Parker, wenn es denn auf irgendeine Weise mit den *Kindern des Olymp (Les Enfants du paradis)* verwandt ist – ich meine mit wenigstens einem der angesengten und verschlissenen Bilder aus dem Film, mit dem meine Ferien begannen –, jetzt und aus so großem Abstand kommt es mir so vor (der miserable Bildschirm des ausgedienten Fernsehers, der die vergebliche, verzweifelte Suche von Deburau-Barrault in der Karnevalsmenge wiedergab).

7. Also, mir ist klar, daß das Unternehmen *Ecole des femmes* unmöglich ist. Daß der Verrat des Vorbilds unvermeidlich ist: daß meine Geschichte nur in diesem Verrat ihren Sinn finden kann, nicht im Sinn des Vorbilds. (Und wenn, wie in jedem Epilog, die Figur, die in erster Person dargestellt wurde, auf die Bühne tritt und so tut, als würde sie sich die Maske abnehmen, weiß man, daß darunter immer noch eine andere verborgen bleibt.)

Liebe Miriam, mir war, als hätte ich noch weiteres anzumerken, aber es gibt nichts mehr, oder ich komme nicht darauf. Und mir bleibt ein Seeigelstachel im Fuß, den ich vergeblich herauszuziehen versucht habe: aber er gräbt sich ein, ich werde ihn

weiter in mir herumtragen, auch wenn er lange aufgehört haben wird zu schmerzen. Stimmt es, daß jeder Ausflug ein Ausflug des Herzens ist? Zero grüßt dich, auch er ein »bird of paradise«. Nebenan übt Sergio – er ist nicht auf das Fest gegangen – auf der Klarinette jenes irische Tanzlied, *Cockles and Mussels*, das Du einmal gesungen hast. Ist das nicht ein Zufall? Mit einer Passage hat er Schwierigkeiten und wiederholt sie hartnäckig: ich denke, daß mir dies in Erinnerung bleiben wird.

Nichts ist in der Erinnerung bedrückender. Zero hörte auf zu fressen. Die Handvoll gekochter Reis und Gemüse, ja, sogar der Löffel Hackfleisch blieben unangerührt im Napf. Es war nutzlos, daß ich ihn rief und ihn an seinem kleinen Brustkorb hochhob, der inzwischen nur noch Flaum und Knochen war, oder daß Sergio versuchte, ihn mit einem leckeren Bissen zu locken. Sergio hatte das Körbchen ins Wohnzimmer neben das Sofa gestellt. Und von dorther kam jetzt aus dem Dunkeln ein schweres, unregelmäßiges Atmen, das sich mit dem Rauschen des Regens mischte, der wieder eingesetzt hatte. »Komm, Zero, sei brav! Schau, das Fleisch!« hörte ich, wie er ihn aufforderte. Auch ich ging wieder hin, vom Tisch aus, wo ich mich einen Augenblick an meine Hefte gesetzt hatte. Zero hielt die Augen geschlossen; und wenn er sie schließlich öffnete, sah er wegen der dicken Eiweißschicht, von der sie verschleiert waren, mit Sicherheit nichts. Gebrechlich und krumm stand er auf, machte schwankend ein paar Schritte bis zum Wasserschälchen und trank mühsam und wenig. Er urinierte dort auf den Fußboden, als ob er es nicht merkte. Sergio wischte den gelblichen Fleck von den Fliesen.

Später hörte er auch auf zu trinken und zu urinieren. Aus dem schweren Atem wurde ein Keuchen; es war verwunderlich, daß es so kräftig und so anhaltend aus einem so winzigen Körper kommen konnte.

Ich ging hin und her: aus meinem Zimmer, vom Tisch, wo ich nicht einmal den Versuch machte zu arbeiten, oder vom Fenster, an dem ich – sofort aufspringend – vorbeiging und in den Regen hinausblickte, der fein und eintönig niederfiel, und auf die graue Fläche des Meeres in der Ferne und die niedrige Wolke, die die Asinara fast zudeckte; gleichzeitig hörte ich das Keuchen, das auch bis dorthin drang und gar nicht von einem Lebewesen zu stammen schien. Dann kehrte ich ins Wohnzimmer zurück, schaltete das Licht an und beugte mich über das Körbchen in der Sofaecke. Von der zunehmenden Atemnot gepeinigt und nur noch mit ihr beschäftigt, gehörte Zero niemandem mehr; trotzdem streichelte ich ihn. Dann hörte ich erneut vom Tisch aus, wie Sergio zu ihm sagte: »Komm, Zero, komm!« Und wenn ich in die Tür trat, sah ich ihn auf dem Fußboden sitzen, von hinten, und ihm sanft das Fell glattstreichen.

Ich legte wieder Charlie Parker auf, eine Kassette nach der anderen, auch mehrmals dieselbe; besonders erinnere ich mich an *Bird of Paradise*: die Windungen des Altsaxophons, das Einsetzen der Trompete und dann des Klaviers, dann wieder das Saxophon bis zum Finale, das die Anfangstakte wieder aufnahm: sie bleiben als Kontrapunkt jener Stunden, ich könnte jede einzelne Note wiederholen. Jener Stunden an jenem letzten Nachmittag: Zeros Keuchen hatte sich verschlimmert, wirklich unerträglich, und jetzt fing er auch noch an, rhythmisch das Maul aufzureißen, immer mehr, bei geschlossenen Augen, als wollte er die Luft beißen. Sergio hatte mich gerufen, und wir waren bei ihm, hielten ihn: »Was kann man da machen?« Und dann noch ein-

mal, lauter: »Was kann man da machen?« Da erst antwortete ich ihm: »Nichts. Ich glaube, nichts.« Jetzt versuchte Zero, sich auf die Beine zu stellen; wir bemühten uns, ihm zu helfen, stützten ihn, sofort knickte er wieder um: Nicht umsonst nennt man es Agonie. »Aber so stirbt er doch«, hatte Sergio noch protestiert. Von nebenan kam die Musik von Parker, da der Rekorder immer noch lief. »Ja, ich glaube, es wird nicht mehr lange dauern«, sagte ich. Aber von diesen Worten mit ihrer abstrakten Vernunft bis zu der Überzeugung, die ich in mir trug, ohne daß es mir bewußt war, war es noch weit.

Später wurde das Keuchen etwas schwächer, und Zero schien eingeschlummert, atmete aber weiter schwer und in langsamerem Rhythmus: die Augen geschlossen, die Pfoten im Korb ausgestreckt. Ich sagte, daß ich hin und her ging – aus Sergios Zimmer drang anhaltendes Klopfen wie von einem Hammer – und daß es ein regnerischer, dunkler Nachmittag war. Es ging schon auf den Abend zu, als ich, wieder einmal auf dem Weg zur Sofaecke, noch bevor ich das Licht anschaltete, die plötzliche Stille wahrnahm. Zero lag da wie vorher, aber regungslos: warm und weich, als ich ihn berührte; die Pfote, die ich hochhob, fiel wieder herunter, auch der kleine Kopf. Anfangs, erinnere ich mich, war ich vor allem überrascht, als wäre ein solcher Ausgang, der sich doch in vielen Anzeichen angekündigt hatte, nicht wirklich vorauszusehen gewesen; und gleichzeitig hatte ich Gewissensbisse, fühlte mich schuldig, weil ich nicht hier am Körbchen geblieben war. Ich ging zu Sergio in sein Zimmer, wo er tatsächlich irgendeinen Nagel einschlug. »Ich glaube, er ist tot.« Er lief hin, mir voraus; barfuß, wie immer. Ich sah, daß er sich bückte.

Sergio weinte sogar; ich mußte ihn trösten, was mich in einige Verlegenheit brachte: ich spürte die nassen Tränen auf seinen unrasierten Wangen, als er richtig schluchzte. »Zero war sehr alt«, sagte ich; was konnte ich anderes sagen? Ich blieb auf dem Sofa sitzen, während er sich – den Hammer noch in der Hand – neben dem Korb auf den Boden setzte. Dann zog er sich ins Bad zurück, ich ging nach nebenan. Es hörte auf zu regnen, eine Klinge des untergehenden Sonnenlichts ritzte das Meer, obwohl die Wolken sich immer noch dicht und dunkel über der Asinara drängten. Ich zögerte, ins Wohnzimmer zurückzugehen; als ich es tat, war der Korb nicht mehr da. Sergio hatte ihn mit seiner Bürde in sein kleines Zimmer gebracht und beendete seine Arbeiten. An diesem Abend aßen wir zusammen, und nach dem Abendessen unterhielten wir uns noch eine Weile. »Kann ich ihn hier begraben?« fragte ich ihn. Er stimmte zu, ohne aufzublicken. Ich dankte ihm: »Also gut, morgen früh. Hilfst du mir?« Er nickte wieder auf dieselbe Weise.

Und erst später ergriff er im Gespräch die Initiative: »Was tut's, daß er alt war? Im Gegenteil, das ist noch schlimmer«, jetzt sah er mich an. »Ja, es ist schlimmer, weil es noch mehr weh tut und man ihn schon so lange gern hat«, antwortete ich. »Aber wir sterben alle, und wenn man alt ist, ist es natürlicher. Zero hat für einen Hund sehr lange gelebt.« »Ich begreife den Tod nicht«, beharrte er. »Alt oder jung, das ist egal.« Wieder senkte er den Kopf und drückte mit dem Messerrücken Spuren ins Tischtuch. »Jung zu sterben ist eine Sünde«, fing ich wieder an. »Weißt du, was ›peccato‹ (Sünde) wirklich bedeutet, im theologischen Sinn? Es ist jedes Geschehen, über

das man mit der gängigen Redewendung sagen kann: ›Che peccato!‹ (Wie schade!) Es ist alles das, was sich nicht entwickelt, was seine Fähigkeiten nicht zur Anwendung bringt und seinen Zweck nicht erfüllt: was keine Vollständigkeit findet.« »Und alt zu sterben, was ist das?« fragte er. »Alt zu sterben ist schmerzhaft. Glaube ich wenigstens.«

Kleine Nachtfalter flogen um die Lampe, setzten sich, liefen umher, begegneten sich nach kurzen Flügen; mehr als an jedem anderen Abend, angezogen von der Wärme im Haus, während draußen die Temperatur gesunken war. »Für Zero war das Sterben sehr schmerzhaft«, fuhr er fort, »schmerzhafter als für einen Menschen. Einem Hund kann man nichts sagen, man kann nichts für ihn tun. Hast du gesehen, daß er nicht verstanden hat?« »Manchmal, fürchte ich, sterben auch Menschen so«, antwortete ich. »Nicht immer. Auch wenn dann trotzdem jeder allein damit fertig werden muß.« Einer der kleinen Nachtfalter war auf die Tischdecke gefallen, weißlich auf dem blauen Tuch, und schaffte es nicht mehr aufzufliegen. »Siehst du«, ich zeigte auf den Falter, »er wird gleich sterben. Alle«, ich wies auf die anderen, die immerzu hartnäckig um die Lampe herumflogen, »morgen oder übermorgen sind sie tot.« »Das Leben ist zu kurz«, sagte er. »Ich möchte niemals sterben.« Bevor ich mich schlafen legte, ging ich hin und betrachtete Zero in seinem Körbchen: die Starre setzte ein, ich mußte mich überwinden, ihn anzufassen; er wurde anders, als er vorher gewesen war. Ich spürte die – unendliche – Distanz zwischen unseren Gesprächen kurz vorher und dieser Tatsache.

Am nächsten Morgen hatte sich das Wetter gebessert. Ich war früh aufgestanden, da ich Geräusche

aus der Küche hörte. Sergio war da; bis ich zu ihm kam, hatte er mir bereits einen Kaffee gemacht. »Wo begraben wir ihn?« fragte er. Er wollte, daß ich den Platz aussuchte. Ich hatte auch schon eine Idee. Wir gingen zusammen hinaus, und ich zeigte ihm die Stelle: sie wurde von der Sonne gestreift, die gerade vor kurzem ihren Lauf begonnen hatte. Links vom Haus gab es ein Stück, auf dem die Macchia niedrig war und das Terrain sofort deutlich schräg abfiel, so daß man das Meer gut sehen konnte: das ganze Meer vom Sperone bis zum Strand von Foxi und zur Insel Porri und bis hin zur Bucht von Asinara und auf die offene See hinaus. »Ich denke, es hat keinen Sinn, noch länger zu warten«, sagte ich. So kam er mit der Spitzhacke zurück und fing an, ein Loch zu hacken. Nach einer Weile wollte ich ihn ablösen. Die Erde war naß, mit Steinen vermischt, man mußte ständig innehalten, um sie herauszuklauben. Sergio bedeutete mir zu warten und langte mit beiden Händen hinein, um das bis dahin gehackte Loch freizuräumen.

Er war es auch, der Zero im Korb herbeitrug. Zusammen mit einem Kissenbezug, um ihn hineinzulegen, weiß – und bestickt, etwas von Mäusen angeknabbert, wie viele Stücke aus der Aussteuer seiner Mutter. Ich hielt den Bezug auf, während Sergio den noch steifen kleinen Kadaver hochhob: so bemerkte ich Exkremente, die herunterfielen, ich sah die Grimasse der offenen Schnauze, die einen Moment lang herunterhing – das war nicht Zero; aber die gelben Zähne, die, nicht nur durch das Alter, auch von den Stöcken und Steinen, mit denen er gespielt hatte, abgenutzt waren, kannte ich seit langem. Sergio warf Geranienblüten auf den schon in dem kleinen Grab

liegenden Bezug; auch ich warf welche hinein, und dann die Erde. Es war noch früh am Morgen, wie gesagt; das Meer war glatt und begann sich zu färben, die Asinara erstrahlte wie in eigenem Licht. Ja, das Leben ist auf jeden Fall kurz, dachte ich: für alle. Und es ist immer unvollständig, für alle: das ist die Sünde, die Ursünde. Und deshalb verliert man es jede Minute, nicht nur einmal. – Auch Zero, auch »der arme Zero«? Ich sah ihn wieder, wie er gewesen war: wie er mich von unten herauf ansah, ein wenig unsicher und so klein; wie er die Ohren aufstellte und mit dem Stolz eines echten Schnauzers Hals und Rücken aufrichtete; wie er die Pfoten aufsetzte und die grauen Strähnen ihm über die Augen fielen, wenn er bellte, um mich zum Spielen aufzufordern. – »Der arme Zero«: jetzt auch in anderem Sinne; ich dachte daran, daß nach allgemeinem Sprachgebrauch alle arm sind, die das Leben hinter sich haben.

Unterdessen klopfte Sergio mit der Schaufel die Erde fest, mit der er das Grab zugeschüttet hatte; dabei hatte er sich sein grünliches Flauschhemd beschmutzt, und natürlich war er unrasiert. Er war lange damit beschäftigt, Steine auf dem kleinen Grab – wie sonst sollte man es bezeichnen? – aneinanderzulegen: in konzentrischen Kreisen um einen größeren weißen herum, der ein wenig leuchtete. Vorn, wo er die Erde freigelassen hatte, pflanzte er dann einen Krappschößling und holte auch einen Eimer Wasser, um ihn zu gießen. Ausgerechnet blühenden Krapp – »Garance« auf französisch; so überzeugte ich mich, daß er seinen Spitznamen kannte.

8

Piero

Könnte ich doch die dritte Person benutzen, wenn ich von mir spreche. Ich weiß nicht mehr sehr viel von dieser Geschichte, von Piero und den anderen. Die Tage der Abreise kamen heran: man mußte wieder Koffer packen. Es scheint mir nicht einmal legitim, von Verzweiflung zu reden; jene Vorbereitungen, jene banalen und auch angsterfüllten Handlungen waren allenfalls Anzeichen von etwas anderem. Aber natürlich fragte ich damals nicht, wie es zu benennen sei. Ja, es war auch eine gewisse Gelassenheit. Ich glaube mich darin wiederzuerkennen, trotz der Zeit – und nicht nur der Zeit –, die seitdem vergangen ist; das Leben vermag sie zu schenken, auch wenn wir den Eindruck haben, es mit leeren Händen vor uns zu sehen. Und so erlaubt es uns, Abstand zu gewinnen, obwohl das nicht immer etwas Gutes ist.

Am Abend vor der Abreise also trat ich in den Patio hinaus, in dem sich ein beträchtlicher Teil meiner Ferien abgespielt hatte, und blickte auf den zum Meer abfallenden Hügel von Tamerici. Die Luft war fast warm, ein leichter Nebelschleier lag über der Asinara und wurde am bereits dunklen Himmel zur Wolke, die etwas wie den fernen Hauch einer farbigen Erinnerung bewahrte: aber beim Aufsteigen zwischen den Gärten und den Häusern, die schon fast alle verschlossen waren, war es dann nur noch Feuchtigkeit, die sich um die Laternen in den kleinen, verlassenen Straßen ein wenig verdichtete.

Diese überall verstreuten Laternen mit ihrem schwachen, stillen Licht – da begriff ich, und so sind sie mir im Gedächtnis geblieben: wie auf einem Friedhof.

Ja, dieser Piero war ich. Was kann ich sonst noch von ihm sagen? Am nächsten Tag fuhr ich am Steuer meines schließlich mit Koffern beladenen Autos zum letzten Mal die kleinen Straßen mit den engen Kurven hinunter. Kurz vor dem Ort war die Stelle, an der Carla durch einen Unfall ums Leben gekommen war: wie viele Jahre war es her? Ich erinnere mich an den Mann, den man mir in einer Tischgesellschaft im Restaurant gezeigt hatte: vorzeitige Geheimratsecken im lockigen Haar, ein wenig beleibt geworden – ein richtiger Mann, und er war kaum mehr als ein Junge gewesen, als er mit ihr zusammen war. – Ich war also Piero: aber wo war Zero? Ob er schon tot war und ich ihn in jener Erde, die erst jetzt zu seiner wurde, im Angesicht des Meeres für immer zurückließ; oder ob er noch lebte und mit gestreckten Vorderpfoten dasaß, wie er es zu tun pflegte, und die belebte Landschaft betrachtete – oder ob er sich vielleicht zusammengerollt, sogleich eingeschlummert, schon mit der Reise abgefunden hatte: das ist für diese Geschichte nicht mehr von Bedeutung.

So mag dies ein weiterer Brief sein: obwohl Empfängerinnen und Empfänger sich zahlenmäßig reduzieren oder taub werden und mich gewiß immer weniger interessieren. Die Reise ging mit dem Fährschiff vonstatten und dauerte eine Nacht. In Genua fiel ein trostloser Regen: auf das Meer, auf den näher kommenden Hafen. Ich hatte wieder ein wenig Fieber, und während des Einschiffens hatte mich ein Lastwagen gerammt. Derlei geringfügige Zwischenfälle und Widrigkeiten treffen stets zusammen: um

daran zu erinnern, daß es im Leben auch noch anderes gibt, oder um umgekehrt auf das, was ist, noch in anderer Form hinzuweisen, eben so, daß es – wie die Redewendung sagt – »auf das, was naß ist, auch noch regnet«?

Mein Auto stand also, frisch beschädigt, mit seiner Last zusammen mit vielen anderen im Laderaum, und jetzt wurden die Blockierungen entfernt: es gab die Belästigung durch Motoren, die bereits angelassen wurden, als die große Ladeluke am Ausgang noch zu war (aber man hörte schon die Anlegegeräusche); wenn Zero da war, bellte er. Danach das Sichheben der Ladeluke gegen die graue Luft, gegen die schräg fallenden Tropfen: und schließlich das Unisono der Motoren, als auch alle anderen ihren Wagen anließen, das langsame Vorwärtsfahren in der langen Schlange, meine Sorge, daß mein Motor streiken könnte, und das ruckartige Überfahren der Rampe, hinauf und hinunter. Auf der Mole mußte ich warten: die beiden von der Werkstatt ließen sich Zeit, dann – ein Taxi war nicht aufzutreiben, »Ich fühle mich nicht gut, ich möchte den Zug nicht verpassen«, hatte ich ihnen gesagt – luden sie mein Gepäck sofort in den Jeep, mit dem sie gekommen waren. Ich stieg ebenfalls ein: der eine, fast noch ein Junge, setzte sich ans Steuer; der andere im Blaumann blieb bei meinem Auto, um auf ihn zu warten.

Er war wirklich noch ein Junge, mit Jeans und Stiefeln, einem spärlichen unrasierten Bart und vom Regen durchnäßt. Graublaue Augen. Am Bahnhof Principe setzte er mich ab: dort suchte ich mir endlich eine Bar. Auf dem Fußboden zwischen den Tischbeinen lag nasses Sägemehl. Und danach

schmeckte auch der Cappuccino. Ahmt das Leben die Phantasie nach?

Es liegt jetzt wirklich alles so weit zurück. An einiges kann ich mich nicht einmal mehr erinnern; vieles sagt mir nichts mehr. Was bleibt? Die Möwen kamen bis ans Haus; und nachts heulte bisweilen der Mistral die Schlucht hinunter bis aufs Meer hinaus. Von Sergio das Armband mit den schwarzen Perlen, wenn er die Hand ausstreckte; wie er sich ans Ohrläppchen faßte und daß dies ein Ausdruck von Verlegenheit war. Auch – wer weiß, warum – wie er mir beibrachte, die Phasen des Mondes zu erkennen: wenn er die Form eines »D« hat, ist er in der Crescendo-Phase, das heißt, er nimmt zu; wenn er dagegen die Form eines »C« hat, ist er in der Decrescendo-Phase, das heißt, er nimmt ab (»Frau Luna ist weiblich, und also lügt sie«, hatte er mit seinem kindlichen, unsicheren Lächeln vorausgeschickt). Den Molière (*L'école des femmes*) schlage ich nicht mehr auf; zwischen seinen Seiten liegt als Lesezeichen die Tarotkarte (»Trumpf« oder »Arkanum«), die ich an mich genommen hatte: »der Tod«, der für Veränderung oder Verwandlung steht. Ich schlafe immer schwerer ein und nehme Schlafmittel.

Sergio ist im darauffolgenden Herbst (»Der Oktober ist hier immer wunderschön«) daran gestorben: an Barbituraten; im Bauch seines Bootes, auf der Pritsche liegend, die bloßen Füße aufgestellt, auf den Ohren den Kopfhörer des Walkman, *autoreverse*, dessen Batterien längst leer waren, als man ihn sehr viel später fand. »Par délicatesse?« Ich möchte glauben, daß er bis zuletzt *Smoke gets in your eyes* von Kern oder *Petite fleur* von Bechet gehört hat; obwohl ich dem natürlich nicht nachgegangen bin. Mit der

Traurigkeit dieses Ereignisses verbinde ich vor allem anderen – ich weiß auch nicht, warum – den einzigen Brief, den ich von ihm bekommen habe, als er noch ein Kind war: jene wackeligen Buchstaben – sogar mit einer kleinen Zeichnung dabei – mit den Glückwünschen auf altem liniertem Papier aus einem Schulheft, das ich nach langer Zeit beim Aufräumen in einer Schublade wiederfand.

Ist das Leben wirklich zu kurz? Manchmal kommt es mir nicht so vor, jetzt, wo ich verstärkt den Uringeruch an mir wahrnehme und weiter den größer gewordenen Leistenbruch mit mir herumtrage: wie eine sinnentleerte Metapher, wie einen letzten Eigensinn von mir – gegen mich. Ich habe keine sexuellen Beziehungen mehr, nicht wegen körperlicher Impotenz, sondern weil es mir keinen Spaß mehr macht. Aus dem gleichen Grund schreibe ich auch nicht mehr. Es würde mir außerdem physisch Schwierigkeiten bereiten: jene fröhlichen Blitze, jene Lichthiebe ins Auge, jene Tränen kündigten eine Netzhautablösung an, waren deren erste Symptome. Das bedeutet Blindheit, auch wenn ich sie noch – wer weiß, wie lange – hinauszögern kann. Mit dem Schreiben aber scheint es mir in Wirklichkeit so zu sein: es war schon immer eine Täuschung, der ich verfallen bin; oder schlimmer noch, ein Betrug, eher mir selbst als anderen gegenüber. So kommt es mir vor, als ob die beiden Dinge, die mir fehlen, sich entsprechen, denselben Ursprung haben. Also alles Täuschung und Betrug, auch die Welt, die ich sah?

Doch manchmal, oder auch oft, muß ich an jenen Sommer denken wie an einen Grat, den ich überschritten habe, ohne zu begreifen. Und ich frage mich, ob er der Anlaß oder sogar in gewisser Weise

mit anderem zusammen die Ursache war. Und bisweilen habe ich sogar den Eindruck, daß ich dadurch für das Leben (wieder dieses Wort) gezeichnet worden bin.

Das Leben: kurz oder nicht, dies also bin ich, dies ist Piero, Autor und Romanperson, an dem Punkt, an dem er jetzt bei sich selbst anlangt. In der Stadt, in der er lebt, hinter einem Fenster – und durch die sehr dicken Brillengläser, die er inzwischen trägt – sieht er zu (wo ist denn Zero?), wie das Licht der untergehenden Sonne einen Baum erfaßt und in der Ferne eine Fensterscheibe noch eine Weile aufleuchten läßt. Der Lohn des Gelassenseins ist immer unvollständig (»War ich also der Schüler: und was war es für eine Lektion?«) – jener Widerschein schwächt sich ab zu einem Funken. Beißt so das Leben mit seinem Ameisenbiß? Er denkt, daß es nicht so wie langsames Versinken im dunklen Meerwasser an einem Abend in Tamerici sein wird. Das Leben verliert man nicht behutsam.

Anmerkung

1. Nur um Mißverständnisse zu vermeiden, steht die folgende Widmung nicht auf der ersten Seite.

WIDMUNG

Ich träume nie von dir und doch
kommst du von Zeit zu Zeit zum Zuge
ich bezahle, so gut ich kann, diese Schuld
jetzt wo du gegangen bist
hinüber, endgültig.
Nichts gegen den Strom
wenige Botschaften und schwache Erinnerungen
nicht einmal Andeutungen, Stücke
von Bildern: was weiß ich, unendliches
Reden nachts
und zu langes Duschen
zu den unmöglichsten Tageszeiten
Scherze (die üblichen), Ankünfte
per Flugzeug ohne Koffer
einige Melodien
alles worin du reistest mit
einem Funken, einem Fünkchen nur
von »sympathischer Verrücktheit«
von Fröhlichkeit, die nicht
genügend unerschrocken war:
im übrigen, wie es sich gehört
sogar Komplize
der wunderbaren Zufälle auf Schritt und Tritt.
Aber welch eine Art fortzugehen
mit den Worten: was für ein Chaos
bird of paradise.

Es sind Verse für einen verstorbenen Bruder, geschrieben in der zweiten Hälfte der 60er Jahre (und damals veröffentlicht). Das Buch dagegen stammt aus dem Jahr 1988.

2. Es ist auch den Toten oder noch Lebenden unter denen, die wir kannten, gewidmet, die ein Kind verloren haben: und außerdem den Verlorenen selber; aber »das kurze Leben« ist auch noch ein anderes, wirklich das Leben aller.

3. Vielleicht ist es angebracht, den gesamten Wortlaut des Vertrages wiederzugeben, der dem Leser am Ende des zweiten Kapitels vorgelegt wird, nämlich das Angebot einer Geschichte mit den Personen und den Situationen der *Schule der Frauen.* Auch wenn dann deren Lehre ins sichere Dunkel der Nichterfüllung des Vertrages führt.

Hier jedenfalls die anderen »rot unterstrichenen« Verse jenes Molière-Stücks. »En sage philosophe on m'a vu, vingt années, / Contempler...« (»Alle haben mich zwanzig Jahre lang klug und weise zuschauen sehen...«*); »L'amour est un grand maître: / Ce qu'on ne fut jamais il nous enseigne à l'être« (»Die Liebe ist eine große Lehrmeisterin: Sie lehrt uns zu sein, was wir nie gewesen sind«); »O fâcheux examen d'un mystère fatal, / Où l'examinateur souffre seul tout le mal!« (»O unglückselige Prüfung eines fatalen Geheimnisses, bei der der Prüfer der einzige Leidtragende ist«); »Et cependant je l'aime, après ce lâche tour, / Jusqu'à ne me pouvoir passer de cet amour. / Sot, n'as-tu point de honte?« (»Und doch liebe ich ihn, trotz dieses infamen Streichs... Dummkopf, schämst du dich nicht?«); »Je dis que l'on doit faire ainsi qu'au jeu de dés / Où, s'il ne vous vient pas ce que vous demandez, / Il faut jouer d'adresse, et d'une âme réduite / Corriger le hasard par la bonne conduite« (»Ich sage, man muß es so machen wie beim Würfelspiel, wo man, wenn nicht das herauskommt, was man wünscht, Schläue anwenden und ohne zu hohe Erwartungen mit Klugheit dem Glück etwas nachhelfen muß«); »Chose étrange d'aimer...« (»Seltsam ist die Liebe...«); »Le cocuage n'est que ce que l'on en fait, / Qu'on peut le souhaiter pour de certaines causes, / Et qu'il a ses plaisirs comme les autres choses« (»Unsere Hörner setzen wir uns selber auf. Und manchmal sind sie sogar wünschenswert: sie haben ihren Reiz, wie anderes auch«); »Mais je l'oyois marcher, sans rien dire, à grands pas, / Poussant de temps en temps des soupirs

* Die Zitate wurden aus dem Italienischen übersetzt (Anm. d. Übers.).

pitoyables, / Et donnant quelquefois de grands coups sur les tables / Frappant un petit chien qui pour lui s'émouvoit« (»Doch ich hörte, wie er wortlos mit großen Schritten hin und her ging, von Zeit zu Zeit tief aufseufzte, dann heftig auf den Tisch schlug und sogar ein Hündchen trat, das ihn freudig begrüßte«); »Me veux-tu voir pleurer? / Oui, dis si tu le veux...« (»Willst du mich weinen sehen? Ja, sag, ob du das willst...«); »Adieu. L'événement trompe un peu vos souhaits / Mais tous les amoureux ne sont pas satisfaits« (»Leb wohl. Das Geschehen entspricht nicht ganz deinen Wünschen, aber nicht alle Liebenden können glücklich werden«); »Je devine à peu près quel est votre supplice; / Mais le sort en cela ne vous est que propice« (»Ich verstehe deine Qual; aber in dieser Hinsicht ist dir das Schicksal günstig«).

Ja, auch nur »eine Verkettung von Mißverständnissen und Täuschungen«, »ein einfaches, natürliches Dreieck«, wobei die Betonung »auf den unterschiedlichen Perspektiven der drei« liegt. Der Alte, der seine Rivalin (die nicht weiß, daß sie dies ist) fragt: »Nun, wie steht's mit dem Flirt?« (»Hé bien! vos amourettes?«) Sie, die Einzelheiten beisteuert und ihn um Hilfe bittet: »Nur dich als Freund...« (»C'est à vous seul aussi, comme ami généreux...« Auch: »Mais vous êtes du monde, et dans votre sagesse / Vous savez excuser le feu de la jeunesse« – »Du bist ein Mann von Welt...«) Sogar vernünftig: »Das sind Vorsichtsmaßnahmen, die man treffen muß« (»Ce sont des précautions qu'il est fort bien de prendre«). Und als von einem anderen Liebesverhältnis des Jungen – nicht der Rivalin wie bei Molière – die Rede ist, sagt sie zu dem Alten: »Versuch, ihn von dieser Beziehung abzubringen« (»Et tâchez, comme en vous il prend grande créance, / De le dissuader de cet autre alliance«). Und dann der Alte, der statt dessen das Gegenteil tut (»... faire valoir l'autorité de père. / Il faut avec vigueur ranger les jeunes gens« – (»... die väterliche Autorität zur Geltung bringen. Man muß sie ein bißchen energisch anfassen, diese jungen Leute.«)

Schließlich jener »Moment des größten Schmerzes«, der Alte (»jaloux, inquiet, sans dire son ennui« – »eifersüchtig und verärgert, ohne seinen Verdruß auszusprechen«) und der Junge (»petit serpent que j'ai réchauffé dans mon sein« – »kleine Schlange, die ich an meiner Brust gewärmt habe«): »J'ai peine, je l'avoue, à demeurer en place...« (»Es fällt mir

schwer, stehenzubleiben ...«) und »Je l'aime, et cet amour est mon grand embarras« (»Ich liebe ihn, und das macht mir sehr zu schaffen«). Der Alte gegen den Jungen: »Tout comme tu voudras, tu pourras te conduire« (»Du kannst tun, was du willst«); und der Junge gegen den Alten: »Oui. Mais à vous parler franchement entre nous, / Il est plus pour cela selon mon goût que vous« (»Ja, aber sie gefällt mir besser«). »Que ne vous êtes-vous, comme lui, fait aimer? / Je ne vous en ai pas empêcher, que je pense« (»Warum hast du es nicht wie sie verstanden, meine Liebe zu wecken? Ich habe dich nicht daran gehindert, scheint mir«).

Daß von einem solchen (willkürlichen) Raster in diesem Buch schließlich alles verwendet worden ist, sogar unter Aneignung des Briefes, ist natürlich schlimm: es verschlimmert die Nichterfüllung des Vertrags.

4. Es bleibt mir nur noch, Frau Mina Mazzini um Entschuldigung dafür zu bitten, daß ihrem Repertoire ein Lied zugeschrieben wurde, das nicht dazugehört und vielleicht nicht einmal existiert, mit dem Titel *Devi soffrire*. Obwohl es nicht die gravierendste der Realitätsveränderungen ist, denen man hier in dieser nur aus Fiktionen bestehenden Erzählung begegnet.

INHALTSVERZEICHNIS

Eine Auswahl italienischer Literatur im Carl Hanser Verlag

Salvatore Mannuzzu
Der Fall Valerio Garau
Roman. Aus dem Italienischen von Moshe Kahn.
1991. 280 Seiten

Salvatore Mannuzzu ist Advokat, Staatsanwalt und Detektiv in einer Person. Als Romancier kann er es sich leisten, von Standpunkt zu Standpunkt zu wandern. So verleitet dieser Roman zu Mutmaßungen, die prompt in die Irre führen. Die Kunst der Mystifikation feiert bei Mannuzzu Triumphe: In Garaus verwaistem Büro steht auf dem Schreibtisch eine Photographie seiner Schwester. Auf der Rückseite des Bildes hat der Consigliere Fragmente des vierten Teils von T. S. Eliots „Waste Land“ notiert. Dieses kurze Gedicht „Death by Water“ ist die Totenklage um einen ertrunkenen Freund. Auch Garaus Schwester stirbt den „nassen Tod“; in einer ausweglosen Situation macht sie ihrem Leben ein Ende. Mannuzzu läßt es offen, ob eine Verzweiflungstat oder ein Akt der Befreiung vorliegt.
Das ist nur ein Beispiel für eine ganze Reihe von literarischen und musikalischen Zitaten, die bei Mannuzzu den Stellenwert von Leitmotiven haben. Was auf den ersten Blick als Abschweifung oder Arabeske erscheint, erweist sich als Instrument der Wahrheitsfindung [...]
Die Lektüre von Mannuzzus Roman gleicht einer Reise, deren Destination zwar keinem Zweifel unterliegt, deren Route jedoch für Überraschungen sorgt. Was als Kriminalerzählung beginnt, wird zu einer Familienchronik und endet fast mit einer Chronique scandaleuse. Doch nur fast, denn Mannuzzu hat auf ein Finale im Stil der Regenbogenpresse verzichtet. Sein Roman endet mit einem Bekenntnis zur *omertà*, der Schweigepflicht einer geschlossenen Gesellschaft: Der Tod des Valerio Garau bleibt ein Geheimnis zwischen Bruder und Schwester; vor dem Hintergrund dieser Beziehung verblassen alle gefährlichen Liebschaften des Consigliere. In seinem Kern ist Mannuzzus Roman eine sardische Parabel.

Die Zeit